❊❊ 풍악기유 노정도 ❊❊

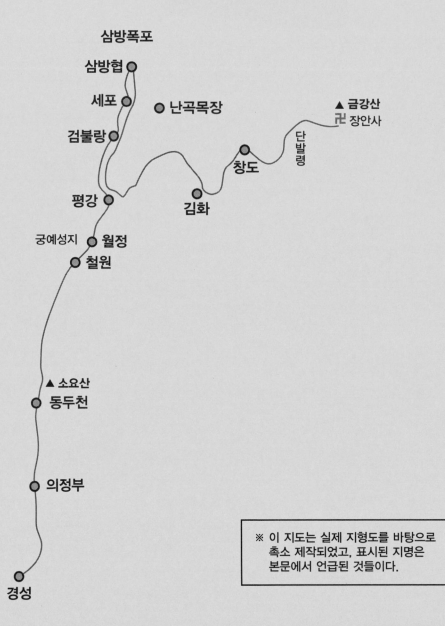

금강산 가는 길

삼방폭포
삼방협
세포 · 난곡목장
검불랑
▲ 금강산
卍 장안사
창도
단발령
평강 · 김화
궁예성지 · 월정
철원

▲ 소요산
동두천

의정부

경성

※ 이 지도는 실제 지형도를 바탕으로
촉소 제작되었고, 표시된 지명은
본문에서 언급된 것들이다.

내금강 지역

미륵현

卍 만회암

만
폭
동

卍 보덕굴

묘
길
상

사선교

정양사
卍

금사정

백탑동

수렴동

장안사 卍

명경대

卍 영원암

영
원
동

▲
시왕봉

楓嶽記遊

최남선 한국학 총서 3

풍악기유

최남선 지음

문성환 옮김

景仁文化社

금강산 가는 길

금강산에 들어서다

금강산과 '붉' 사상

아, 금강산!

일러두기

본 총서는 각 단행본의 특징에 맞추어 구성되었으나, 총서 전체의 일관성을 위해 다음 사항은 통일하였다.

1. 한문 원문은 모두 번역하여 실었다. 이 경우 번역문만 싣고 그 출전을 제시하였다. 단, 의미 전달상 필요한 경우는 원문을 남겨 두었다.

2. 저자의 원주와 옮긴이의 주를 구분하였다. 저자 원주는 본문 중에 ( )와 ※로 표시하였고, 옮긴이 주석은 각주로 두었다.

3. ( )는 저자 원주, 한자 병기, 서력 병기에 한정했다. [ ]는 한자와 한글음이 일치하지 않는 경우와 한자 조어를 풀면서 원래의 한자를 두어야 할 경우에 사용했다.

4. 맞춤법과 띄어쓰기는 『표준국어대사전』의 「한글맞춤법」에 따랐다. 다만 시문(詩文)의 경우는 운율과 시각적 효과를 고려하여 예외를 두었다.

5. 외래어 표기는 『표준국어대사전』의 「외래어표기법」에 따랐다. 「외래어표기법」의 기본 원칙은 현지음을 따른다는 것으로, 이에 의거하였다.

   1) 지명: 역사 지명은 우리 한자음으로, 현재 지명은 현지음에 따르는 것을 원칙으로 하였다.

   2) 인명: 중국은 신해혁명을 기준으로 이전의 인명은 우리 한자음으로, 이후의 것은 현지음으로 표기하였고, 일본은 시대에 관계없이 모두 현지음으로 바꾸는 것을 원칙으로 하였다.

6. 원래의 글은 간지·왕력·연호가 병기되고 여기에 일본·중국의 왕력·연호가 부기되었으나, 현재 우리에게 익숙한 시간 정보 규준에 따라 서력을 병기하되 우리나라 왕력과 연호 중심으로 표기하였다. 다만, 문맥상 필요한 경우에는 해당 국가의 왕력과 연호를 그대로 두었다.

7. 이 책에 수록된 사진은 모두 새로 작업하여 실은 것들로, 장득진 선생이 사진 작업 일체를 담당하였다.

풍 악 기 유

금강산 가는 길

1. 출발

　조화로움이 한껏 표출된 금강산(金剛山)은 인류 공통의 위대한 미적 재산이요, 우주를 장식하는 최고급의 한 물건이다. 단지 조선과 조선인만이 독점한 듯 제 집안 자랑으로 삼을 것은 아니다. 자연의 빼어난 기운이 몰리고 몰려 인간 세상의 아름다움과는 비견될 수 없는 금자탑을 이룬 곳에 바로 그 지킴이 노릇할 운명을 타고난 것은 우리 조선인의 독특한 은총과 행운이 아닐 수 없다.

　혹은 영묘한 성정(性情)을 발휘하거나, 혹은 신비스런 운율을 붙들거나, 혹은 형체를 이루거나, 혹은 소리를 베껴내는 등 모든 방면으로 금강산의 아름다움만한 것을 신령스럽게 드러내고, 살아 있는 듯 드러내고, 갖추어 드러내고, 전체적으로 드러내어 아름다움의 사도로서 최고 문화의 전당에 참여케 하려 함이 금강산으로써 조선인에게 내려주신 조물주의 깊은 뜻이 아닌가 하는 의식을 가지기는 진실로 철들기 시작할 때부터의 일이다.

---

* 1924년 『시대일보』에 연재된 『풍악기유』는 1973년에 고려대학교 아세아문제 연구소에서 편찬한 『육당최남선전집』에 실렸다. 이 전집에서는 1에서 26까지 일련번호로만 나누어 실었지만, 이 책에서는 독자의 이해를 돕기 위해 최남선의 금강산 여정과 내용에 따라 목차를 설정하고 소제목을 붙였다.

물질적인 것과 정신적인 것 양 방면을 통틀어 조선 및 조선인의 신비한 대들보에 해당하는 금강산을 경건히 만나, 나의 뜨거운 국토 예찬 정성 – 이로써 번지는 나의 세계 예찬 정성을 조금이라도 펼쳐 보려 함은 진실로 하루 이틀의 일이 아니었다.

부질없는 세상 일들이 꾸렸던 행장을 다시 풀게 하기도 무릇 몇 번인지. 벼르고 못하는 일이 있으면 "금강산 가느냐."라며 조롱을 받는 것도 예삿일이 되고 말았다. 하지만 밀리고 연기되는 가운데 허락하시는 때가 왔다. 조선 사람 노릇하기에 가장 미안스럽던 죄과를 벗는 날이 왔거니 생각하자, 지난밤 사이 내린 큰 비와 신변에 얽힌 크고 작은 일들은 도무지 관심 가지지 않는다.

10월 4일 토요일은 반생의 묵은 빚을 흔쾌히 갚고 조선을 버팀대로 삼아 표현된 대우주의 아름답고 신령함을 찾아가는 날로, 내 일생에 가장 유의미한 하루가 될 것이다.

비가 쏟아질 것 같은 기세는 그쳤지만 잔뜩 찌푸린 하늘이 우비도 없는 방문객을 몹시 겁박해 으르는 아침이다.『신증동국여지승람(新增東國輿地勝覽)』·『와유록(臥遊錄)』등 몇 권의 책과 속옷 한 벌만을 뭉쳐 메고, 수년 전부터 동도(東道) 주인이 되실 숙약을 맺은 영호 노사(映湖老師)[1]를 모시고, 아침 8시 15분 동쪽으로 가는 기차를 타기 위해 경성역으로 달려들었다. "오래간만에 참말 가시는구려."라는 말은 권애류(權崖溜)[2]군의 가벼운 농담이다.

---

1 승려 박한영(朴漢永; 1870~1948)으로 호는 영호(映湖) 또는 석전(石顚)이다. 경사자집(經史子集) 및 노장 학설을 두루 섭렵하고 서법(書法)까지 겸통했던 당대의 고승이다.『풍악기유』에는 석전 박한영의 시문 14편이 수록되어 있다.

2 국어학자 권덕규(1890~1950)로 애류(崖溜)는 호이다. 1913년 서울 휘문의숙을 졸업하고 모교와 중앙학교·중동학교에서 국어 및 국사를 가르쳤다. 주시경(周時經)의 뒤를 잇는 몇 학자들 가운데 한 사람으로서 1921년 조선어연구회 창립에 참여하였다. 그 뒤 조선어학회의 역사적인 사업이라 할 수 있는『조선어큰사전』편찬에 참여하였으며, 1932년「한글맞춤법통일안」의 원안을

두모포 터(서울 성동)

  역에서는 분명 검표구로 들어온 사람을 붙들고 역무원 같은 자
가 다가와 "어느 틈 어디로 들어 왔느냐?"라며 힐난한다. 그 모습
이 이상하게 보여 살펴보니, 경찰 쪽 사람들의 은근하면서도 엄중
한 분위기 속에서 웃음으로 무서움을 포장한 어느 거북한 어른 일
행이 나와 같은 열차를 탄다. 공연히 거북한 생각이 난다.

  두모(豆毛)[3]께 건너 비취색이 무르녹은 길다란 일본산 버드나무

작성하였다. 또한,『한글』에「정음(正音) 이전의 조선글」을 비롯하여 신문 잡
지 등에 수많은 논문 · 논술 · 수상 등을 발표하였으며, 한글 순회 강습 등에
온 힘을 기울였다. 그는 호주가로도 유명하여 많은 일화를 남기기도 했다. 저
서로는 『조선어문경위(朝鮮語文經緯)』(1923), 『조선유기(朝鮮留記)』(1945),
『을지문덕』(1948) 등이 있다.

3 두모포계(豆毛浦契)의 줄임말로, 조선 시대 한성부 남부 성 밖의 두모방에 있
던 계(契)를 뜻한다. 옥수동은 뒤에 높은 산이 좌우로 둘러싸여 있고 앞으로
흐르는 한강과 북쪽에서 흘러오는 중랑천의 두 물이 합해지는 까닭에 두멧개
· 두물개 · 두뭇개라고 불렀다. 이를 한자로 소리나는 대로 옮겨 적어 두모포
(豆毛浦) 혹은 두모포(斗毛浦)라고 적은 데서 이름이 유래되었다. 현재의 행
정 구역으로는 옥수동 · 상왕십리동 · 하왕십리동 각 일원에 해당한다.

숲은 물에 반사되어 싱싱한 맛이 새로움을 깨닫고 동작동의 흰 모래와 압구정의 푸른 물결이 여전히 반가움을 담아 있건마는 삼각산의 기이하게 잇다른 봉우리들과 평온하게 펼쳐진 관악 일대의 아름다움은 도무지 구름을 희롱하는 밥이 되어 그 경치가 꽤 적막하다.

노원 일대는 드넓은 황금빛 들판이 굼실굼실 한창 깊어진 가을을 자랑하여, 언제 가뭄 소동이 있었던가 하는 듯 배가 금세 부르다. 천보산·수락산 등 동남쪽 산이 반이나 뼈를 내어놓는 때에도 백운산·도봉산 등 서북쪽 산은 창칼이 빽빽하게 도열한 듯한 장관을 언제 터질지 모르는 검은 구름 속에 파묻었다.

유암사(楡岩寺) 터를 가리키며, 겨우 남아 있는 부도암(浮屠庵)이 지역에서 제일가는 명당자리란 까닭에 오백 년 이래로 여러 번 욕심꾸러기 권력가 부호들의 독이빨에 걸리던 일을 이야기하는 중 동두천역에 다다랐다. 어느 틈에 탔는지 소요산 단풍 관광 가는 남녀 학생이 떼떼이 뭉게뭉게 내린다. 미상불 여기서부터는 붉은 듯 누른 듯 갈나무 붉은 잎이 밉지 않을 만큼 가을 산을 단장시켰음을 본다. 한여울 맑은 물을 건널 무렵부터 조금조금 걷히고 따뜻한 햇볕이 사이사이 새어 나온다. 무더기무더기 헤어져 있는 얽은 돌, 좀먹은 돌 등이 임진강 상류의 특별한 경치를 이야기한다. 얽은 돌, 얽지 아니한 돌, 얽다가 만 돌의 큰 놈 작은 놈이 좌우로 보기 좋게 방죽을 이루어, 인공 같은 천연 축성된 것은 언제 보아도 계곡을 끼고 있는 전체 역 중에서도 특유의 아름다운 장관이다.

2. 태봉국 궁예 설화

이 근처는 태봉국(泰封國)의 중심지여서 평범해 보이는 한 줌 흙과 조각난 나무들이 옛 정취를 풍기는 전설의 주인공인 사례들이 적지 않다. 보개산(寶盖山)을 기반으로 철원 평야에 전개되었던 궁예(弓裔: 재위 901~918)의 부귀영화는 자칫 밋밋할 뻔했던 조선 중세사의 개막에 생각 외의 색채를 더하여 주는 중요한 장면이다.

불행히 패배자가 되어, 그 허다한 능력과 장점들의 감추임이 마치 그 약간의 흠만 떨어졌음과 같을망정 궁예는 결코 교만하고 음란스럽던 포악한 정치를 했던 왕이 아니었다. 그는 본디 귀족의 후예이매, 한껏 어지러이 무르익은 당시에 궁정 생활 분위기 – 극도로 화려한 일상 습관을 모르는 중 물려받은 점도 없지 않겠지만, 그의 역사적 사명은 도리어 그 반대되는 방면에 있었다.

전쟁이 끝난 지 오래고 부유함과 호화스러움이 한껏 늘어서, 썩어 문드러져 온통 뒤바뀌는 사회 생활을 깨끗이 씻어내고, 긴장이 풀려 늘어질 대로 늘어진 국민 기백을 떨치고 넓혀 점점 위기에 빠져 가는 조선을 암흑으로부터 광명으로 제도하는 것이 그의 의식 및 무의식의 필연적 임무이었다. 차차 무디어진 대조선 의식을 벌겋게 달구어서 무엇이든지 뚫어낼 만한 날카로운 끝을 벼리어 놓게 하기 위하여 환기된 인물이 중세 초 과도기에 처한 태봉국의 궁예왕이었다. 아닌 게 아니라 그는 상당한 성공으로써 자신에게 부여된 이 과제를 받잡았다.

그의 자취가 이르는 곳에서 흐릿한 잠은 맹렬히 정신을 차리고 정기는 크게 씻겼다. 노쇠한 신라의 꺼져가는 운명 속에서 새로운 고려의 생기 넘치는 맥박을 돋우어 낸 대관범론(大觀汎論)은 그만둘지라도 조선 의식이 존속되기까지 영원히 최대 감사에 값하는 양대 공적이 그의 손에서 나온 것임은 잊지 못할 것이다.

이용하기 위해 당나라와 접촉한 것이 어느 틈에 심취가 되고, 존경으로 떠받치는 것이 되었다가, 마침내 기울어짐과 몰입이 되어, 자주적이고 자존적인 기개가 말할 수 없이 삭아 흩어져 한(韓)민족이면서 당나라 정신에 물든 시대적 질병이 되어가는 세태에 대해, 궁예는 동명왕 이래의 상주 불멸하는 대금비(大金笓)를 더하였다.

"나는 곧 위대한 고구려의 계승자"라 하며, 그 국토를 내 국토로 하고 그 정신을 내 정신으로 삼았노라 했던 그의 사자후(獅子吼)는 진실로 일부 특권 계급의 어그러짐에 억눌리고 짓밟혔던 대중의 진실된 마음과 바른 소리가 그의 입을 빌어 시원히 발로된 것이다. 궁예의 장단점이야 어찌됐든, 그가 얼른 일어나서 와짝 성공하기는, 진실로 이 순조로운 바람을 탄 까닭이다.

궁예의 성공은 곧 민중 정신의 성공이었다. 신라 끝에 빠졌다가 고려 처음에 솟아나는 대조선 정신의 일대 솟구침일 따름이었지마는, 그 자취를 일으켜 드러내 보인 사람으로, 그 지도자로, 그 권력을 움켜쥔 자로, 그 운동이 궁예의 굳센 기백과 신랄했던 수완에 기다림이 컸었나니, 이것이 그 불후할 공적의 하나이다.

궁예의 또 다른 공적은 한편으로는 도교(道敎)의 혼란을 겪고, 다른 한편에선 불교의 포섭을 당하는 가운데 있는 듯 마는 듯한 재앙에까지 맞닥뜨리게 된 조선 고대의 위대한 '붉' 사상을, 가리워진

칠장사(경기 안성)
궁예가 13세 때까지 머물었다고 전한다.

가운데서 헤치고 때 묻은 가운데 닦은 데 있다. 그 결과 국선(國仙)들이 신이 되도록 끝없이 거듭거듭 빛나게 하였으니, 어떠한 의미로 보면 전자보다도 더욱 거룩한 것이 그가 계승하며 나아가고 개혁하며 되돌아온 이 공적이라 할 것이다. 궁예는 과연 조선 역사상 드물게 보이는 전륜왕(轉輪王)[1]이다. 그런데 그가 뒤집어 엎은 것은 철륜(鐵輪)·금륜(金輪)과 아울러 법륜(法輪)이었다. 위대하구나, 궁예야!

체천(砌川) 지역을 옆에 꼈나 싶더니, 연천(漣川) 들판을 지난다. 보개산(寶盖山)을 쳐다본다. 불견산(佛見山)을 바라본다. 이 산 밑, 이 물가, 이 벌판이 궁예라는 주역을 둘러서 조선인의 왕성하게 넘치는 국가 기운이 가장 의의 있게 표현된 무대 중심인가 하면, 이상한 용솟음이 혈관에 꿈틀거림을 억제하지 못하겠다.

1 인도 신화에서 수미산 바깥 온 세상을 통일하고 지배하는 이상적인 제왕. 몸에 32상을 갖추고, 무력 대신 위엄과 바른 법으로 세상을 굴복시키고 선한 정치로 백성을 교화한다는 존재이다.

3. 철원을 지나며

정오가 되면서 날은 거의 쾌청하였다. 이번 길에 구름과 안개가 보인 질투와 시기는 반나절을 겨우 버티다 말았다. 철원역에는 새로 개통된 금강산 전철의 검고 우뚝한 차체가 둘씩둘씩 보이는데, 일본 유학생인 듯한 학생 몇이 "뻥車 뻥車"라고 하면서 동경 사투리를 쓰는 것도 우습게 들린다. 아직은 김화(金化)까지만 다니지만 멀지 아니하여 금성(金城)을 지나 화천(化川)까지 개통되고, 장래에는 말휘리(末輝里)를 거쳐 외금강까지 연장할 것이라 하니, 그때 가서는 금강산 유람이 더욱 예사로운 일이 될 것이다. 신선과의 특별한 인연이 있어야만 금강산을 본다는 말은 지금보다도 더 우스운 옛날이야기가 될 것이다.

월정리역(月井里驛)은 궁예의 옛 도읍이던 풍천원(楓川原)의 일부다. 역의 북단, 선로 좌우로 완연히 늘어선 흙제방은 천년의 옛 흔적을 간직한 성 외곽의 일부요, 북쪽으로 다시 10리쯤 가면 궁전의 옛 터인 고궐리(古闕里)에 팔각으로 된 칠층짜리 석등(石燈) 한 기가 지금은 없어진 나라의 옛 일을 말하고 섰다. 월정리역의 동쪽 수리지(數里地)에도 태봉국의 유물인 석등과 귀부(龜趺)가 있다 한다.

여기서 동쪽으로 보이는 넓은 들은 고동주평(古東州坪) 즉 대야잔

월정리역(강원 철원)

서울에서 원산까지 이어졌던 경원선의 간이역으로 남방 한계선에 근접한 최북단에 위치해
있다. 현 건물은 1988년 복원된 것이다.

평(大也盞坪)[1]이라는 것일지니, 북으로 재송평(栽松坪)[2]을 연하여 예
로부터 임금과 신하가 함께 사냥 등을 통해 무예를 연마하던 강무
장(講武場)이다. 세종이 여기 와서 수렵하신 일까지 있다 하나, 논밭
과 들판이 크게 변하여 옛 모습이 아주 없어진 지도 오래며, 그 밖

---

1 강원도 철원군의 서남부에 위치한 평야. 철원군의 동송읍 학저수지 남단 지
   역인 오덕리 · 이평리 · 대위리 · 장흥리 · 오지리 · 상노리 지역 일대의 평야
   이다. 『신증동국여지승람』 철원도호부 산천조에 "대야잔평은 부의 동쪽 10리
   에 있다. 옛날에는 고동주평(古東州坪)이라고 일컬었다. 누른 띠풀이 시야 끝
   까지 깔려 있다. 재송평과 함께 강무장(講武場)이 된다. 우리 세종이 일찍이
   여기에서 사냥을 하였다."는 기록이 있어 그 유래가 오래되었음을 짐작할 수
   있다. 대야잔평은 평야의 형세를 큰 분지에 비유한 한글 지명을 한자로 고친
   것으로 짐작된다. 평균 표고가 200~250m이며 넓은 평야 지대이다.
2 강원도 철원군의 서부에 위치한 평야. 철원읍과 동송읍의 북단에서 평강읍의
   남단에 이르는 평야이다. 그 범위는 평강읍의 가곡리 · 학전리와 철원읍의 월
   정리 · 홍원리 · 외촌리 · 사요리 · 내포리 · 월하리 · 대마리와 동송읍의 관우
   리 · 중강리 · 강산리 · 양지리에 이르는 대분지 지역이다. 재송이라는 지명은
   이곳이 울창한 소나무 숲을 이루었기 때문에 유래한 것으로 짐작된다.

을 에둘러서 겹겹이 옹긋거리는 먼 산맥들은 고운 담채화처럼 말할 수 없는 미감(美感)을 자아낸다.

벌판을 가다가 잊었던 일을 생각한 것처럼 불쑥불쑥 솟은 원뿔형의 외로운 언덕들은 아무리 보아도 옛 무덤 같다. 경주 부근에 놓였으면 모두 고고학적 발굴의 운명을 가졌을 것인데, 여기 있어서는 자칫 단조로움에 빠질 듯한 광야에 자못 운치를 더하여 줌이 기특하다.

점점 높아지는 광야와 평원은 동쪽으로 터졌다가 서쪽으로 열리고, 왼쪽으로 기울었다 오른쪽으로 치우치는 중간을 타서, 기차가 북쪽을 바라고 헐떡거린다. 채소와 양곡이 반 넘어 누렇게 말라 보잘 것 없는 밭 둔덕에도 흉년 모르는 억새는 군데군데 한 길 넘게 뽑혀나서, 어른하면 차창을 뚫고 들어오려 한다.

가파른 길이 계속되면서 벌판이 늘고 벌판이 느는 대로 억새밭이 넓어지는데, 하얀 꽃이 눈보라를 치는 족족 호장한 고원의 아름다움이 그대로 무르녹아지면, 이따금 나뭇잎을 뒤흔드는 쓸쓸한 바람은 천년 전 옛 나라의 하염없는 한을 하소연하는 듯, 가을 기운과 나라 잃은 한, 그리고 넓고 아득한 맛이 뒤섞인 감회는 과연 형언하기 어려운 비장함 그것이다.

병풍같이 둘린 산 밑에 소담스럽게 펼쳐진 마을을 보면서 긴 하늘 넓은 들의 한복판에 있는 평강역(平康驛)에 다다랐다. 역 안에는 정복 입은 경찰 순사가 군데군데 서성서성하고, 역 바깥에는 학생들과 재향 군인들이 나열해 있는 것을 보니, 아까 그 어른도 여기서 풍악 유람가시는 줄을 알겠다.

"과연 거북한 일이군."하며 얼른 내려서 차편을 물어보니, 오늘과 내일 이틀간은 어찌해볼 도리가 없으니 원산(元山)으로 돌아가라 한다. 금강산을 뒤에서부터 더듬어 내려오면 흥미가 반감된다는 영호 노사의 원칙에 따라, 며칠 기다리더라도 기어이 예정한 행로대로 하기로 하고, 돌아오는 길에 들르려 했던 삼방(三防) 구경을 먼저 하기로 하여, 내렸던 기차를 다시 탔다.

서쪽으로 보이는 계현(憩峴)은 궁예가 사냥 다니다 쉬던 곳이라 한다. 북쪽으로 지나는 갑천(甲川)은 정변 소식을 듣고 도망하던 궁예가 갑옷을 버리고 달아난 곳이라 한다. 하지만 이른바 '민간 지명 설화'일 뿐이니 믿을 만한지 아닌지를 말할 것들은 아니요, 다만 궁예와 땅의 관련이 어떻게 오래도록 새로움을 보면 그만이다.

『신증동국여지승람』의 평강제영(平康題詠)을 펴 보매, 김예몽(金禮蒙)의 시에 "말을 급히 달려 황야를 지나가는데, 숲 사이에서 흰 연기가 난다. 쑥을 엮고 나뭇가지로 얽은 문에 잔약한 민호가 남았고, 띠와 납가새풀 사이에 작은 성이 있구나."라 한 것이 길의 실제 경치에 가장 부합한다.

평강에서 이십 리쯤 떨어진 복계역(福溪驛)은 평강 고원의 분지에 놓여 있다. 여기서부터는 철도 선로가 급경사로 치달아 조선 척량 산맥(脊梁山脈)을 넘기 때문에 이곳에서는 특별히 견인력이 강대한 기관차로 바꾸는 등 고개넘이 준비가 한창이다.

하늘과 맞닿은 들을 등지고 구름을 뚫고 들어간 높은 봉우리를 더위잡아서 고려 초 북쪽 끝의 긴요한 요새였던 성황당 산성을 끼고 기차의 숨소리가 갈수록 가빠진다. "두견이 우는 소리에 청산뿐이니, 하루 내내 걸어 푸른 숲만 뚫는다."[3]던 큰 고개도 서너 시간 차창에 팔베개로 넘게 되었다. "계곡 하나 건널 때마다 몇 구비인 줄 알지만, 잔잔히 흘러가면 또 잔잔히 흐를 뿐"[4]이라며 아픈 다리에 지루하던 먼 길도 이제는 도리어 여행객들이 노니는 반가운 경치가 되었다.

---

3 고려 시대 김구(金坵)의 「분수령도중(分水嶺途中)」의 일부이다.
4 김구, 앞의 시 중 일부이다.

사십 리 동안이나 숨차게 올라서 평평한 곳을 얻어 가지고 궁둥이를 붙인 것이 검불랑역(劍拂浪驛)이다. 해발 1,847척쯤 되는 고지대로 조선 철도 정차장 중 최고 지점이라 하며, 한여름에도 열기를 모르고 모기장도 소용이 없다 한다. 희룡(戱龍), 장고(長鼓), 풍류(風流), 오신(五神) 등 산계(山系)·산맥(山脈)·산휘(山彙)·산군(山群)이 여기도 우뚝, 저기서 쭝긋 다투어 하늘 삼키는 가운데 창망한 고원에 거센 바람이 누런 풀들을 쓸어 가는 광경은 과연 여기가 아니고는 보기 어려울까 한다.

천만 개의 산골짜기와 바위들을 삼켰다 뱉았다 하는 엷은 구름을 바라보았다. "가을 바람 일어나니 흰 구름 날아오르고, 초목이 누렇게 떨어지면 기러기는 남으로 돌아간다."[5]는 「추풍사」 한 구절을 바람에 얹어 노래하자 어깨가 공연히 들먹거린다. 여기서부터 기차는 사분의 일의 급경사를 오르락내리락 하면서 조선 철도 중 가장 높은 고지인 2,700척이나 되는 마루턱을 오른다. 치솟은 고개도 끝이 있어 이제는 원산까지 내려가는 길이 되고, 얼마 안 가 세포역(洗浦驛)에 닿는다.

남방 이목정(梨木亭) 지역 근처로부터 북쪽으로 추가령(楸哥嶺) 서편 기슭까지 길이 오륙십 리에 넓이 수십 리인 대평원에는 억새로 임자를 삼은 갖가지 들풀이 눈이 닿는 데까지 사람이고 마소고 집이고 길이고를 모조리 파묻었다. 세로 선 억새밭 위에 군데군데 비스듬하게 가로놓인 억새 방석이 보이는 곳은 사람 사는 집들인데, 평강 지역 이쪽으로는 논이라고는 볼 수 없는 곳이기에, 집을 이은 것이라곤 억새뿐이다.

집 이은 억새 이삭이 희끗희끗 나리는 사이로 지붕에 말리는 고추 무더기가 보이는 것은 또 하나의 그림 같은 풍경인데, 그 사이

---

5 한무제 유철의 시이다.

로 들리는 개 소리, 닭 소리, 어린애 우는 소리, 아낙네 지저귀는 소리는 그리려 해도 그리지 못할 야생의 한 정취이다. 이 초원을 이용하여 우마·양 등의 목장이 네다섯 곳에 산재하여, 석양에 몰려가는 꼴과 새벽달에 영악지르는 소리가 일단의 정조를 더한다.

이것이 알프스의 고원에서처럼, 스텝(steppe)의 무성한 잡초더미에서처럼 시요(詩謠)로, 설화(說話)로, 음률(音律)로, 도화(圖畵)로, 조선의 민족적 여행 가방을 가멸케 할 날은 과연 언제나 될는지 눈에 스치는 바가 도무지 아름다운 공상의 거리 아닌 것이 없다. 조선에서 최초이자 유일한 대단위 농업 경영지인 난곡 농장(蘭谷農場)은 여기서 동쪽으로 삼십 리 되는 회양군(淮陽郡) 난곡면(蘭谷面)에 있다.

세포에서부터는 들이 좁아지면서 산이 오무라들고, 골이 깊어지면서 벼랑이 깎아지른다. 흙바닥에는 누런 나뭇잎들이 비단을 새겨 넣었고, 바위 면에는 푸른 이끼를 유리처럼 뒤집어썼다. 산악미(山岳美)·계곡미(溪谷美)·수림미(樹林美)·운일미(雲日美) 등이 한데 어우러져 이미 별천지에 들어온 듯하다.

땅에 고인 물을 거쳐 내려온 차가운 연못은 푸르침침한 채로 조약돌 담은 바닥을 내어 보이는데, 타는 듯한 신나무 그림자가 그 위에 덧대어 비추어질 때면 "좋다." 소리가 저절로 목구멍을 넘어온다. 이따금 이따금이 아니라 고대하고 또 고대하는 것이요, 조금 조금이 아니라 무더기 무더기이매, 눈이 도리어 보내고 맞이하기에 가쁘다.

함경도 지경이 되자 한 줄기 계곡물이 굽이굽이 줄 잇는 산봉우리 벼랑끝으로 흘러나오는 국사동(國師洞)으로 비롯하여, 이른바 삼방 지역 깊은 골짜기가 더욱 맑고 깨끗해지는 물과 돌, 더욱 짙어가는 경관으로 주린 눈을 한꺼번에 배불리운다. 산 한 모퉁이가 삐죽 튀어 나오면 무리가 되어 아홉이 비쭉배쭉하고 물 한 굽이 돌아

나오면 다리가 놓여 십여 군데가 어슷비슷한데, 인근 삼십 리 동안 음과 양이 거침없이 시원스레 뒤집혀 변화하는 중에, 거의 마주 닿을 듯한 두 산 틈에 끼인 삼방역(三防驛)이 앞에 마주한다.

여기 와서는 선로가 평지·산지 두 갈래로 갈리는데, 그 분기점에 와서는 기차가 잠시 멈추었다가 신호를 보고야 평지 선로로 들어선다. 역 건너의 작은 뜰을 보고 거대한 자연에 작은 기계를 갖다 붙이려 하는 얕은 인심을 우습게 알면서, 우선 여기서 차를 내리니, 때는 오후 두 시였다.

자동차 형편이 관심이 되어 역장에게 부탁하여 평강역으로 전화를 걸어 보았다. 고대해 마지않던 회답은 한 시간 두 시간 지나고 네 시간이 되어서야 모레쯤 좌석을 준비할 터이니 오후 영시 오십 분 안으로 평강에 당도하라 한다. 그 말을 듣고 역 앞 주막에서 점심 겸 저녁을 먹은 후 남쪽으로 뒷걸음하여 근래 들어 불시에 저명하여진 국사동 약천(藥泉)으로 향하기로 하다.

4. 조선 남북을 잇는 관문 삼방

복계(福溪)로부터 고산역(高山驛)까지 약 백사십 리 동안, 그 중에서도 삼방 골짜기(즉 洗浦 高山 구간) 팔십 리 동안은 험준하고 급박하기가 이러한즉, 공사 당시의 어려움을 짐작하겠고, 선로 측량 때에는 범의 밥이 된 인부까지 있었다는 말도 괴이치 않은 일이다.

조선을 안과 밖 두 구역으로 나뉘게 하는 척량 산맥은 지리적으로는 관문이자 인문적으로는 장벽이었다. 남북의 교통로가 철령(鐵嶺)·설은령(雪隱嶺)과 이 삼방[1]을 어울러 삼조(三條)라 일컫는 중에 삼방은 행로가 비교적 험준치 않은 편이었다. 하지만 도적떼가 많아 여행하는 이들은 철령으로 많이 경유하였다 하며, 북쪽 도적 무리들을 지키기 위한 필요에 따라 지금 역으로부터 십오 리 되는 추가령 아래에 지역을 지키는 관을 베풀고 별장을 두었으며, 다시 제2, 제3의 길을 삼봉산 앞과 풍류산 앞에 두었기 때문에 이로써 삼

---

1 『신증동국여지승람』 함경도조에 의하면, "상·중·하 삼방(三防)이 있는데, 이 샛길로 장곡(長谷)을 경유해서 바로 분수령으로 통하며, 옛날에 세 곳 방을 설치한 땅은 골짜기 형세가 칼로 깎아지른 듯 손가락처럼 벌려져 있고, 또 물이 깊어 낭떠러지를 따라 겨우 서울 가는 첩로(捷路)만 통하게 되어 있다."고 하였다.

방이란 이름이 생겼다 한다.

역으로부터 오던 길을 말미암아 삼방 개울을 끼고 철도용 수로 발원지를 지나서 남쪽으로 5리쯤을 간다. 서쪽으로 흙산이 둘리고 동쪽으로 바위 봉우리가 가렸으며, 그 밑으로는 개울이 못이 되어 충충하게 시퍼런 오른편 언덕 길가에 나무 끝이 썩은 오래된 전나무 한 주가 마른 괴목과 늙은 버드나무 각각 하나씩 데리고 모습을 가린 숲 속으로 조그마한 궁전이 들여다보인다.

이것은 태봉국의 궁예 대왕을 떠받드는 곳인데, 서너 칸 정도의 단층 처마에 '태봉전우(泰封殿宇)'와 '존경각(尊經閣)'이라는 두 개의 현판을 나란히 걸고, 안으로 정면에는 신주를 모셔 두는 감실(龕室)을 베풀어 놓았다. 그 안에는 황금관을 쓰고 붉은 비단옷을 입은 그림 초상을 봉안하고, 옆으로는 장지문을 하나 따로 설치하여 근대 의복을 입은 한 여인상을 걸었다. 탁자 앞에는 종이와 양초의 타고 남은 재가 수북이 괴어 있는데 이것은 큰 제사가 오랜 세월 끊이지 않음에 향불이 끊이지 아니함이다.

기둥 끝 처마 아래에는 전각을 중수(重修)하거나 치성을 드려 새로 설비를 단장할 때마다 성금 낸 사람들의 이름을 게시하였다. 최근 2년간은 평강·안변 양 군 인근에 사는 사람들이 평균 1원씩 냈음을 기록하였다. 토착민에게 물으니 이 구례왕은 고래로 영험이 특히 두드러져 백성들의 외경이 자별하므로, 매년 봄 가을에 골짜기에서 나라의 큰 제사를 올릴 뿐 아니라 질병·재액에는 개인이라도 온 마음으로 치성하는 것이 성풍한다고 한다.

평강 지역 무당이 일이 있을 때마다 '희령산신(戱靈山神)'을, 고산 지역 무당이 일이 있을 때마다 '가래산신(加來山神)'을 들먹이듯이, 삼방 인근 지역 무당들은 무엇에든지 구례왕께 정성을 드린다. 산천의 구획이 엄정하여 각각 제사 드리는 것이 있다는 예맥(濊貊) 땅의 옛 풍습이 이렇게 엄존해 있음을 볼 것이다.

사연이 서려 있을 듯한 돌담을 나서니, 앞에 있는 나무 지붕의 민가는 묘당(廟堂)을 지키며 제사를 주관하는 곳이다. 그 옆으로 반쯤 지은 한 띠집이 있는데, 그 앞에는 바위 봉우리와 흙 언덕이 옹긋종긋한 것이 마치 여기를 바라고 의관을 갖춰 예를 행하는 것처럼 보인다. 바위 봉우리 끝을 끼고 물을 따라 돌아갔다. 바위 봉우리는 오른쪽으로 펼쳐지면서 우뚝 솟거나 예리하게 치우쳐 깎이거나 아니면 험준하게 가파르거나 하는 등 각각 서로 다른 모양을 나란히 드러낸다.

그 아래로는 맑디맑은 녹수(綠水)가 자르르 가느다란 물결을 이루고, 오른편 산간에는 골짜기마다 가느다란 물줄기가 졸졸 흘러내려와 차례로 합해져서 하나의 물을 이루었다. 왼쪽으로는 혹 평평하고 혹 진한 그림자를 비추어내는 언덕과 골짜기들이 겹겹이 들어서서 자태가 천만가지다. 양쪽 모두 빨갛고 노랗고 파랗고 불그레한 온갖 빛깔이 거울처럼 서로서로 되비쳐지는 비단 같은 수려한 병풍 장막이기는 매한가지였다. 여기를 삼봉이라 일컫는다.

골짜기 시냇가로 석등이 자세하고 찬찬히 이어진 것을 바른 길로 여겨 길을 따라 끊어질 듯 이어진 계곡물 하나를 건너고 또 되건너면서 얼마쯤 올라갔다. 하지만 산이 거의 다할 때까지 약수터 소식은 아득하다. 엽총 멘 한 일본인에게 길을 묻고서야 비로소 남쪽으로 한 등성이를 더 넘어야 할 것임을 알게 되었다.

그러나 나중에 알고 보니 이 계곡이 저대로 갖추고 있는 깊디깊은 저만의 아름다움이 있고, 올려다 보이는 '비대'란 촌락은 별천지처럼 한가로워, 마치 뜻밖에 무릉도원 한 구역을 찾아낸 듯했다. "진인(신선)을 찾다가 봉래도(蓬萊島)에 잘못 들어가"[2]더라도 원통할 일은 조금도 없다. 과연 없는 길을 뚫고서 등성이를 넘어서자 삼방

_____

2 이백의 칠언절구 중 일부이다.

개울이 막다라 보이는 곳에 굵직굵직한 집들이 촌락을 이루어 있는데, 물을 것 없이 약수터임을 알겠다.

얼른 보기에 시내는 어디든지 아름다우나 산은 그다지 고운 줄을 모르겠다. 다 가서 길 오른편에 '봉은사(奉恩寺) 포교당(布教堂)'이라 쓰인 표목(標木)을 보았다. 이왕이면 하룻밤 인연이라도 부처 계신 곳에서 맺으리라 생각하고는 허위허위 찾아갔더니, 법당은 잠기고 큰 방은 걸리고, 아는 길손조차 없다.

몹시 애석한 마음으로 돌아서서 그 가운데 가장 번듯한 여관 하나를 골라 피곤한 다리를 들여놓으니, 시간은 오후 여섯 시 정각, 산이 높아 저무는 황혼빛이 이미 주위를 검게 칠하는 때였다. 한성 여관에서 등촉불을 밝히고 쓴다.

5. 기이한 봉우리 아래의 찬 서리

낮부터 급변한 날씨는 밤이 되자 더욱 심해졌다. 방이 어찌나 차갑고 냉랭한지 날이 새도록 꿈이 둥글 수 없었다. 지게문을 열자 참담한 빛이 한 하늘에 서리고, 오싹하니 맹렬한 기운이 바로 얼굴을 스쳐, 아무래도 이 밤이 무사할 것 같지 않았다. 밖으로 나가보니 찬 서리가 나무 끝, 지붕, 밭두덩을 모조리 하얗게 뒤덮고 있었다. 여관집 여인들은 의논이라도 한 듯 솜마고자를 입었고, 그 중에서도 저고리 위에 털배자를 입은 이는 물을 것 없이 관서(關西: 평안도 황해도 북부 지역) 어미네들이다.

약수터는 삼방역에서 남쪽으로 십 리쯤 되는 곳에 있었다. 삼방 개울을 끼고 둥그스름한 산길·가파른 봉우리·구불구불 휘감아 흐르는 계곡·푸른 절벽 등이 에워 싼 작은 분지에, 거의 빈 땅이 없을 만큼 여관들이 들어차 있다. 개울은 세심(洗心), 둥근 봉우리는 와우(臥牛), 뾰죽한 봉우리는 기각(奇角), 골짜기는 천진(天眞), 돌을 쌓아 만든 받침대는 선무(仙舞)라 한다. 하지만 이런 이름이 생긴 게 오래되지 않은 탓인지 지역 거주인들도 잘 모른다.

붓끝같이 죽순같이 홀로 가파르게 빼어난 기이한 봉우리와 그 건너편에 넓고 펑퍼짐하게 돌로 쌓은 성가퀴처럼 둘러싼 선무대

오색 약수(강원 양양)
3개의 구멍에서 솟는데, 위쪽의 약수는 철분이 많고 아래쪽 2개의 구멍은 탄산질이 많으며
물맛이 특이한 것으로 유명하다.

(仙舞臺)는 그 자체의 기이한 예스러움과 거기 점철되어 있는 소나
무 단풍나무들이 그대로 격조를 갖추어 빼어난 일대 장관을 이루
었다.

이 두 틈으로 뚫린 골짜기 끝에서 맑고 차가운 탄산수가 지금까
지 샘물로 터진 것이 무릇 세 군데다. 맨 밑에 봉래천(蓬萊泉)이란
것이 가장 오랜 것이고, 포교당 밑에 있는 것과 또 그 속에 있는 약
왕천(藥王泉)이란 것은 모두 나중에 발견한 것이라 한다. 경원선이
개통되기 전까지는 여행객들의 갈증을 씻어주었던 것 외엔 간혹
중병인의 요양처가 될 뿐이더니, 지금은 나라 안에서 가장 저명한
약수로, 피서 겸 와서 묵는 이가 올 여름에는 수백을 세었다 한다.

물은 무색 투명하고 약간의 산성 자극미를 띤 차가운 샘인데, 소
화기·배설기 등 온갖 병에 특효가 있다. 맛은 강서(江西: 평안남도 강
서) 약수와 비슷하지만 양은 그만 못한 듯하며, 효험은 설악산 오색
이 이를 못 따른다 하나, 계곡과 산의 빼어난 경치와 교통의 편리
함을 가진 탓에 앞으로는 대표적인 약수로 발전을 이룰 듯하다. 이

구역 일대는 통째로 철도가 개통되면서 일본인 아무개의 소유가 되었는데 세운 집들은 전부 세든 땅이며, 팔지도 않거니와 판다 하여도 땅 한 뙈기에 천금의 값이다.

물터에는 지붕도 덮고, 땅을 골라 놓기도 하고, 다소의 위생적 제약도 있어 자못 질서가 있음이 맛갈스럽다. 볕이 퍼지기를 기다려 바른 길을 좇아 개울을 끼고 나오는데, 너럭바위가 계곡 주변 곳곳에 그림 같은 터를 이루고 있고, 맑은 햇빛에 서리맞은 단풍잎들이 불타오르며 뒤섞여 있는 모습은 아무리 봐도 싫증나지 아니한다. 더욱이 이쪽에서 보는 삼봉 인근 계곡과 산악의 우아한 정취는 비록 작은 규모일망정 자못 애착이 생긴다.

마침 한 노인을 만나서 태봉궁이 곧 궁예 왕릉의 사당임을 듣고는 다시 신성한 지역에 삼가 예를 취하기 위해 들어섰다. 어저께 그 건물들 뒤로 돌담처럼 보였던 것이 사실은 돌로 쌓은 무덤의 남쪽 한 면이었다. 올라가 보니 그 북쪽과 서쪽 두 면은 제작된 옛 모습 그대로 오히려 온전했으며, 같은 쪽 한 면은 상부가 무너졌으나 수십 보 둥글고 모난 무덤자리가 대체로 예스러움을 띠어 엄존함을 본다. 사방에는 칡덩굴, 무덤의 흙에는 쑥대, 석축 바깥에는 한 줌의 흙도 남기지 않고 여기저기 무성한 보리밭. 이 해의 패기가 다만 이뿐이구나. 나오면서 보니 사당 앞에 둘러쌓은 담장의 돌들이 본디는 무덤 벽의 일부였던 것을 알겠다.

다시 노인을 붙들고 전설을 자아내었다. 운명이 다하고 일이 틀어져 버린 구례왕이 발 붙일 땅을 얻지 못하고 깊은 곳을 찾아서 삼방 골짜기로 들어 왔었다. 풀밭에서 기고 바위틈에 엎드려 가면서 수 일을 지내는데, 주린 배는 찾을 것을 찾아 마지 아니하였다.

삼봉 가장 높은 곳에 올라 은거하며 다시 재기할 땅을 둘러볼 즈음, 문득 한 승려를 만나서 우선 먹을 것을 베풀어 달라 하매, 자기도 약간의 남은 먹을거리를 어제까지 다 먹고 이제는 죽기만 기다리노라 한다. 혹시 용이 잠수하고 호랑이가 숨을 만한 땅이 없 겠는가 물으매 병의 목과 같은 이 깊은 산 속을 들어와 살 길을 찾 는 것이 어리석다 하고는 어디론가 사라져 보이지 않았다.

"아아, 이렇게 끝나는구나."하고, 그 봉우리에서 심연을 향하여 그대로 몸을 던졌더니, 물에는 빠지지 아니하고 지금의 무덤이 있 는 곳에 와서 우뚝하게 선 채로 운명하였다 하여 선 채로 금관(金 棺)을 만들어 씌우고 그 위를 돌로 봉인한 것이 지금의 무덤 자리 다. 이 금관을 훔치려 도굴꾼들의 우환이 한 두 번이 아니었으나, 그때마다 하늘의 변화가 있어 무서워 후퇴해 물러나 흩어졌으며, 그때부터 귀신의 위력이 또렷하여 인근 지역의 재앙이나 복을 다 스리지 않는 것이 없으므로, 이제까지 이 지방의 유일한 신이 되었 다 한다.

덕물산의 최영 장군처럼, 가림성의 유금필 장군처럼, 신도(神道) 와 어우러져 만인에 의해 떠받들어지고 백대토록 제사를 받는 것 은 조선의 독특한 선인 기념 방식이라 할 것이다. 말하고 보니 능 연각(凌煙閣)·유명비(留名碑)·동상(銅像)·목주(木主)는 무당의 입 에 있어, 환난이 있을 때마다 솟아나오는 것이다.

6. 태고의 기상으로 쏟아지는
140척 삼방폭포

조선에서 무슨 사당(祠堂) 무슨 신묘(神廟) 하는 것들은 그 본래 의미가 중국의 묘우(廟宇)와는 크게 다르다. 사당과 신묘 등은 사람으로 죽은 이가 그냥 신으로 머문다는 사상에 기인한다. 이는 일본의 신사(神社)와 공통된 기원을 가지는 것이다. 무릇 조선에서는 어떤 땅과 인연 있는 거인(巨人)이 민간 신앙과 항상 하나의 끈으로 엮여서 영원히 또 깊숙하게 민중 생활에 교섭을 가지게 되었기 때문이다. 미신이지만 그 참된 뜻만큼은 아주 없애버리지 못할 것이다.

다만 사랑으로 어루만져 준다는 것이 아니라 위력적인 것인 까닭에 그리워하기보다는 무서워하게 되는 것이 똑같은 존경과 믿음이라 할지라도 그리 만족스럽다 할 수는 없다. 지금 이 태봉국의 궁전도 서너 칸짜리 작고 초라한 집에 겨우 비바람을 가릴 따름이다. 하지만 궁예의 획기적이고 뛰어난 공훈, 그것을 산출시킨 그의 빛나는 정신은 이 집에 얹혀져 토지 민중의 마음속에 영원히 생존해 가는 본보기가 된 것이다. 살아서는 쫓긴 사람, 굶겨 죽이는 사람이 되고, 죽어서는 높이는 이, 모시고 이바지하는 이가 되니, 두려워할 때에 엷다가, 넘어진 뒤에야 받들어 모시는 영웅의 운명은 궁예왕 한 사람까지도 놓치지 아니하였구나.

손길을 맞잡고 경건하고 엄숙하게 구례왕의 영령을 축원하였다. 다만 한 지역의 행복과 재앙을 가늠하는 학정(虐政) 군주 노릇에 배불러 하지 말고, 살아생전 그대로 민중들의 가슴속에 실제로 살아나서 오랜 세월 갚지 못한 깊은 한을 오늘 이때로써 풀어 보소서. 백성들의 어지러운 의구심을 헤치고 세상의 까부라진 풍속을 가다듬어 조선 정신의 크고 신령스런 변동을 나타낼 궁예적인 인물은, 지금 우리 시대의 가장 갈급한 요구가 아닐 수 없다.

큰 돌에는 콸콸, 자개 돌에는 쫄쫄, 소리를 내며 개울이 흐르고 흘러가면서 옆을 떠나지 아니한다. 삼방역을 지나서부터 산이 더욱 높은 듯 나무가 더욱 촘촘한 듯하고 서리맞은 단풍잎들의 아름다움도 그대로 느는 듯하다. 조금 가다 오른쪽에서 으늑하고 맑고 수려한 한 계곡과 골짜기를 보고, 하얗게 떨어지는 눈 아래, 붉은 나무들 위, 비췻빛 소나무 사이사이, 푸른 바위들 주위에 법당 하나 있음직하다 하여 맑고 우아한 종소리 풍경 소리가 거기에서 나오지 않음을 영호 노스님은 매우 섭섭히 아시는 모양이다. 일껏 또 일껏 하시매 내 생각에도 딴은 그렇거니 하여진다.

조밭·메밀밭·억새밭 두렁으로 가을색을 혼자 자랑하는 패랭이꽃을 군데군데 반가이 보면서, 역에서 5리쯤 남짓 와서는 왼편 계곡쪽으로 꺾어 든다. 작은 언덕마다 길바닥이 떡가루같이 부스러운데 이것은 높은 땅과 봉우리로 벌목을 나르는 소달구지에 눌린 탓이다. 멍에통 없는 바퀴에 안장 벗은 소들도 여기저기 있다.

골짜기로 들어가면서 경계가 그윽해질수록 나무는 더욱 숲 깊어 간다. 대강 거칠게 친 재목들이 군데군데 쌓였고, 벌목꾼의 작은 막집들도 듬성듬성하다. 귀리짚으로 이은 움집이 어느 것은 거적문을 옆으로 깊숙이 들여다가 단 것도 있고, 어느 것은 뒤는 서까래를 땅에 박고, 앞은 기둥으로 번쩍 들어 반은 움막 반은 집의 형상을 한 것도 있다. 원시적으로부터 좀 진보한 것, 움과 집의 특히 여러 가지를 보는 동안에 조선 가옥이 움막으로부터 발달해 온 과정을 역사적으로 관람한다는 생각이 들었다.

몽당치마 두른 아낙네가 배추 밑을 돋우는 곁에서, 이 바람에 빨간 돌띠[1]를 두른 적삼 하나만 입은 어린애는 도토리를 구워 달라고 조른다. 칡타래를 주섬주섬 쌓은 뒤에는 작은 움이 묻혔다. 들여다보니 새로 캐낸 감자가 하나 그득하다. 구름 밖으로 문득 들리는 거드렁 소리는 태고 시절의 일월을 혼자 맡아 가진 나무꾼의 풍류인 듯하다. 이윽하여 구름 헤치고 내려오는 지게꾼이 마치 하늘에 달린 나선형으로 꼬아 놓은 새끼줄을 붙들고 내려오는 것 같다. 참나무 두서넛씩 묶어 놓은 다리를 밟으면서 한 줄기 시내를 여러 번 되풀이하여 건너는데, 어떤 데는 급류가 되고 어떤 데는 넓고 평평한 바위가 되어, 번번이 딴 것을 대하는 듯하다.

여남은 살 됨직한 계집애가 고개가 휘어지도록 곡식 자루를 이고 평탄하게 산길을 올라가는 것을 보았다. "어데로 가느냐?"하니 "이장집으로 간다."한다. 다시 "이 꼭대기 어디란 말이냐?"하고 물으니, "도준이네 이웃 집이예요."하며 대꾸하는데, 한없이 천진스럽다. 우리가 도준이를 알든지 말든지, 그 애의 말은 사실을 이른 것이겠지.

투덜거리는 어수선한 소리를 들으면서 다리를 또 하나 건너 빨간 열매 돋은 나무를 끼고 도니, 엇비스름한 폭포 하나가 우툴두툴한 바윗면에 하얗게 물보라를 춤추게 한다. 여행객들은 이것을 삼방폭포로 잘못 알고 보고 가는 이도 있으나, 실상 그 졸개에 불과한 삼방의 암폭포이라 한다.

다시 조금 올라가서 북을 두들기는 듯한 소리가 귀를 울리고 춤

---

1 어린아이의 저고리나 두루마기에 달린 긴 옷고름. 한 가닥을 등 뒤로 돌려 가슴 앞에서 맨다.

을 추며 하늘로 날아 오를 듯한 기세가 어른거리며 문득 눈앞에 나타나는 것이 바로 삼방의 진짜 폭포인 주인공 숫폭포다. 비류 직하 백사십 척! 가물었으나 수량도 상당하고 배경 또한 탁 어울려진 것이 한 지역의 명품 폭포임을 허락하겠다.

백련(百鍊)을 사이에 두고 양지쪽으로는 단풍이 우거져 불이 한참 타고, 음지쪽 한편은 누른 듯 푸른 잎이 오히려 생기를 띠었다. 이편으로 몰려 선 하얀 눈밭, 저편으로 치우쳐 선 벽옥(碧玉)빛 기둥은 쉽지 아니한 기이한 장관인데, 더욱이 동쪽을 향해 있기 때문에, 아침나절 "향로봉에 햇빛 비쳐 자줏빛 연기 피어 오른다."는 이태백의 「여산폭포」도 부러워하지 않을 듯 보인다.

다만 폭포받이가 속이 깊어 푸르스름한 연못 아닌 것이 흠이다. 요사이 더욱 눈에 거치는 것은 폭포 옆 석벽을 떼어내 변변치 않은 부동명왕(不動明王)[2] 석상을 붙여 놓아 천연미에 오점을 끼친 것이다. 그 위로 폭포 한 층이 또 있다 하나, 깎아지른 석벽을 거슬러 올라가기가 쉽지 아니하므로, 이곳에서 맑은 눈을 한참 쏘이다가, 이 마상산(麻桑山) 폭포 계곡을 하직한다.

다시 삼방 여행자 객점으로 돌아오니, 해가 기울수록 바람이 점점 차가워져서, 더운 방에 문을 닫았건만 겹옷에 메리야스가 오히려 추위를 누르지 못할 지경이다. 저녁때부터 날이 흐리기 시작하더니 식사 후에는 빗방울이 뚝뚝 떨어진다. 어제보다 더한 된서리 올 것이 이 비에 도망할 듯 싶다. 지역 촌락 주민들의 향토색 짙은 옛이야기를 들으면서, 오전 한 시 이십오 분 발 남행차를 기다린다 (물소리 바람소리가 도무지 추위 재촉하는 듯함에 두려워하면서 삼방 여행자 객점에서).

---

2 오대 존명왕의 하나. 중앙에 있으며 대일여래(大日如來)가 일체 악마를 항복시키려고 변화하여 분노한 모습을 나타낸 것이라 한다.

7. 봉비협 입구의 기이한 경관

굳은 비 오는 속에 척량 산맥을 도로 넘어 닭이 두 홰나 울 때쯤 큰길에 있는 한 여관에 투숙했다. 이튿날 정오에 정거장으로 나갔다. 수일 전부터 맞추어 놓은 것이었지만, 하도 붐비는 시기라 다시 한번 역장에게 따져보았는데, 대개 실수는 없으리라 하므로 비로소 안심이 되었다.

잠시 후 경성에서 떠난 차가 역사 안으로 도착했다. 자동차 위에 앉아 있는데, 일성(一星) 이관용(李灌鎔) 군이 나오면서, "소문 없이 언제 왔느냐?"고 한다. 관재(貫齋) 이도영(李道榮), 무호(無號) 이한복(李漢福) 등 두 화백(畵伯) 외에도 이씨의 두 벗까지 합하여 4인 일행이 옆으로 다가오며 "금강산에서 만나리라 하였더니, 어째 이때까지 여기 있느냐?"고 한다.

이 몇 분 만날 줄은 전혀 뜻밖이었다. 만철(滿鐵)에서 연락으로 쓰는 자동차는 한 대뿐이요, 개인적으로 영업하는 또 한 대는 하얼빈에서 왔다는 서양 여인 네 명이 재빠르게 "예쓰, 올라잇"한 끝이라, 이씨 일행은 오는 날을 기약할 밖에 없이 되고, 일성 형만 간신히 우리한테로 동승이 되었다.

기이한 만남이자 기막힌 인연이라 기뻐하면서 아두산(蛾頭山)·

호암산(虎岩山) 두 산 아래에 커다란 뱀의 형상으로 전개되는 평강 시내 도로를 가로질러 자동차를 달렸다. 크지는 않아도 가파른 평강 뒷고개를 조심조심 내려와서 동남쪽 방향으로 김화(金化) 대로를 곧장 질주하는데, 완만한 경사와 급박한 경사로 꾸준히 내려만 가는 것을 보면, 평강 일대가 얼마나 높은 고지대인가를 알겠다.

왼쪽으로 봉수산(烽燧山)의 불그레한 먼 빛을 보면서 만세교(萬歲橋) 놓인 하천 하나를 건너니, 하천의 하류로 군데군데 석벽이 호위하듯 서고, 붉은 나뭇잎이 푸른 이끼를 덮은 것이 또한 길 위의 한 볼거리가 됨직하다.

8. 김화

왼쪽으로 오유산(五楡山)이 보이는 때부터 새로 개통된 금강산 전철이 오른쪽으로 보이는데, 얼마 지나지 않아 동북쪽 길의 중심지인 김화읍(金化邑)에 당도하였다. 경성과 관북(關北)의 요충이요, 춘천을 통하고 영동 가는 길목이 되는 까닭에 읍내의 모양은 근처에 비길 데 없이 질번질번하였다.

읍의 동쪽에 새로 생긴 전철 정거장 부근에는 민가들이 부쩍 늘어, 바야흐로 대팽창을 보인다. 성석린(成石璘)이 "산천은 울퉁불퉁 평지는 없는데, 뽕나무 성근 곳에 인가 몇 채만 있다."[1]고 말한 것은, 산천도 변하지만 군(郡)의 상황도 크게 변했다는 말이었다. 하지만 "태수는 말하기를, 김화군이 태평하여 관리와 백성은 적어도 오는 손님은 많도다."[2]라 했으니, 지금 이 지역 태수가 어느 정도

---

1 『신증동국여지승람』 권47에 실린 성석린의 시이다.
2 성석린은 고려 말 조선 전기 문신이다. 이 시에서, 태수는 자기가 선정을 베풀어서 정말 태평한 곳이라고 자랑하지만 실제로 성석린이 보는 풍광은 험한 산으로 둘러싸인 곳에 뽕나무 몇 그루 쓸쓸히 있고 거기에 인가 몇 채 살아가는 정도였던 듯하다. 태수는 일부러 그런 사정은 모른 체하고 이 동네가 워낙 살기 좋은 곳이라서 관리나 백성은 적지만 찾아오는 손님은 많다고 하고 있다. 그렇지만 사실 찾아오는 손님이 많은 것은, 김화가 한양에서 금강산으로

풍류를 갖춘 사람인지는 모르겠지만, 금강산 통로의 요점이 되는 이 길이 세계적으로 방문객의 왕래가 더욱 많아져 갈 것만은 사실일 듯하다. 작지만 재미있게 생긴 김화천(金化川)을 끼고서, 여기서부터 길이 동북으로 우쩍 꺾인다.

김화읍에서 동쪽편으로 뻗으려 하는 전철길은 시설 공사가 한참 바쁘다. 여기서 백삼십 리 되는 창도(昌道)까지 명년 안에 준공하기 위하여, 가을 이래로 먹게 된 곡식을 지레 베면서 수백 명 중국인들을 부려서 공정을 재촉한다 한다. 아카시아 가로수가 이었다 끊겼다 하는 숫돌 같은 큰길에 자동차의 질주가 쏜살같으매, 사면을 산이 에워싼 중이건만 좁은 길로 가거니 하는 생각이 도무지 없다.

은행나무 정자를 지나서 한참 만에 잔잔한 물이 반가움을 띠어 가진 남대천(南大川)을 배다리라는 것보다 널빤지 신작로라 함이 맞을 듯한 기이한 통로를 통해 건너 들어가면, 명승지로 이름난 금성(金城)이다. 김화군에 통합되어 상황은 전보다 쇠잔해진 모양이지만 금계(金鷄)가 알을 품은 듯한 기묘한 읍내 지세와 열 두 구비 병풍을 얌전하게 둘러 막은 듯한 보기 좋은 읍내 앞쪽 산의 자태는 그저 보기에도 일종 이상한 결국(結局)이라 하겠다.

예로부터 풍수지리를 보는 감여가(堪輿家)들이 이러니 저러니 하고, 그럴듯한 말들을 지어내는 조건이 많고, 더욱이 이곳 군의 관아에서 수태(受胎)를 하면 명인(名人)을 얻는다는 미신이 있으므로, 호족 귀개(貴介)들이 일부러 금성 원님을 별러오던 것이라 한다. 근래에는 김 대비(金大妃)도 이곳에서 탁태(托胎)인지 탄생인지 하셨다 한다.

북쪽으로 나오면서 한참 산들이 나직나직하고 교태를 부려, 마치 내륙 포구 지방 같은 기분이 있으며, 이러한 산의 지류들이 겹

가는 길목에 위치해 있기 때문이었다.

겹이 싸여서, 지나며 보아도 훗훗한 맛이 그 안에 서려 있음을 깨
닫는다. 여원 땅의 여원 작물을 여원 여인이 여위게 거두는 것이
과연 산골짜기 지역의 생활고를 온통으로 말하는 듯하다. 이따금
노랗게 떨기져 핀 감국(甘菊)은 여행객으로 하여금 "성 가득히 비바
람이 내리는데 중양절이 다가온다."[3]는 시구를 생각케 한다.

평강서 떠난 지 두 시간 만에 구을파(仇乙破) 고개를 넘어 창도(昌
道)에 다다랐다. 옛날 북관(北關) 통로의 요충이요 시방까지 영동 영
서 · 관남 관북의 교차점인 탓에 사람이 많고 시가의 형편이 번지
르르함이 심상한 읍내보다 얼마나 많은지를 볼 수 있다.

일본인 · 중국인의 상당한 상점들도 꽤 여러 집이다. 점심을 먹
자면 여기밖에 없으므로 잠깐 자동차를 멈추고 국수를 눌러서 요
기를 한 후, 네 시가 거의 다 되어 다시 떠났다. 온 길이 180리, 갈
길이 200리, 전체 일정이 반쯤 온 모양인데, 여기까지는 줄곧 내려
오기만 하였거니와, 이로부터 다시 고지를 향하여 오르는 길이 된
다. 고요하고 쓸쓸한 집 틈과 메마르고 거친 땅 사이로 40리를 가
다가 문득 한 계곡을 향하여 가파른 언덕길을 꼬불꼬불 사귀어 내
려가는데, 산이 싸이고 골이 깊어, 옛날에는 녹림호객(綠林豪客)들에
게 가장 의기양양하던 무대였다고 한다.

한참을 내려와서 골이 깊이 빠지고 백 척의 자른 듯한 벼랑이 좌
우로 둘린 가운데, 맑은 물이 상쾌한 빛과 소리를 가지고 남으로
흐르면서 산골짜기로 흘러내리는 강의 아름다운 광경을 마음껏 드
러낸 것이 서진강(西津江) 협곡이다. 이전에는 보살나루니 봉비탄
(鳳飛灘)이니 하여 시인 문사들이 크게 노닐던 마당이 되던 곳인데,
지금은 철골과 시멘트로 된 긴 다리를 가설하고, 부상교(扶桑橋)란
이름을 붙였다.

---

3 송나라 반대림(潘大臨)의 시구로 가을 경치에 대한 수사로 자주 쓰인다.

상류보다도 하류 편으로 푸른 벽이 기이하게 깎아 세운 듯하고 붉은 나무가 드문드문 점점이 이어져, 자못 아름다운 구경이 된다. 회양(淮陽)·용연(龍淵)의 하류로, 고구려의 매이현(買伊縣)이던 통구(通溝)를 거쳐 마지막 한강으로 들어가는 물인데, 북쪽 언덕에 영벽루(映碧樓)란 것이 지금도 있는지, 협곡 속의 한 명산이던 것이다.

금강산에
들어서다

9. 귀로 보는 금강산

신안(新安)에 가서 회양(淮陽)을 서북 30리에 두고, 비교적 윤택한 전답들을 보고 나갔다가 3,300척의 부로지(扶老只) 고개를 넘는다. 웅장한 산벼랑을 따라서 휘우듬 꾸불퉁 무수한 꼬부랑길이 연속한 곳을 힘들여 내려간다. 무지하게 뚫고 나가는 자동차도 퍽 수고로운 모양이다.

이 고개를 넘어서는 길이 동으로 꺾여 화천(化川)에서부터는 다시 동남쪽 방향을 취한다. 이 근처부터는 잣나무 푸른 숲이 여기저기 뭉쳐 있고, 맑은 계곡 서리 맞은 단풍의 사랑스러운 경치가 이따금씩 눈에 들어와 여행의 피로를 잊게 한다. 이때까지 오면서 만나락떠나락 하던 금강산 전기의 전신주도 화천 어디쯤 지나서는 북쪽 추지령(楸地嶺)으로 갈려 보내고, 사양(斜陽)을 등지고 좁은 길을 사귀어 들어간다.

길옆에는 방목한 소가 많이 보이는데, 이때까지 오면서 거친 땅임에도 민가들의 외관이 그리 쓸쓸해 보이지 않았던 것은 실상 목우(牧牛)·양봉(養蜂)·채약(採藥) 등 부업의 수입이 많은 까닭이라 한다. 관가에서도 이를 장려하기에 매우 힘을 쓰는 듯하니, 오는 길에도 길가에 종우 양성장(種牛養成場)이란 것이 상당한 지역과 설비

금강산 가는 길

를 가지고 있음을 보았다.

　묵파령(墨波嶺)에 올라서면 금강산이 들여다보인다 하여 기다리고 기다렸는데, 조그만 언덕을 얼른 올라서자마자 여기가 바로 그 고개라 한다. 내가 요렇게 작은 고개냐 하고 묻자 일단 내려가 보고 말을 하라 한다.

　높은 산과 깊은 계곡이 과연 눈을 막았다. 조그만큼 한 굽이씩 돌고 또 도는데 평탄히 닦은 길이라 하지마는, 몇 굽이만큼 부득이 가파르게 만든 대목에는 자동차가 거의 스피이드를 그치고, 저절로 내려가는 듯한 운전법을 취한다. 잣나무밭 속으로 S자 연속의 굽이길을 살금살금 돌아가는 것이 말할 수 없는 흥미가 있다. 정신을 모으고 요리조리 키를 돌리는 운전수는 힘도 퍽 들겠지마는, 타고 앉아 편하게 구경하는 이는 여러 가지로 재미가 있다. 골짜기 저쪽으로 기다란 실뱀이 기어가는 것 같이 하얗게 보이는 것은 보행하는 옛 도로라 한다. 가도가도 끝이 없다.

해가 꼬박 져서 어두운 기운이 사방을 흐렸는데, 저 앞에 멀리 옹긋종긋 둘러선 것이 금강산 산봉우리들이다. 분명치 아니하나 그림자라도 금강산이라 하는 말, 금강산이 희미한 그림자로라도 앞에 당하여 있다 하는 말에는, 몸이 금세 단정히 삼가짐을 억제치 못하겠다. "저기 저것 말이오?"라고 할 적에는, 감격한 눈물조차 그렁그렁해진다.

그러나 그림자는 어디까지든지 그림자다. 그림자만 보고는 무작정 기쁨의 눈물을 흘릴 수 없는 일이다. 다만 생각하기를, 그리운 금강산을 안타깝게 멀리 대면하는 것보다, 차라리 보거든 손을 꽉 잡을 만큼 가까이 정답게 보거나, 그렇지 아니하면 그럴 때까지 실물 형상을 감추거나 하면 이 또한 의미 있거니 하였다.

이 묵파령은 옛길의 단발령(斷髮嶺) 같은 위치에 해당하는 곳이다. 여기 올라서면 중향성(衆香城) 이하 내금강의 윤곽이 보이고, 선경(仙境)의 인연이 몸에 닥침을 기뻐하는 곳이라 한다. 문득 건너다보니 금강산 앞에 가린 산허리에 불빛이 길길이 일어나 어둠의 한복판에 붉은 구멍을 뚫는다. 저것이 무엇인가 물으니, 보리 부치려 하는 화전불이라 한다. 나는 예전부터 화전불 같은 원시적 광경은 없는 줄 알았다. 그리하여 옛날 옛적에 대한 일종 신비한 그리움을 가졌었는데, 또 이것을 금강산 근처에서 보게 될 줄은 몰랐다.

잣나무 숲 밖에 달이 떴다. 이리 돌 적엔 숨었다가 저리 돌면 드러나서, 달로 더불어 숨바꼭질을 하면서 내려가는 것이 또한 쉽지 아니한 남다른 흥취라 하겠다.

거의 30분이나 걸려서 비로소 이 고개를 다 내려와서는, 올라오기 쉬움과 내려오기 거추장스러움의 너무 현격함을 비로소 괴탄하였다. 어둠을 뚫고서 옛날 북창(北倉), 지금 말휘리(末輝里)를 지나고 추지령(楸地嶺) 수력 전기를 만들어가는 금강천을 건너서, 민틋하고도 수월치 아니한 철이령(鐵彝嶺: 539척) 긴 계곡을 지나니, 동금강천이 앞에 당면하고, 오래된 소나무들로 이루어진 가로수가 좌우에 늘어선 속으로 그윽한 큰길이 취미 있게 뚫려 있다. 금강산 입구인 장안사(長安寺)의 입구에 든 것이다. 한 물을 여러 번 되건너면서 늙은 나무들이 가지를 겯고 월광이 틈틈이 새어 들어오는 동구 중으로 신비한 누구를 만나려 하는 울렁거리는 가슴을 안고 들어간다.

길 왼편의 외따른 작은 집은 세조의 유적인 괘궁정(掛弓亭)이다. 조금 가서 지나는 촌락은 장연사(長淵寺)의 유실된 터라는 장연리(長淵里), 혹은 탑거리(塔巨里)다. 길 오른편 방면 비탈의 밭 가운데 신라 시대 오층 석탑이 있다 하나 볼 형편은 아니다. 소나무 숲이 다하고 전나무나 가로수를 대신하면서, 그윽한 맛 거룩한 기운이 몇 곱이나 느는 듯하다.

만천강(萬川江) 위에 놓인 향선(向仙)이니 남천(南川)이니 하는 깨끗하게 청소된 나무다리를 건너서, 잠시 후 유리 창문에 전등이 휘황한 판옥(板屋) 앞에 자동차를 대었다. 서양 옷 입은 몇 사람이 은근히 환대하여 맞이하는 것이 물을 것 없이 장안사 호텔이다. 내려서 조금 들어가다가 밤도 이미 이슥하였기로 우선 산문 앞 여관에 드니, 때는 7시 30분 정각이었다. 평강에서부터 360리 길을 쉬거니 하면서 여섯 시간 만에 온 셈. 조금 있으니 주지 스님인 현의 용사(玄懿龍師)가 올 줄 알았다면서 몸 상태를 묻는다. 이것저것 분별도 하고, 내일 이후 여행 일정에 대하여 필요한 주의도 주고, 오랫동안

일제 시기 장안사(조선고적도보)

강원도 회양군 장양면 장연리 금강산 장경봉에 있었던 절로 신라 법흥왕 때 창건되었다는 설과, 551년(양원왕 7) 고구려의 승려 혜량이 신라에 귀화하면서 왕명으로 창건하였다는 설이 있다. 금강산 입구에 위치한 절이다.

친절히 주선하여 줌이 심히 고맙다.

저녁 식사를 마치고 손님도 보내고, 따뜻한 방에 곤한 몸을 누이니, 겨우 금강산 권역 안에 들어왔다 뿐이요, 아직 한 주먹의 물이나 한 움큼의 물도 본 것은 없을망정, 비로봉(毘爐峰)에서 불어오는 바람인 듯, 만폭동(萬瀑洞) 내려오는 시내인 듯, 여울목 우는 소리와 가을 숲 둘레는 소리가 베개에 서리고 꿈에까지 스민다. 눈으로 보는 금강산이 아니라 귀로 듣는 금강산은 귀가 어두울 만큼 이미 굉장한 구경이다.

두루 깨달은 원통(圓通)한 경지에서야 육근(六根)[1]은 특별한 것이 아닐지니, 눈으로 듣는 것처럼 귀로도 볼 것이라, 계곡 소리의 장광

---

1 육식(六識)을 낳는 눈, 귀, 코, 혀, 몸, 뜻의 여섯 가지 근원. 육식은 안식(眼識), 이식(耳識), 비식(鼻識), 설식(舌識), 신식(身識), 의식(意識)으로, 육근(六根)에 의하여 대상을 깨닫는 여섯 가지 작용을 이른다.

설이 그대로 산색의 청정한 몸을 뵈옵는 듯하며, 또 어찌 생각하면 소리로 먼저 금강산을 알려주심이 이러한 아둔한 사람으로 하여금 도 진신설법(眞身說法)을 직접 듣게 하시려는 법기보살마하살(法起菩提摩訶薩)[2]의 교묘한 일법인 듯하여, 또 한 번 감격한 생각을 누르지 못하는 중 금강 제일몽(第一夢)으로 들다(뿌연 빛이 장경봉으로 넘어오는 7일 새벽에 유일여관에서 기름 없는 석유등을 애꿎이 심지만 돋아가면서).

---

2 『화엄경』「보살주처품」에 나오는 보살. 화엄경의 일만 이천 불 가운데 가장 주장되는 부처로 항상 금강산에 머물면서 설법을 한다고 한다.

10. 장안사 운주문

위대한 금강여래께 귀의합니다[南無大金剛如來]

자고 나니 7일 화요일. 일찍부터 주지 현의 스님과 그 아우뻘되는 보광 스님이 찾아와 문안하고, 필요한 준비를 하여 줄 테니 인적이 아직 미치지 아니한 데까지라도 부근의 풍경을 미진한 것 없이 깊이 감상하여 달라고 한다.

지게문을 열고 나서 보니, 애말라 기다리던 금강산이 완연히 앞에 있구나! 일단일반(一端一斑)이지만 다른 데서는 도무지 보지 못하던 산수의 용모와 자태, 수풀과 샘들의 형상과 모양들이 눈앞에 널렸구나.

산은 묶어세운 듯 쭉쭉 뻗어나고, 나무들은 하늘에 직행하려는 듯 빳빳하게 허리들을 길게 폈다. 시냇물들은 시냇물대로 한껏 기운을 부리고, 저 놓인 그 자리 와서 앉은 그 모양이 그대로 다 마땅한 것을 얻었다. 전체로나 부분으로나 끼고 우물쭈물한 구석이 전혀 없는데, 그것이 으늑한 채로 시원하고, 수선한 채로 한가하다. 움직여 야단할수록 그대로 고요 조용하게 대자연이 펼쳐지는 것이 한 걸음을 들여 놓을락말락한 이 문턱에서도 명료하게 보인다.

이 맛이 금강산 기분의 전부가 아님은 물론이지만, 그중의 하나임은 의심이 없을 것이다. 얼른 볼 때에 문득 손길을 맞잡았다. 그리하고 나를 미(美)의 제국에 통관시키는 하늘의 특별한 배려에 감사부터 하였다. 이어서 그저 산을 생기신 그대로 함유하고 그 기운으로 목욕하고 찬송하고 예배하는, 가장 순종하는 어린 양이 되기를 결심하였다. 이러니저러니 정량복도(情量卜度)를 떠나서 다만 순수한 한마음으로써, 함빡 또 흠싹 금강산에 귀의하기로 하였다.

일체의 비평적 태도를 버리는 곳에, 금강산 – 미의 거대한 창고가 좀더 친절하게 내 앞으로 들어오는 생각이 난다. 평평하고 고운 산이 좌우로 끼어들어 오다가 솟쳐 나오는 물을 내보낼 양으로 한 골짜기를 열었는데, 늙은 소나무가 휘우듬하게 행렬을 지은 곁에서는, 천고에 입 다물 줄을 모르고 법기보살(法起菩薩) 상주설법(常住說法)의 편린을 외계로 베풀려 애쓰는 백천동(百川洞) 물이 소리소리 지르는 장안동 입구가 이미 심상치 않은 경치이다.

만천교(萬川橋) 사적비니 무슨 헌납비니 하는 것들은 다 없었으면 하는 중에, 고든(Gordon) 부인[1]의 경교비(景敎碑)[2]는 더욱 눈에 거치는 물건이다. 큰 도는 근원이 하나이겠지만 사찰에 천주비(天主碑)를 세운 것은 예배당 안에 불탑을 안치하는 것과 같은 일로 생각해야 할 문제이겠지.

장안사 입구인 운주문(雲住門)은 나지막한 삼문(三門)이 한없이

---

1 고고학자 고든(E.A. Gordon)의 부인으로 영국인이다. 원문은 과등 부인(戈登夫人)인데, 고든 부인의 중국식 표기이다.
2 중국 당나라 때 건립된 대진경교유행중국비(大秦景敎流行中國碑)의 모각비. 경교는 네스토리우스교를 일컫는 말로, 450년 네스토리우스가 창시한 기독교의 한 파이다. 그리스도의 신성(神性)과 인성(人性)의 불일치를 주장하여 이단시되었으나 교리는 페르시아를 거쳐 인도와 중국에까지 퍼졌다. 중국 당나라 때 들어온 경교는 현종·숙종의 후원으로 교세를 크게 떨쳤다. 당시 경교의 교세를 기록한 대진경교유행중국비가 1625년 산시성 시안부에서 발견되었는데, 이 비의 모각을 고든 부인이 금강산 장안사 입구에 세워 놓았다.

겸손한 덕을 갖추어 있다. 여러 층으로 쌓아 올린 누각이나 거대한 문 따위를 만들지 않은 것이 산에 대한 얼마나 큰 경건함이며 또한 얼마나 이 도의 세계에서 정취를 살리고 있는가.

주지 스님이 호의로 알선해준 여행 안내 겸 주선하여 줄 이가 왔다. 이창영(李敞榮)이라 하는 사찰 내의 법려(法侶)인데, 얼굴부터 온아(溫雅)한 것이 반갑다. 다리 힘과 인내력 시험 삼아 곧바로 골짜기 탐승부터 한 후 장안사 구경은 다녀 나와서 하기로 했다. 아울러 망군대(望軍臺) 구경에 피곤해 하는 정도를 보아 금강산 유람 자격을 가늠하겠노라는 영호 노스님의 제안에 응하여, 멀리서부터 더듬어 내려오기로 했다. 집안에 들어 앉아 있던 몸이라 이 첫 시험에 급제를 할지 낙제가 될지 다소의 두려움도 없지 아니하였다.

의관을 다 벗어 제치고 할 수 있는 대로 홀가분하게 차리고, 이창영 안내자를 따라 나서는데 아래 편 여관에서 쉰 일성(一星) 이군이 찾아왔다. 이번에는 마하연(摩訶衍)에서나 며칠 머물러 보겠노라 하는 것을, 이번에는 더 자세히 탐승하자는 조건으로 이 근처를 같이 다니자 하여, 흔쾌하게 일행이 되었다.

운주문으로 하여 높다랗게 방죽 쌓은 길로 들어가다가, 만천교 건너로 장안사를 옆으로 보고 시냇가의 실길로 가노라면, 보도색(寶桃色) 파란 바위가 신비하고 신령한 공장(工匠)을 거친 듯이 격에 맞는 갖은 자태로 계곡물을 인도하여 나온다. 실긋샐긋한 귀와 오목조목한 바닥과 언틀먼틀한 떨어지가 물의 평안한 흐름을 잠깐도 허락하지 아니하여, 들여다볼수록 어여쁨을 깨닫겠다. 더욱이 그 바위색은 마치 금벽산수도(金碧山水圖)에 나오는 봉래산의 일부와 같아서, 금강산 들어가는 첫눈에 과연 선경(仙景)이란 생각을 가지게 한다.

그러나 이러한 것쯤은 여기에서는 이름조차 없다고 한다. 이 개울은 백천동(百川洞)이라 하여 내금강 여러 골짜기의 물을 모두 몰아 가지고 나오는 배수구다. 장안사 뒤로 개울 바닥을 밟아가다 보면 얼마 가지 아니하여 이 개울의 양대 지류 원천인 만폭(萬瀑)·영원(靈源) 두 골짜기의 물이 합쳐지는 곳에 이른다.

11. 업경

지장봉(地藏峰)을 끼고서 영원동(靈源洞)의 지류를 따라 오른쪽으로 꺾인다. 길이랄 것이 거의 없고 땅의 생긴 대로 개울의 이쪽 비탈 저쪽 비탈을 겨끔내기로 걷는데, 얼마 가지 않아 자주 길이 바뀌는 바람에, 개울 바닥을 이리저리 건너왔다 건너갔다 하는 것이 그 길의 열 중 예닐곱 번이었다. 어느 서양 사람의 기행문에 30리 되는 영원암(靈源菴)까지 가는 동안 한 개울을 마흔 네 차례나 건너 다녔음을 적었는데, 거의 그럴지도 모르겠다.

개울 바닥은 흙이랄 것이 거의 없고, 모두 다 크고 작게 무수히 갈린 자갈들이 첩첩이 펼쳐져 있다. 거기가 거기 같아서 길을 분간하는 방법이 있어야 하게 생겼으니, 그것은 길 되는 돌 위에 작은 돌을 몇 개씩 겹쳐 놓아서 다니는 표지를 삼는 것이다. 처음에는 무심히 보았는데, 동행한 일성 군의 주의로 그런 줄 깨달았다.

맞은편 석봉(石峰) 곁으로 조그만 돌이 새같이 올라앉은 일명 오리 봉우리를 보면서 올라가면, 개울 윗목으로 높다란 석봉이 좌우에 벽처럼 서있고, 네모 번듯한 이삼백 척 커다란 바위가 시퍼런 물의 소(沼)를 눌러서 직립해 있다. 원체 높고 검은 돌산이 둘린데다 크지 못한 지형이 우묵하여 닿을 만큼 갑갑한 생각이 나게 하는 동천(洞天)을 이루었다. 이것이 금강산 종교화의 출발점이 되는 명부(冥府) 전설의 중심지이니, 금강산을 하나의 사찰로 본다면 이곳은 명부전에 해당한다.

들어서는 어귀에 편평한 돌이 너붓하게 놓여서 부근의 경개를 두루 보게 되고, 그 위에는 업경대(業鏡臺)·명경대(明鏡臺)·옥경대(玉鏡臺)라는 글씨가 새겨져 있다. 이 명부전의 본존은 곧 위협적으로 정면에 우뚝 솟아 있는 황금빛 입석(立石)이니, 그 밑에는 한 길 반이나 됨직한 충충한 소가 불탁(佛卓)같이 가로놓여, 좌우 옆으로 박달 물푸레 따위 우거진 나무를 비추어 푸르기 쪽을 진 것 같고, 그 앞부분으로는 업경대를 비추어 누런 맛을 띠고 있다. 나뭇잎이 번성치 아니할 적에는 물빛이 더욱 누렇게 보이므로, 이 소를 황류담(黃流潭)이라 일컫게 되고, 또 근처 일대의 흐름을 황천강(黃泉江)이라 이름하니, 명부 상응의 느낌을 일으킨다.

업경(業鏡). 저승에 들어가는 이에게 생전의 지은 일을 되비추어 낸다는 정파리경(淨玻璃鏡), 즉 깨끗하게 정화시키는 유리 거울이란 것이 저 바위면에 대한 것인지 아니면 깊은 수면에 대한 것인지는 모르겠다. 하지만 만일 그 이름처럼 여기에 머무는 이의 선악을 여실하게 되비추어낸다 하면, 이 앞에 와서 몸서리를 치고 놀라 물러나지 아니할 이 능히 몇이나 될까? 명실이 상부하다면, 이곳과 더불어 골짜기 전체가 폐경(廢景)이 되었을지도 모를 터인데, 돌은 컴컴하여 갈고 닦여 빛이 날 기한이 없고, 물은 얼굴이나 비추지 마음은 비추지 못하여, 이 골짜기의 빼어난 경치가 사람의 유람거리가 됨을 다행이라 하겠다.

들으니 우리보다 하루이틀 앞서 조선 사람들에게 공분의 욕을 받는 이씨 누구 송씨 누구도 여기를 지났다 하는데, 설사 이름뿐인 업경일지라도 얼굴을 들고 바로 볼 용기가 있었을는지. 염치 없는 이들의 일이라 알 수는 없거니와, 아마도 무서움의 물결이 그네들의 가슴 속을 뒤집어엎지 않았을까 싶다.

평평한 대를 등지고 서서 앞으로 바로 보이는 석봉은 천진봉(天眞峰)이다. 봉우리 꼭대기가 가운데로 쪼개져서 돌기둥 세운 문처럼 된 것을 지금은 지옥문이라 일컫는다. 그 왼쪽에는 둥그러니 다사한 맛을 가진 지장봉(地藏峰)이 세상 구제를 보장하는 것처럼 지켜섰고, 오른쪽에는 꺼멓게 살 드러난 석가봉(釋迦峰)이 해탈을 지시하는 것처럼 하늘을 가리키고 서 있는데, 이 속이 보시기 바닥같아서 바위로 둘러싸인 하나의 큰 감옥으로도 볼 만하다.

그러나 단풍 드는 나무들은 지금이 한창이어서 누를 것은 누르게, 붉은 것은 붉게, 마치 가위질한 비단이 군데군데 널린 듯 지옥 그대로 극락의 장관을 드리우니, 이 또한 지옥과 극락이 둘이 아니라는 불이법문(不二法門)인가. 증자(曾子)가 승모(勝母)라는 마을에 발을 들이지 아니하였다는 말처럼[1], 예로부터 황천강에는 목욕 감는 이가 없다고 하는 것도 인정일 듯하다.

개울 바닥으로 하여 돌아가려면 오른쪽으로 놓인 평석(平石) 위에 "주자와 송자가 벽처럼 서 있다.[2] 조아무개가 쓰다."라고 새긴 것이 있으니, 이것은 불교물이 된 금강산을 유교화하려고 우뚝 솟은 명경대에 주송(朱宋)을 상징한다는 의미로 한 것이라던가? 어찌됐건 퀴퀴한 짓이다.

---

1 증자가 날이 저물어 승모(勝母)라는 마을에 도착했지만 머물지 않고 곧장 떠나는데, 승모(勝母)란 말이 자식이 어머니를 이긴다는 뜻이었기 때문이다. 이 고사에서 유래하여 강상윤리(綱常倫理)에 관련된 것이라면 사소한 것이라도 범하지 않고 조심한다는 의미로 쓰인다.
2 여기서 주자는 중국 송나라의 주희(朱熹)를, 송자는 조선 후기 주자학의 대가 송시열(宋時烈)을 말한다.

12. 마의태자 경순왕

거기서 조금 가면 고목과 덩굴들이 얽혀진 퇴락한 서향(西向) 바위성이 절벽에 잇대여 길목에 서 있다. 태자성(太子城)이다. 넓이는 십여 칸이나 되는데, 산비탈에 닿은 부분은 밑까지 무너지고, 길로 다가선 부분은 약간 성하게 남아 있으며, 옛날에는 구부리고 드나들던 성문이 있어, 그것을 지옥문이라 일컬었다 하는데 그것도 지금은 없어지고, 이름도 천진봉(天眞峰)으로 바뀌었다.

태자성을 지나 우두봉(牛頭峰) 골짜기를 마주보면 업경대(業鏡臺)의 등이 되는데, 그 중턱쯤에는 대문만한 구멍이 뚫려 있다. 황사굴(黃沙窟) 혹은 금사굴(金沙窟)이라 하는데, 그 옆으로 조금 작게 뚫어진 구멍을 흑사굴(黑沙窟)이라 일컬어, 행인이 한 번씩 올라가 보는 것이 되었다.

여기서 길로 나섰다가 개울 한 편을 다시 건너가면, 푸른 단풍들이 밭을 이루어 푸른 기운이 얼굴을 물들이는 바닥에 동쪽을 향하여 선 작은 석대(石臺)가 있는데, 이른바 태자의 대궐터다. 석대 위가 불과 너댓 칸 집터쯤 되는데 흐무러지게 붉어진 단풍 속으로 스스로 그림 속 인물이 되어 개울로 다시 내려가면, 개울목 돌 위에 새겨진 "동경의열(東京義烈), 북지영풍(北地英風)"[1] 여덟 글자가 보인다.

또 길로 나서서 조금 가면 쇠코처럼 가운데를 우뚝하게 두고 양편에 구멍을 뚫은 돌 하나를 길 왼쪽에서 보게 되는데, 이것은 태자의 말을 묶어두던 계마석(繫馬石)이라 한다. 그 앞으로 길 오른쪽에는 마굿간 터가 있고 왼쪽에는 대궐터란 데가 있었다. 태자의 옛 유적이라 하여, 지대(地臺) 터인 듯한 돌이 몇 무더기 헤어져 있는데 아까 지난 데는 아랫 대궐터, 지금 이것은 윗 대궐터라 한다.

남향으로 자리한 대궐터에는 오래 묵은 자작나무 한 그루가 주인이 되어 있고, 잣나무 너댓 그루가 붙좇아 있어, 얼마쯤 행인의 감회를 자아낸다. 근처에는 단풍이 특별히 널리고 한나절 볕이 잎사귀를 뚫어 비추어, 마치 홍색 돌비늘을 새겨서 하늘에 깔아 놓은 듯하고, 산앵두와 산대나무가 위아래로 서로 이어져 아름답기 그지없다.

아까 성이란 데로부터 여기까지가 태자 전설의 중심 구역이다. 옛 기록에 따르면 신라 마지막 왕의 태자가 고국을 광복하겠다는 웅장한 계획을 가지고 충성스럽고 용맹스런 동지들과 더불어 이 산 속에 들어온 것이다. 하늘이 내려줄 기회를 기다렸지만, 때가 이롭지 못하여 태자는 마침내 천명이 다한 한을 품고 별달리 이룬 것도 없이 황천길로 돌아갔다 한다. 이러한 기록들에 의거하여, 성터 대궐터라 하는 것은 옛날부터 이곳에 지명되어 있다.

『삼국사기』를 보면, 국난이 계속 겹쳐 이를 바로잡을 바를 알지 못하게 되자, 경순왕이란 용렬한 이가 나라를 들어 새 시대의 영웅 왕건에게 넘겨주려 하였다. 이에 태자는 "흥망은 하늘에 있는 것이니 죽을 때끼지 대의를 세움이 옳거늘, 일천 년 사직을 얼른 남에게 내어주는 데가 어디 있겠느냐."며 다투다 못하여 나라가 망한

---

1 마의태자가 동경(東京) 즉 경주에서는 의로운 절렬을 보여주고 북지(北地) 즉 금강산에서는 영롱한 풍격을 보여주었다는 뜻이다.

후에 금강산으로 들어가 세상을 마치었다 한다. 우리는 태자의 충의영렬(忠義英烈)함을 충분히 짐작할 수 있는 동시에, 태자와 이 산이 서로 옅지 않은 연분이 있음을 아울러 증거한다.

아마도 옛 나라를 빼앗긴 눈물은 금강산 수많은 골짜기들에 있는 무량한 나뭇잎에 맺힌 이슬방울보다도 더 많았을 것이요, 새 경륜이 마음대로 안 되는 한숨은 비로봉 꼭대기에서 끊일 새 없이 불어 내려오는 바람보다도 더하였을 것이다. 그의 설움이 나날이 새롭고, 그의 뜻이 모모이 가다듬어지는 때에 새벽달 저녁날과, 피는 꽃 이우는 잎은 모두 그의 울음감이 되고, 백탑 앞 만폭동 주변과 백운대 위 신령스런 근원의 속은 또한 모두 그의 울음터가 되었을 것이다.

그러나 전설과 같이 그가 만일 산중을 본거지로 하여 광복의 의사를 길렀던 것 같으면 이렇게 좁은 골짜기, 이렇게 작은 터가 조련(調練) 조작(操作)의 넓은 마당으로 쓰이지는 못하였을 것이다. 『삼국사기』에서 보듯 나라가 망하고 세상은 귀찮아서 죽지 못해 사는 몸을 바위 동굴 사이로 던진 거라면, 성은 무엇에 쓰고 대궐은 무엇 하려고 지었으며, 더위잡고 다니는 산 계곡 간에 말 탄 하인들은 무슨 소용이 있었을까? 그런즉 금강산이 태자의 수양산인 것은 한 터럭 의심할 바 없을지라도 경주의 편안한 꿈을 그대로 이 산골에 옮겨 왔었을지는 아마도 의심할 것까지 없는 의문일 것이다.

전설은 억지로 끌어다 붙여대기 쉬운 것이기에 본래 충분히 믿을 만한 것이 없고, 역사의 기록이란 언제든지 승리자의 기록이기에 망국 패배자의 일을 글자 그대로 믿지는 못할 것인즉, 차라리 일의 이치에 따라 그에 가장 가까운 모습을 짐작하여 봄이 좋다.

나라는 대세에 따라 망할지라도, 백성은 오래오래 의리를 지키는 것은, 특히 충성스럽고 의로운 천성의 조선인이 역사를 통해 증명해 보여준 바이다. 같은 삼국에서도 고구려의 안승(安勝)이나 백제의 복신(福信) 같은 이는 특별히 드러난 몇 사례일 따름일 것이다. 전쟁터에서 용감하지 않은 것은 효(孝)가 아니라고 생각할 만큼 무사도가 발달했던 신라가 제아무리 힘 빠진 화살과 같은 신세였다 한들 국가 패망의 즈음에 삶은 지렁이만큼도 반발하지 않았으리라 함은 도저히 생각조차 해볼 수 없는 일이다.

문자로 된 책자가 없을망정, 사관의 붓이 굽었을망정, 꺼지려 하는 신라의 몸에 휘황찬란한 불꽃이 얼마나 대단히 피어올랐을 것인가를 상상하기란 그리 어려운 일이 아니다. 하물며 옥쇄(玉碎)를 기약하기를 태자와 같은 대표주(大標柱) 대통령(大統領)이 있음이랴. 사방에서 충의 높은 선비가 이 충성을 향하여 모일 때에 요동성(遼東城)·주류성(周留城) 이상의 장렬한 거사가 여기저기 일어나지 않을 수 없었을 것이다.

그러나 운이 이미 가고 힘이 다시 이어지지 못하였기에, 꺾여진 칼자루를 잡은 태자가 혹시나 권토중래할 기회가 있을까 하여, 동으로는 골짜기 속으로 들어갔다가 마지막 타는 속을 식히는 마당을 개골산(皆骨山) 중에 찾아 가지고 이날 저날 하는 동안에 화살이며 칼 등이 다시 소용없어진 것 아닌가.

경주가 고려조 첫 왕조 대에 가장 많은 민란의 증거를 역사책에 떨어뜨린 것은 무엇보다도 오래도록 민심이 불복한 증거인 동시에, 나라 없어질 당시에 얼마만큼 광복의 노력이 컸는가 하는 점을 암시한다. 이 산이 태자가 숨어 사는 땅이 되기까지 상당한 사연이 있었을 것과 한번 숨어 산 땅이 된 뒤에는 군사를 일으킬 여유가 다시 있지 않았을 것을 이렁저렁 짐작할 것이다.

다만 당시 헤매는 백성이 우뚝 일어선 태자의 목표를 바라고 모여든 것이 결코 적은 수효가 아니었을 것이다. 태자가 죽은 후에는 그 성덕이 갈수록 드러나고, 그 지극한 조화로움이 갈수록 깊어져

경순왕릉(경기 연천)
신라의 마지막 왕인 경순왕(재위 927~935)의 능으로 경주를 벗어나 타지에 있는 유일한 신라 왕릉이다. 그의 아들 마의태자는 신라 멸망 후 금강산에 들어가 망국의 한을 곱씹었다.

서 여러 가지로 잊을 수 없는 정을 붙이게 되었을 뿐 아니라 생기는 줄도 모르게 각종 전설이 성립되었다.

그 가운데는 지명·지세 등에 관련한 것도 적지 아니하였으리니, 성이니 대궐이니 하는 것이 사실이거니 아니거니, 이러한 전설과 기타 그 전설이 담겨 있는 터에서 영구히 마멸되지 아니하는 태자 인격의 위대한 자취를 느끼면 그만일까 한다. 또는 이러한 태자의 전설로 인하여 금강산이 아름다운 역사적 배경에 장식되고, 별뜻 없이 유람하는 사람들에게도 이 산악과 인간 역사의 멋과 맛이 겉으로든 속으로든 드러나게 되어 돌 하나 흙 한줌에서 도의적인 마음을 간직하고 기르게 하는 신령한 원천이 되는 것만으로도 다행으로 여기면 그만이다.

이런 생각을 하면서 개울을 건너고 바위를 뛰기 무릇 열 한두 번쯤 하여서는, 골짜기 안이 훨씬 탁 트여지고 시원한 잣나무, 훤칠한 전나무, 가로퍼진 측백나무, 휘휘 감기는 칡덩굴이 운치 있게 종들끼리 구획을 경계 짓고 종들마다 군락을 이루어 누른 것은 누른대로, 붉은 것은 붉은 대로, 한창 짙은 물이 든 단풍나무들이 높고 낮고 기울고 비끼어 서로 어울리면서도 차이를 짓는 모양으로 소유 일체를 붉은 채색으로 물들이며 영롱하고 휘황찬란하게 만들어 눈이 그 때문에 어리고, 마음이 그 때문에 어지러울 지경이매, 황홀하여 도리어 감각이 흐려지고, 얼굴만 번쩍 취하여진다.

단풍잎에 화끈거리는 얼굴을 기이하게도 첩첩이 깔린 자갈 계곡에 비추면서 백탑동 입구를 왼편으로 두고 풍악(楓岳) 중 풍악으로 예로부터 저명한 영원동(靈源洞) 입구로 꺾인다. 아름드리 큰 나무가 썩어 넘어져, 자연한 문을 이루었음도 멋진 승경이다.

좁은 길이 꼬불꼬불 오르는 턱이 되는데 오르는 족족 그윽한 맛이 더하여진다. 비단 난간으로 장막을 좌우에 둘러친 골짜기 계곡 물에는 갸웃하다가 숨어 버리는 시내가 꼭 경계에 맞는 선율로써 가을 색의 찬양곡을 쉴 새 없이 아뢴다. 첩첩 쌓인 돌덩이들이 한참 사방으로 몰려나고 집채 같은 큰 돌이 따로 우뚝 솟은 곁으로 시내가 괴어 소가 되고, 새빨간 잎사귀가 하늘과 땅을 위아래로 살라내는 곳에서 님프(요정) 같은 두추랑(杜秋娘)[2] 같은 이가 신비롭고 요술같은 활동사진의 한 막을 보일 양으로, 홀연히 형자를 나타내지 아니할까 하는 생각이 나는 참에, 수십 보쯤 앞서서 부스스하더니, 푸드덕푸드덕 하는 것이 있다.

인적에 놀란 신녀(神女)들이 산오리로 변화하여 날아가는 것이다. 한 마리 두 마리, 여기 또 저기, 진회색 야드르한 것이 태양빛에

---

2 당나라 금릉 여인. 원래 기녀 출신으로 진해 절도사 이기(李錡)의 첩이었으나, 이기가 모반하여 피살된 후 입궁하여 당 헌종의 총애를 받았다. 뒤에 목종 연간에 황자(皇子) 장왕의 여스승으로 임명되었다가, 문종 연간에는 장왕이 황자로부터 폐위되자 황실로부터 귀향을 허락받고 고향으로 돌아왔으나 아무 데도 의탁할 데가 없어 쓸쓸한 노후를 보냈다. 만당 때의 대시인 두목(杜牧)은 그녀의 고향에서 그녀를 만났지만 두추랑의 궁핍한 생활을 보고 장시(長詩)를 남겼다.

밝게 비치어 빛나면서 무엇이랄 수 없는 묘한 색채를 이 바닥 경관
에 더하여 준다.

13. 단풍 바다로서의 우주

실오리 같은 좁은 길 하나도 내어주기 원통해 하는 밀림 나뭇잎들이 대개는 신나무 · 붉나무 · 고리실나무 · 다래 덩굴 · 머루 덩굴 등속이니, 여름에 녹음이 좋았던 이상으로, 가을에 홍엽이 우거질 밖에 없다.

하늘을 덮어서는 햇빛을 가리는 단풍, 땅에 깔려서는 걸음걸이용 단풍, 돌벽에 가려서는 휘장 단풍, 시냇물을 덮어서는 터널 단풍, 나무에 얽혀서는 도래 단풍, 바위에 둘러서는 소라 단풍, 늘어진 것은 유소(流蘇)[1] 단풍, 건너지른 것은 모올 단풍, 엷은 단풍, 짙은 단풍, 이런 단풍, 저런 단풍, 종종의 많음이 색채의 여럿임을 따르지 못하고, 색채의 많음이 형상의 어수선함을 미치지 못한다. 단풍의 만물상전(萬物床廛), 아니 공진회(共進會), 아니 박람회, 아니 바다라고나 할 밖에 없다.

단풍으로 온갖 것을 여기 찾으라, 반드시 얻을 것이다. 단풍으로 온갖 것을 여기 기대하라, 반드시 만족될 것이다.

걸음걸음 눈앞의 경계가 넓어지다가 문득 산이 막히고, 길이 다

---

1 기(旗)나 승교(乘轎) 따위에 달던 술을 말한다.

금강산 가을 단풍
최남선은 금강산의 단풍을 아름답다 못해 거룩하다고 찬탄했다.

하고, 오래된 법당이 높다란 축대 위에 눌러섰음을 본다. 이것이 곧 영원동의 주인, 명부 설화의 큰아들, 단풍 구경의 초점인 영원암 그 것이로구나. 사자봉 · 죄인봉 · 판관봉 · 시왕봉, 이 봉 저 봉 할 것 없이 눈에 보이는 것은 봉이면 봉, 골짜기면 골짜기, 높은 데는 높은 대로, 낮은 데는 낮은 대로, 온통 그대로가 도무지 단풍이로구나.

무엇이라 어떠하다 하여 형용할 만한 수사구를 붙일 수 없는 단풍, 그것뿐이로구나. 좋으니 마니, 고우니 어떠니 하는 것도 어지간 하여야 분별도 하고 맺고 끊기도 하는 것이지, 이런 경지 다음에는 말도 글도 그림도 사진도 그래도 무소용일 수밖에 없다. '아름다움' 그것이 전부인 때에, 인류의 기교는 있는 대로 없을 따름이다. 전적으로만 표현할 도리가 없을 뿐 아니라 그 일부분 한 터럭만큼 도 인류의 손끝에 건드려질 리가 만무하다.

쫙 깔린 단풍의 바다! 단풍으로 표현된 우주의 전적인 아름다움! 색과 자태로 드러나 증명되시는 큰 능력자의 신묘한 솜씨! 구경이 라는 생각은 금세 없어지고 문득 엄숙하여진다. 언뜻 "어허, 하느님!" 하였다. 아름답다 하는 말보다는 거룩하외다 하고 싶던 까닭이겠지. 뒤에 생각하니까, 이러니 저러니 온갖 어수선한 관념을 한꺼번에 휘몰아 한마음으로 부처께 귀의하려는 뜻을 나타내려 한 것이 이 말 한 마디였다.

도취한 심경으로서 깨어나서 구경하는 기분을 만들어 가면서 다시 한 번 내다보니, 그지없는 아름다움에 기가 과연 막힐 뿐이다. 못 그릴 때 못 그릴지라도 인류의 억지로 그려 보리라는 계획을 세운다고 치자, 천만 년의 오랜 세월에 이렇다 하는 대시인·대문호·대미술가·대웅변가의 마음과 손을 한데다 반죽을 하여 천 개의 손 천 개의 눈을 가진 신이한 장인을 만들고, 그로 하여금 아미타불이 도를 성취한 시간 만큼 속 배포를 하고, 법신여래(法身如來)의 수량만큼 초안(草案)을 세우게 한다 하여도, 마침내 일컬을 수도 없고, 이야기할 수도 없으며, 형용할 수도 없고, 생각으로도 쫓아갈 수 없는 것은 궁극에 이르도록 일컬을 수도, 이야기할 수도, 형용할 수도, 생각으로 쫓아갈 수도 없는 것일 따름이라 하면서 연장을 버리고 도망치지 않을 수 없을 것이다.

석가세존이 그 자유자재한 지혜로써 영산회상에서 일체를 열어서 드러내신다 하면서 이것도 여시(如是), 저것도 여시 하셨을 뿐이지, 제법실상(諸法實相)이란 어떻게 생기고 어떠한 냄새가 난다는 아무 지시가 있지 아니한 것처럼, 아니 아무 지시도 하시지 못한 것처럼 시방 우리 안전에 펼쳐진 광경도 억지로 말하자면 여시여시(如是如是)라고나 할까, 아무라도 어떻게 할 도리가 있을 리 없을 것이다. 도를 얻으면 촉배(觸背)일 따름이다. 아무리 풍요한 형상에 대한 비유를 아무리 교묘하게 배열할지라도, 그대로 병통이요, 부스럼이요, 파탄이요, 갈등일 따름이다.

그러면 남에게 알려 줄 도리가 아주 없을까? 오직 실제 풍경을 실제로 보게 하여 실감을 얻게끔 하는 한 가지 방도가 있을 따름,

어떻게든지 공간 및 시간적으로 재현시킬 예술이 없을까? 오직 이 때 이곳에서 해마다 직접 맞는 한 가지 방법이 있을 따름일 것이다.

올려다보고 내려다보고 훑어보고 둘러보며, 가슴에 손을 대고 하느님께서 나에게 이 조고마한 귀퉁이를 문자로 엮는 재주를 주시면, 내가 독보적인 시인이 될 수 있으며, 그것을 캔버스에게 두는 재주를 주시면, 내가 불후의 예술가가 될 수 있으련마는! 하여 새삼스러운 기원이 불쑥 생긴다.

부숴진 비단인가 흐드러진 노을인가 하니, 그것만도 아니다. 맑은 노을의 빛남인가 들불의 일어남이냐 하여도, 그럴 뿐만도 아니다. 단풍이란 붉은 것만으로 알아도 붉은 것이 한 가지 빛이 아니요, 누른 것이 역력하다. 또 붉거나 누르거나 한 것만 단풍인 것도 아니다. 또 지금 우리 눈앞에 펼쳐져 있는 아름다움의 거대한 화폭은 보통 사람들이 평상시에 늘 이야기하는 단풍으로만 구성된 것도 아니다.

가만히 보면 오색 칠색이 거기 다 있으며, 거기서 파생할 수 있는 무수한 색들이 그 속에 또 들어 있음을 본다. 잣나무 전나무의 검도록 푸른빛도 그 속에 들어서는 그대로 한 단풍이요, 한 단풍 빛 노릇을 한다. 흰 것은 흰 대로, 검은 것은 검은 대로, 그대로 다 단풍 빛의 일종이요, 돌은 돌대로, 물은 물대로, 그대로 다 단풍의 일부가 되었다.

이것들이 이 전폭 광경을 구성하는 한 요소 한 물품이 된 것이 아니라, 그 물품 자체가 자기 스스로 단풍화되어 저절로 단풍 세계의 일원이 되었다. 억지로 그렇게 보거나 어려서 그렇게 보이는 것이 아니라, 가장 엄정 확실한 법도로 꼭 그렇게 되어 있다. 만일 그렇게 되지 아니하였으면 단풍 이외의 무슨 물건 무슨 빛이고 다만 한 찰나 시간이라도 이 자리에 존재가 허락되지 아니할 것이다. 그 속에 아무 일 없이 끼어 있음이 그것들이 완전하게 단풍화해 버린 아무것보다 유력한 증거이다.

그렇다. 이 경계에는 무엇이든지 단풍으로만 있다. 이 경계에는 단풍 아닌 것이 하나 반 토막도 없다. 그러나 단풍이라 하니까, 가을을 드러내는 물건, 다만 사계절의 한 풍경인 가을 산의 위엄 있는 단장으로만 알았다가는 큰 오판일 것이다. 지금 우리가 보고 있는 단풍, 말하려 하는 단풍은 가을의 전속인 그것이 아니다.

보자. 저기 붉은빛이 발하고 있는 곳은 그대로 봄이 아니냐. 푸른빛이 발한 곳은 그대로 여름이 아니냐. 가을인 체하는 누른 구석, 겨울이 뚜렷한 검고 흰 바닥을 보자. 사계절의 각 풍경이 역력하게 다 있지 아니하냐. 억지로 맞추어 놓아 어근버근하게 헤어져 있는 것이 아니라, 각양각색이 각지 그 본래의 땅을 지켜 가면서 단풍 바다라는 한 폭의 채색 비단의 잘 배합된 갖가지 문양이 되어 있지 아니하냐.

하나도 같은 것이 없으되 조그만 것도 따로 노는 것이 없는 대조화가 단풍이라는 한 세계를 가장 탄탄하게 만들어 가지고 있다. 이리하여 단풍이 단풍만도 아니요, 단풍이 가을 풍경만도 아니요, 경치가 구경거리이기만 한 것도 아니게 되었다. 자칫하면 관념의 유희로 떨어지기 쉬우니까 이 이상을 말하고자 않거니와 다만 한 가지 말하고 싶은 것은, 금강산의 단풍, 영원동의 단풍은 그저 다만 볼 것, 보아서 느낄 것이지 결코 말할 것, 그릴 것이 아니라는 사실이다. 빛은 어떻고 모양은 어떻고, 이렇고 저렇고 한다 하면, 그것은 다 그렇다 하는 말 그것이지 영원동 단풍 그것하고는 스스로 다른 물건일 것이다.

흔하지만 천하지 않고, 퍼붓고 뒤엎었지만 조금도 많은 줄 모르겠는 광경을 오래도록 얼빠진 사람처럼 바라보다가 점심밥 되었다는 말에 내 정신을 찾았다.

14. 영원암 연기 설화

　깊은 골, 빈 절에서 더운 밥 얻어먹는 것만도 황감하여, 배추 날절이에 고추장으로 새 원기를 장만하였다. 주지 스님 현의에게 들은 인적 없는 진짜 백탑동(白塔洞)을 찾아가자면, 속을 든든히 하는 것이 아무것보다 앞서는 필요 준비이다.

　잠시 숨 돌리는 동안 영원암 연기(緣起) 설화를 들었다. 옛날 어느 때(흔히 말하기를 신라 때) 부산 동래의 범어사에 명학(明學) '동지(同知)'라는 부유한 스님이 있었다. 그는 정직하고 맑은 재물보다는 더러운 재물을 크게 탐하여 세속의 재산이 느는 만큼 지혜의 수명은 날로 깎였다. 동지 스님의 상좌 중에는 바른 지견을 가진 이가 하나 있었는데, 스승께 간쟁하였지만 통하지 않자 참지 못하고 금강산 이곳으로 떨어져와서 삼가 수행하고 용맹정진하여, 마침내 크게 깨우치고 신통을 갖춘 대덕(大德)이 되었다.

　하루는 앉아 있노라니 "명학 동지를 잡아들였습니다."라는 소리가 들렸다. 저승 사령이 증거를 살피는데 불법(佛法)을 닦는 자임에도 탐욕이 극심한 것을 더욱 괘씸히 여겨 동지 스님에게는 뱀의 형상을 씌워 금사굴(金沙窟)에 가둬 두라는 선고가 내려졌다. "어허, 필경 지옥으로 떨어졌군."하며, 옛 의리를 생각해 범어사로 날아가

화엄종 10찰의 하나이며 영남 3대 사찰로 신라 문무왕 18년(678) 의상 대사에 의해 창건된 절이라 한다. 금강산 영원암 연기 설화의 무대가 되는 곳이다.

보니, 과연 입적한 지 49일이 되어, 바야흐로 죽은 영령을 위한 재(齋)를 올리는 중이었다.

무엇으로서 환생했는지 알고 있는 터라, 온갖 공양 중에서 제일 적당한 것으로 흰죽을 골라, 한 그릇 크게 쑤어 놓으라 하였다. 이윽고 과연 징그러운 한 마리 누런 뱀이 나와 공양을 받는 것을, 이 대덕 고승이 나아가서 더 없는 묘법을 베풀어 변화하여 깨우칠 수 있는 길을 열어주었다.

뱀이 고개를 숙이고 깊이 느끼는 듯하더니, 주먹 같은 눈물을 뚝뚝 흘리다가 그 길로 바로 머리를 돌에 부딪쳐 더러운 허물을 벗어 버렸다. 떨어져 나온 혼이 빙빙 돌면서 의탁할 곳을 찾는데, 행여 다시 나쁜 길로 빠져들까 하여 이 대덕이 꾸준히 뒤를 밟으면서 못된 데로 들려 하는 족족 잡아떼었다. 마지막 동쪽 해변 어느 민가로 들어가는 것을 보고야 안심하여 내버려 두고 그 집주인을 찾아가 오늘부터 태기가 있을 것이며 반드시 귀한 남자아이를 얻게 될 것인데, 어느 정도 자라거든 자기에게 맡겨 좋은 인연을 저버리지 말라고 당부하였다.

　오륙 세쯤 되어서 이전에 약속한 대로 데려다가 필요한 공부를 힘쓰게 하는데, 본디 좋은 근기(根機)를 다시 마땅하게 살펴 닦으니, 지혜가 늘어나는 게 과연 놀라웠다. 대덕 스승이 창에 조그만 구멍 하나를 뚫어 놓고 제자 사미(沙彌)에게 명하기를, 큰 소가 이 구멍으로 들어와서 너를 산 채로 삼킬 것이니, 오직 한마음으로 응시하여 이러한 뜻밖의 환란을 면하라 하였다.

　시키는 대로 오래오래 부지런히 스스로를 채찍질하여 깨달음의 기운이 익자, 한바탕 큰 소리에 칠통(漆桶)이 깨지면서 강철소가 녹고 진흙소가 풀리면서, 또 다른 소가 들어오는데 이만저만한 소가 아니라, 세상을 한 뿔에 부숴 내는 거대한 물소가 언뜻 들어와서 몸을 치켜 얹음을 깨달았다. 그로부터 근본을 돌이켜 근원으로 돌아가니 입전수수(入廛垂手)[1]까지의 일은 할 것도 없다. 이 사람이 영원 조사(靈源祖師)라는 이요, 그 놀라운 흔적을 전해오는 것이 이 영원암이라 한다.

---

1 심우도(尋牛圖)의 마지막 열 번째 단계. 입전수수(入廛垂手)는 지팡이에 큰 포대를 메고 사람들이 많은 곳으로 가는 모습으로 묘사된다. 이때의 큰 포대는 중생들에게 베풀어 줄 복과 덕을 담은 포대로, 불교의 궁극적인 뜻이 중생의 제도에 있음을 상징화한 것이다.

15. 명부 영원동

　금강산 중에서도 특별히 청정하고 그윽한 곳이라 일컫는 이곳에는, 인간의 명부(冥府)라는 것 같은 신비적 전설도 없지 못할 것인 동시에, 명학 사자(明學師資)의 변화하여 이끄는 것과 같은 희곡적 증명도 또한 불가결의 한 요건이다. 영원 설화가 있어서 영원동이 "저승의 시왕(十王)이 머무는 곳", 다시 말해 시왕의 인연이 서린 땅이 된 것인지, 아니면 시왕 관계 설화가 생김으로써 영원의 골짜기와 암자에 명학 사자라는 인격적 색채를 점철하게 된 것인지 그 본래 관계가 어떠했는지는 이제 알 수 없고, 또한 알려 할 것도 없는 일이다.

　하지만 금강산 전체를 크게 네 구역으로 나누어서 장안사 일대를 시왕 원내에 예속시키는 데 있어서, 그 중심 그 초점 되는 것이 영원의 골짜기와 암자임을 알고, 그리하여 집으론 변변치 아니한 이 암자가 다른 훌륭한 승경지를 젖히고 금강산에 대해 갖고 있는 역사적 권위가 얼마나 막중한 것인지를 알면 또 다른 새로운 감흥이 없지 않다. 여하간 영원암 근처는 어디서부터 어디까지 명부와 같은 것이 되었다.

　등 뒤에 왼쪽으로 우뚝한 바위 봉우리는 지장봉(地藏峰)이라 일컫고, 오른쪽으로 삐죽한 것은 관음봉(觀音峰)이라 일컫는다. 아까 골짜기의 초입에서도 관음이니 지장이니 하는 봉우리 이름을 들었는데, 동일한 골짜기와 계곡 중에 동일한 봉우리 명칭을 여기에다 다시 지어주고 있음을 본다. 지옥이라는 무시무시한 위협 속에서 덮어놓고 고통과 고난을 뽑아내 구제해 주는 보장자를 구하려는 사람 마음이 얼마나 절박한 것인지 알게 됨이 재미있다.

아닌게 아니라 암자에서 전면을 내다보면 서쪽으로부터 줄멍줄멍 둘려 들어오는 사자봉(使者峰), 거기 쫓기는 듯한 죄인봉(罪人峰), 또 그 앞을 막질러 있는 듯한 시왕봉(十王峰), 시왕봉의 중턱에 넓적하게 놓인 도장 바위, 시왕봉의 윗자리를 가진 판관봉(判官峰), 이것만으로도 부족하여 이쪽저쪽에 벌려 선 마면봉(馬面峰)에 우두봉(牛頭峰), 그 건너편쯤 끝없는 비통함의 지장봉(地藏峰), 세상 구제에 자유자재한 관음봉(觀音峰)마저 없으면 가슴이 답답할 수밖에 없었을 것이다.

암자의 서쪽으로 조그만 등성이를 오르면 관음봉 내려오는 맥(脈)이 돌받침대를 재미있게 솟아오르게 하였다. 돌받침대 위에 짙푸른 취송(翠松) 몇 그루를 얹었으니, 또한 명부에 간섭되는 옥초대(沃焦臺)란 곳인데, 그 위의 조그맣고 평평한 바위를 책상 바위라 하여, 영원 조사께서 경전을 보던 곳으로 여긴다.

금강산의 아름다움을 한 고작으로 알려 하면 단풍 시절을 맞추어 볼 것, 단풍미를 한 고작으로 알려면 영원동을 들어와 볼 것, 영원동의 미를 한 고작에 알려고 한다면 옥초대에 올라서 볼 것이다. 오르기 험난한 것을 몇 곱으로 배상하여 주는 것이 바로 영원 전체 골짜기를 옥초대에서 한눈에 거두어 보는 소담스런 결정체로서의 아름다움이다.

멸도(滅度)해 가신 석가님봉, 그 곁에 머무는 미륵님봉, 무불(無佛) 중간을 담당해 책임지는 지장님봉, 자애로운 눈과 신묘한 힘을 자

영원동

이 책의 중심을 이루는 지역이며, 가운데에는 영원암이 있다. 영원암의 동쪽에는
배석대가 있으며 영원암의 서쪽에는 옥초대가 있다. 올라가 보면 첩첩하여 구름
병풍이 가지런히 빙 둘러 있는 것 같다.

유로 쓰시는 관음님봉, 이렇듯한 모든 불보살이 빠짐없는 가르침
과 이끎을 성취하실 양으로 일면에 나란히 앉은 것을 보면, 시왕도
고개가 숙여지고, 지옥도 대문을 닫는 듯하여 컴컴한 느낌, 무서운
생각이 갑자기 사라져 흩어짐을 깨닫게 된다.

더구나 어른네의 기이하고 묘한 방편이 하필 음침하여야 할 명
부의 경계에서 누런 빛깔과 푸른 빛깔이 뒤섞인 부처의 정토를 버
리고, 위엄하여야 할 염라대왕에 딸린 이들에게 옛날의 상서로운
채색과 아름다운 장식을 씌워서 굳세고 혹독한 바람과 서리에도
손쉽게 지옥의 묘법에 대한 격파를 실현하심이 과연 거룩하시다.

봄새 붉은 꽃은 염열(炎熱) 지옥의 치성한 불빛인 듯, 여름의 푸
른 잎은 등활(等活) 지옥의 표독스런 손톱인 듯, 겨우내 눈 모양의
겨울 구름과 맹렬한 바람은 팔한(八寒) 지옥이 죽 늘어선 듯, 언제
든지 한 곁에는 위엄 있고 늠름한 분자를 끼고 있다고 보겠지마는,
오직 가을 한 철만은 영원동이 어떠한 이름을 가졌거니, 어떠한 이
야기가 전해 오거니, 모든 전통을 뚝 떨어져서 밝게 빛나고 선묘한

유미(唯美)의 세계를 드러내어 조금도 꺼림직한 구석을 남기지 아니한다. 이러한 신묘하고 기쁜 세계가 어떠한 요소로 어떻게 구성된 것인지 파노라마적으로 개시하는 것이 이 옥초대의 공들인 보람이다.

16. 옥초대

내가 지금 여기에 섰다. 보일 수 있는 모든 것이 다 내 눈에 들어온다. 이 찰나에는 이 광경이 오직 나만 향수(享受)하는 것, 나 하나를 위해 베풀어 놓으신 대공양이다. 다시 한 번 영원동 단풍의 아름다움이 몸을 흠씬 적시고 마음을 흠뻑 어리고, 몸과 마음을 한데 뭉쳐서 황홀한 삼매의 경지로 들이뜨린다. 영원동에서 찾은 정신을 옥초대에서 다시 잃었다. 무어랄 줄을 모른다는 것보다, 어떠한 줄부터 분간치 못하겠다. 입 다물겠다. 보는 정신만 차리기에도 큰 노력이 든다.

영원암에서 보던 그것을 몇 발짝 떠서 다시 보는 것일 따름이지마는, 아까 그것이 지금 이것 아닌 - 그런 채 기막히게 또 다른 한 아름다운 형상을 나타내는 것이 마하부사의(摩訶不思議)[1]이다. 마찬가지로 이 대 위에서 고개만 좀 돌리든지, 발꿈치만 좀 옮겨 놓아도 그대로 경치의 정취와 맛이 달라지는 것은 그걸 본 사람이라야 마음으로 동의할 것이다. 실제 본 사람끼리 염화(拈花)하거든 미소

---

1 말로 나타낼 수도 없고 마음으로 헤아릴 수도 없이 위대하다는 것으로, 생각이 미치지 못하고 생각할 수도 없는 놀라운 도의 세계를 의미한다.

나 할 따름이다. 늘 하던 말 같지만 "말할 수 없어! 말할 수 없어!"

책상 바위를 끼고 옥초대에서 강의가 벌어진다. 옥초(沃焦)는 중국 고전설에 나오는 동해 남방 삼만리에 있다는 산의 이름인데, 어찌나 큰지 천하의 물이 아무리 몰려 들어가도 물이 더 늘지 아니한다는 상상의 땅이다. 불전(佛典)의 설명에 따르면 인도 전설인 아비지옥(阿鼻地獄)의 위를 덮고 있는 바다 돌산을 가리키는 것이어서, 아비지옥의 불이 밑에서 달구는 까닭에 어찌나 뜨거운지 물이 아무리 기름지게 흘러도 문득 불에 의해 소진되는 것을 의미한다.

육바라밀경 같은 것을 보면, "마두산(馬頭山)에 옥초해(沃焦海)라." 하여, 지옥 가는 이의 고통스런 징벌이 시작되는 지점이 되었다. 바다 위의 옥초대는 고통을 받는 곳이거니 아니거니, 대륙 – 더욱 영원동의 옥초대는 극락국의 일부, 봉래산의 한 구역 같을 뿐이어서, 보이는 것, 들리는 것, 에워드는 것, 찔려 박히는 것이 아름다움과 그로부터 우러나는 열락(悅樂)뿐이다. 가을이라는 가마에 단풍의 기름이 부글부글 끓는 것쯤은 축원하여서 들어갈 지옥의 고통이다. 옥초(沃焦)란 이름이 타당치 않다고 생각한 이가 혹 옥초(玉焦)라는 글자로 대신하지마는(趙成夏의 「금강산기」) 천연한 아름다움은 넘치고 넘쳐[沃沃] 다함이 없는데, 인간의 더러운 흔적은 애태워 근심한다[焦焦]는 의미로 알고 보면 그 아니 안심할 것인가.

이렇거나 저렇거나 임시로 붙인 이름이기는 한 가지니까 요란히 떠들 것 없지마는, 나는 이 옥초(沃焦)란 이름에서 한 가지 흥미 있는 연구 주제를 붙잡은 듯함이 탐탐하다. 무엇인고 하니 옥초란 것이 본디는 도가쪽 책에 있던 말인데, 나중에 불전에 포섭되어 지옥 설명상의 중요한 말이 된 뒤에는, 언뜻 불교 고유어로만 보이게 된 것이 마치 불교의 나락가(那落迦)와 도가의 명부음사(冥府陰司)가 융합하여 오늘날에 이르러서는 중국 산물인 시왕이 인도 전래의 염마천(閻魔天)의 권속 노릇을 하는 것과 마찬가지다.

원래 어떠한 종교든지 도덕적 관념이 강하여지면, 초현실적 상벌, 곧 인과응보를 말하게 되고, 거기 딸려서 천당 지옥 등 사상이 생기게 되는 것이다. 그러니까 다른 시간 다른 곳에서 생기면서도 비슷한 내용을 가지게 되는 것은 괴이할 것도 없겠지만, 들리고 보이는 모든 것들과 이리저리 마음 쓰는 법은 저절로 똑같지 않은 것이다. 인도의 염라왕과 중국의 태산부군(泰山府君)은 서로 말하는 점은 같지만, 전자는 팔대지옥을 후자는 시왕전을 각각 다르게 세우는 것처럼.

17. 시왕

　　『불조통기(佛祖統記)』는 당나라 때부터 시왕이 불가의 이야기에
섞인 것처럼 적고 있지만, 시왕이 중국에 널리 통용되게 된 것은
송나라 때 성도(成都)의 큰스님 장천(藏川)이 『예수시왕생칠경(預修
十王生七經)』이란 것을 만들어 냄에 근원한다.

　　이 경전에는 죽은 이가 사후에 명부로 들어가 삼 년 동안 진광(秦
廣)·초강(初江)·오관(五官)·염마(閻魔)·변성(變成)·태산(太山)·
평등(平等)·도시(都市)·오도전륜(五道轉輪) 등 시왕의 전(殿)을 지나
조업(造業)의 재단(裁斷)을 맡고 내세의 살 곳을 정하는 줄을 적고,
예비 수행이나 추억하여 수행함으로써 그 죄로 인한 장애를 소멸
하라고 권하였다.

　　송나라 말기 원나라 초기에는 사람이 죽으면 시왕에게 공양을
베푸는 것이 널리 행하여졌고, 원나라와 명나라를 지나 청나라 시
대에 이르러서는 도교와 더불어 이른바 업경(業鏡)이란 것은 제5위
인 염라대왕 청사에 걸려 있다는 것이다. 불교의 명부 사상은 그
유래가 진실로 오랜 것이지마는, 염라 독재의 원시기와 시왕이 나
누어 다스린다는 발전기는 중국에 있어서 단호히 양단을 짓는 것
이다.

신륵사 시왕도(불교중앙박물관)
시왕은 사후 세계에서 인간들의 죄의 경중을 가리는 열 명의 심판관으로 ① 진
광왕(秦廣王), ② 초강왕(初江王), ③ 송제왕(宋帝王), ④ 오관왕(五官王), ⑤ 염
라왕(閻羅王), ⑥ 변성왕(變成王), ⑦ 태산왕(泰山王), ⑧ 평등왕(平等王), ⑨ 도
시왕(都市王), ⑩ 전륜왕(轉輪王) 등이다.

　　우리 조선으로 말하여도 시왕설의 명부상(冥府想)은 대개 고려
중엽을 더 올라가지 못한다. 이것은 일본에서 가마쿠라(鎌倉) 막부
시대의 선종(禪宗) 도래와 함께 그것이 수입 유행한 것으로써 방증
을 삼을 수 있다. 오늘날에 와서야말로 사원이 선남선녀를 유도하
는 최대 방편으로 명부를 이용하는 통에, 관부에서 내려준 객사(客
舍)가 없으면 그만이거니와 명색이 있기만 하면 반드시 명부전·
시왕상으로 아무것보다 소중하게 시설하게 되었지마는, 신라 말
고려 초만 하여도 시왕을 숭배하고 떠받드는 일은 꿈에도 생각 먹
지 아니하였던 것이다. 이에 관한 세밀한 고증을 여기서 시험할
까닭 없는 일이거니와, 이 사실이 역사적 금강산에 대하여 두 가

지 중요한 암시를 주기 때문에, 약간 번다해지는 것을 무릅쓰는 것이다.

첫째는 금강산이란 총 명칭과 아울러 영원동이니 판관봉이니 하는 불교적 별호가 대개 고려 중엽 이후에 성립하였으리라는 사실이다. 시왕 사상의 생성 및 유포상으로 보아서 줄잡아도 시왕의 담안에 있다는 장안사 일대의 모든 명칭은 그 이상을 소급해갈 수 없는데, 장안사 국내도 그러하거든 하물며 심오한 경역(境域)이라 할 것이다.

또 금강산이 특출한 영산(靈山)으로 천하에 이름이 널리 들리게 된 것에는 원나라 시대의 정책에 힘입은 바 큰 것이니, 이 시대가 바로 중국에서 시왕 사상이 완성되어 가는 때이므로 영원동 명부 설화가 발생된 연대를 대개 이즈음으로 상상하는 것이 지나친 억지는 아닐 듯하다.

둘째는 금강산의 본래 주인이 선가(仙家) 계열이라는 증거가 지금도 그대로 남아 있다는 사실이다. 금강산이 불교도의 독무대가 되다시피 한 훗날에도 도가쪽과의 인연은 언제든 끊겨본 적이 없다. 금강산이라는 불교적 이름이 아직 확정되지 이전에는 '상악(霜岳)'이라 하여 신라가 나라 제사를 지내는 곳이었으며, '봉래'라 하여 도통(道統)의 수련처였다. 그 기간에는 금강산이 불교 본위가 아니라 도리어 도교 본위로 있었고, 더욱이 순수한 국선(國仙)의 순례 성지로 있던 기간이 장구하였음은 영원동, 그 이름에서 더욱 분명히 징험할 수 있다.

여기뿐 아니라 금강 한 산이 선인(仙人) 연기(緣起)의 많은 설화와 도가 계열 서적에서 유래한 이름을 많이 가진 것은 결코 우연·고의에 말미암은 것이 아니요, 진실로 당연한 이유가 있는 바이다. 가령 영원이라는 한 골짜기만 가지고 볼지라도, 영원이란 말부터 이 지방 모든 곳에 흔히 인용됨으로써 영원 조사 운운의 설화 밖에 그

전거를 찾음이 마땅할 듯한데, 그러기로 말하면 그것이 도교적 어구임을 누구나 얼른 생각할 것이다.

『황정경(黃庭經)』에 존사(存思)[1] 축문(祝文)으로 보이는 "영원산기(靈源散氣), 결기성신(結氣成神), 분별전후(分別前後), 총통니환(總統泥丸)" 운운하는 용례만 보아도 그것이 도교에 있어서 얼마나 소중한 명구임을 알 수 있다. 이치로 볼지라도 금강산 중에서도 특별히 그윽한 승경지인 이 골짜기는 화랑 내지 신선들이 소요(逍遙)했던 장소임을 면할 수 없었을 것이니, 얼른 보기에 불교화되고 불교어가 뒤덮인 듯한 영원동 내에서 아직까지 도교의 남겨진 흔적이 띠어 있음은 말할 것도 없다.

아마 그 당초에는 봉우리와 산악의 이름들도 도교풍에 맞춘 무엇이었을 것이요, 더욱 민간 신앙적으로 적당할 때에는 '유도(幽都)·중천(重泉)'의 생각과 '장인(長人)·토백(土伯)'의 이름과 '난토(爛土)·뇌연(雷淵)'의 구성과 '항부(亢父)·양부(梁父)'의 관직도 없지 아니하였을 것이다. 조선 개벽 이래로 민간 신앙의 절대 권위였던 풍류도(風流道)와 삼국 중엽 이래 민중 신앙에 상당한 세력을 가지게 되었던 황로술(黃老術)이 불교에 앞서서 혼백 관계의 일종 관념을 이 골짜기와 계곡에 붙이지 아니치 못하였을 것이다.

훗날 금강산이 불교 도량이 됨에 이르러 옛 실지를 새 이름으로 전환하는 데 특별히 시왕 사상 같은 것은 본래 도교와 더불어 깊은 인연이 있었던 만큼 크게 편리 적절함을 깨달았을 것이다. 인도의 지옥은 본디 해양을 무대로 삼는데, 이것은 높은 산과 깊은 계곡인 것이 동방적·도교적 내지 조선의 '붉'사상적인 것으로써 저간의 소식을 짐작할 것이요, 또 영원(靈源)이란 성어가 근원적인 뿌리처

---

1 도교의 명상법으로, 외유하고 있는 오장(五臟)의 신을 몸으로 불러들이는 수련법이다.

럼 특별히 생명의 귀착점을 가리키는 데 관계있는 것임으로써 우리의 상상이 한갓 망령된 것 아닐 줄을 믿는다. 이른바 성이니 대궐이니 하는 것이 다 여기 관련되는 무엇일 것은 다른 기회에 이야기하려 한다.

18. 지장봉

영원동은 지장봉에 와서 막다른 데가 된다. 지장봉은 진실로 이한 골짜기의 주인공이다. 그런데 이렇게 몫을 지우는 것이야말로 설화 작자의 의도가 반영된 것이다. 황천강을 건너고 업경대에 비추고 사자봉에 끌어들여 판관봉까지 오고 마는 것 같으면 그것이 설사 헛된 거짓 이름이요 우화일지라도 아무라도 찐더운 생각이 나지 아니할 것이다. 아무리 금강의 빼어난 풍경이라도 초입에 이런 위압을 당하고는 모처럼 찾은 흔쾌하고 기쁜 마음이 어느 정도 삭연(索然)해지지 않을 수 없다.

그러나 이렇게 무서운 진용을 베푼 것이 실상 지장(地藏)의 고마우심을 한층 선명하게 알리려 하는 작은 뜻에 불과한 것임을 알면 그 누가 기뻐 날뛰지 않을 수 있으며, 그 한없는 신령함을 새롭게 갈망하고 찬탄하지 않을 수 있을 것인가(옴치고 뛰지 못할 막다른 골에서 우리를 구제하시겠다는 비원을 세운 이가 지장님이기 때문이다). 죽고 사는 큰일에 바른 생각을 열어 온갖 미혹됨과 업장의 풍랑이 천지를 뒤집는 중에서 편안하고 순리에 맞도록 흐르게 할 여래의 소원에 마음을 다해 귀의하는 것이야말로 불교 신앙의 요지인 것이다.

그러므로 금강산이 시시덕거리고 구경하는 곳인 줄로만 알고 찾아오는 이들에게 산의 첫 국면에서부터 무상하고 믿을 수 없는 생명의 귀착 취지를 맞닥뜨리도록 하고, 두렵고 경외하는 마음이 일어날 만큼 일어난 뒤에는 이러한 중생 - 중생 중 너 같은 이를 위하여 불보살 지장 같은 이가 계심을 가르쳐, 그로 하여금 보리심(菩提心)을 발현하게 한 영원동의 이름과 형상은, 또한 수월치 않은 선한 계교임을 알아야 것이다.

또한 금강산 같은 위대한 경계이자 신령스런 땅을 볼 때에는 거기에 상응하는 깨끗한 마음과 눈부터 가져야 할 것이니, 온갖 더러움¹에 문둥이 된 몸과 탐진치(貪瞋癡) 삼독(三毒)에 소경 된 눈을 그대로 가지고서는, 절묘한 경치를 깊고 미묘하게 감수하기를 기약할 수 없을 것이다. 속세의 먼지와 때를 수세미질하여 금강산을 금강산답게 보도록 하려는 것이 산의 초입에 짐짓 침침한 한 장면을 만들어 놓은 진짜 의도가 아닐까 생각해 보면, 설화를 지은 이의 노파심이 짝 없이 고맙다.

암자를 지나서 동쪽으로 조금 내려가면 지장봉이 똑바로 잘 보이는 등성이에 너부죽한 큰 돌 하나가 놓여 있는데, 이것을 배석(拜石)이라 일컫는다. 배석은 한 복판이 갈라져 있었는데 이 돌이 자라서 차차 아물어 들다가 사오 년 전쯤에 아주 꽉 들러붙은 것이라 한다. 아닌 게 아니라 금이 간 자리가 있다. 배석 위에는 자개돌을 모아서 작은 탑을 일고여덟 기 만들어 놓았는데 이는 또한 지장보살의 높은 덕을 표시하려 한 것인 듯하다. 우러르면 시원한 바람이 천상으로부터 불어 내려오고, 구부리면 맑은 시내가 인간을 향하여 흘러가는데, 이따금 풀숲으로부터 쪼르르 나와서 먹을 것을 노리는 다람쥐만이 정적을 깨뜨리는 유일한 장난꾼이다.

---

1 오탁(五濁)을 말하는 것으로, 명탁(命濁) · 중생탁(衆生濁) · 번뇌탁(煩惱濁) · 견탁(見濁) · 겁탁(劫濁) 등이다.

손길을 마주잡고 눈을 감고 있노라면, 이 경계로부터 감흥을 일으켜 갖가지 환상이 가슴에 어른거리는 것을 억제할 수 없다. 지옥문에서 독살스러운 기운을 쏘여서 지장봉에서 신령한 물을 맞기까지 불과 십 리 남짓한 길이지만, 만일 이런 이름 저런 뜻을 마음을 가지고 생각해 살핀다면, 극심한 번뇌의 삶이 뜻하지 않은 청량제를 마실 것이다. 명부니 시왕이니 하는 것이 미신이라면 미신이라 하자. 그러나 이따위 미신이라도 만든 덕에 우리의 막힐 귓구멍이 터지고 메어질 가슴이 아물어짐을 생각하면, 미신이 또한 고마운 것 아니냐.

도의적 욕구와 현실적 모순 사이의 엄청난 거리를 무엇으로 어떻게 조화시키고 적절히 풀어낼 수 있을까? 이를 위하여 생겨난 것이 이상 및 그를 구체화한 이상경이다. 현실에서 실망한 것을 이상에서 희구하려는 충동이 사람으로 하여금 여러 세계를 가설하게 한 것일 터, 적극적으로 나타난 것이 극락이고 소극적인 것이 지옥이다. 원통하여 생각해 낸 것이 극락이라 하면 번민 끝에 만들어 낸 것이 지옥이라 할 것이다. 다음 생을 바라고 기약하는 것이 극락임에 대하여 이번 생을 보복하려는 것이 지옥이다. 이치 밖으로 복락을 누리는 남과 이치 밖으로 안정을 얻지 못하는 나를, 시간이라는 한 가상선에서 합리적으로 설명하여 보려 한 것이 극락 지옥의 관념인 것이다.

어떤 세계에도 부정(不淨)·불의(不義)·불평(不平)·불만(不滿)이 있는 것처럼, 어떠한 민족에게든 극락과 지옥이 있다. 관념적으로만 만족할 것 같으면, 극락은 십만억 토(土) 밖에 있다 하고 지옥은 사만 유순(由旬) 아래 있느니라 하지만, 인정이 좀 더 현실적인 것을 요구하게 되면 극락과 지옥은 모두 우리 현실 세계 안에 구조하게 된다. 그리하여 선경(仙境)이 인간에 있고, 천국이 지상에 생기는 한편에서 풍도성(酆都城)이니 파트릭이니 하는 저승이 현생하는 국토 한 구석에 생겨나게 된다.

우리 조선 민족에게도 불평등한 현실 생활에 상응하는 이상 세계가 남부럽지 아니할 만한 유래와 내용을 가졌을 것이다. 우리의 현실 생활이 남달리 고뇌와 시련에 충일하였던 대신, 그 이상으로 추구하고자 하는 기백과 이상적인 것을 건설해 나아가는 기교는 남보다 나은 점이 있을지언정 아무보다 떨어지지 아니하였다. 단지 이상계 진입을 목적으로 하는 선교(仙敎)가 우리 국토에서 발생한 것이 진실로 진실로 우연한 것이 아니었다. 이른바 삼신산(三神山), 이른바 십주(十州) 등은 그네의 이탈하려는 현실고가 그대로 반영된 것에 불과한 것이다.

신선의 고향이란 것이 이미 이상계인즉, 그 위치부터가 현실계하고 다소 단절되어야 할 것이다. 우뚝 솟은 산악일수록 신들의 고향이라 하고 남다르게 빼어난 골짜기일수록 복이 깃든 땅이라 하여, 무릇 지역 안의 높은 산과 거대한 산골짜기가 하나도 선가(仙家)와 인연 아닌 곳이 없게 되었다.

그중에서도 울창하게 서려 있는 모습이 매우 거대하고 수려하게 뽑아놓은 것 같은 모습이 매우 기이하게 봉우리를 이룬 일만 이천 개가 하나하나 신령한 기운을 품은 채 골짜기 된 서른여섯 곳이 곳곳마다 기이한 면모를 감추고 있는 금강산이야말로, 천하에 둘도 없는 신선들의 도시일 수밖에 없을 것이다. 그것이 푸른 바다를 배개로 삼고 채색 구름을 허리띠로 하였음은 더욱이 바다에서 파도를 쫓아 오르내린다는 삼호오산(三壺五山)[2]에 끌어다 붙이기에 흡족

---

2 「습유기」에 의하면 삼호(三壺)는 바다 가운데 있는 세 산, 방호(方壺) · 봉호(蓬壺) · 영호(瀛壺)이다. 방호는 방장(方丈), 봉호는 봉래(蓬萊), 영호는 영주(瀛州)를 가리킨다. 오산(五山)은 발해의 동쪽에 있는, 신선이 산다는 다섯 명산을 가리킨다. 대여(代輿) · 원교(圓嶠) · 방호(方壺) · 영주(瀛洲) · 봉래(蓬萊) 등이다.

한 것이다.

중국인의 이른바 바다란 것이 본디부터 우리나라를 가리킨 것이요, 봉래(蓬萊)니 방장(方丈)이니 하는 것이 본디부터 금강산 같은 데를 의미한 것인 여부는 어찌됐든간에 신선의 근거지가 될 조건을 구비한 금강산은 처음부터 종교적으로 신령한 터가 될 운명을 타고난 것이라 할 것이다.

설사 『화엄경』의 설명이 없고 법기보살(法起菩薩)의 의거가 아닐지라도 금강산이 도교와 불교 무엇에든지 큰 무대로 이용될 것은 필연한 일이라 할 것이다. 아니 노자의 도(道)와 석가모니의 법(法)이 들어오기 전에라도, 진실로 자연 숭배에 그치는 소박한 종교라도 있기만 하면, 이만큼 신이(神異)한 물건이 종교적으로 무슨 위대한 임무를 가지지 않을 수 없었을 것이다.

그런데 산악 그것이 주요한 신의 몸체 노릇을 하다시피 했던 고대의 '붉'사상(붉道)에서와, 그중에서도 지세상으로 산악 숭배가 가장 중대한 신앙의 대상이 된 예(濊)나라 사람에게서 금강산이 얼마나 존중받는 신령한 산악이 되었을지는 물을 것 없이 환한 일이다. 풍류도 순례의 유적과 전설이 다른 데에는 별로 유래하는 것이 없지만 금강산을 중심으로 하는 지역 일대에는 명승지 치고 화랑이 지나가 자취 아닌 곳이 없음은 이곳이 고대 '붉'교(敎)의 최고 성지임을 분명히 보여주는 것이다.

풍 악 기 유

금강산과
'붉'사상

19. 조선 고대의 '붉' 사상

조선의 '붉'교가 종교로서 상당한 의례를 갖추게 되는 것은 아마도 신라 중엽 이후의 일일 것이다. 화랑도가 풍월주를 모시고 "산수를 찾아 노닐었는데, 멀다 하여 이르지 않은 곳이 없다."[1]라고 한 것은 요즘 말로 하면 성지 순례라 할 것이다. 그 정점인 금강산은 불교도의 영취산, 예수교의 예루살렘 성, 회교도의 메카 같은 것이다.

그런데 영원동이란 것은 금강산 중에서 가장 깊고 은밀하며 거대한 골짜기일 뿐 아니라 바다로부터 들어오는 이에게는 성스러운 의례를 완성하는 경축하는 땅이고, 조로(朝路)로 들어가는 이에게는 도의 마음이 표백되는 출발점이 되는 까닭에, 다른 데보다도 더욱 많이 종교적 성향과 맛을 띠지 않을 수 없을 것이다. 영원동, 영원동 하는 것이 다만 깊은 골짜기 속에 많은 기이한 풍경을 감추고

---

1 화랑도는 명산대천을 순례하면서 도의와 가악을 수련하였다. 나라를 위하여 싸움터에서 신명을 다하고 산천의 유람을 통하여 심신을 수련하는 두 가지의 화랑상(花郞像)은 서로 밀접하게 관련되어 있다. 즉 싸움터에서의 진충보국의 정신, 임전무퇴의 용맹성은 무리를 지어 산수에 노닐면서 서로 간에 자연스럽게 체득한 것이었다.

있는 데에만 연유하지 않는 것은 물론이다.

크게 난 발자국은 얇은 덮개로 가려질 것이 아니므로 무슨 동이니 무슨 봉우리니 하는 것이 선교나 불교적인 색채로 남아있는 오늘날에도, 고대 '붉'사상에 관한 다소의 흔적이 떨어진지 모르게 남아 있지 않을 수 없을 것이다. 무엇이고 있겠지 하여 생각해 보니 이 골짜기 계곡의 흘러나가는 물을 '백천(百川)'이라고 일컬음이 첫째로 드러나는 증빙임을 알겠다. 근래에는 백천이란 이름이 장안사 앞을 일컫는 것이 되어 그것이 마치 금강 여러 골짜기 물을 휘몰아 나오므로 이름한 것으로 생각하는 이도 있다.

하지만 사실 백천동은 수렴동(水簾洞)·백탑동(百塔洞)과 서로 쌍이 되며 지금 백천동이란 것의 한 원류의 오롯한 이름임은 옛 기록의 용례를 통해 알 것이니, 손쉬운 예증으로 말하면 남추강(南秋江; 남효온)의 「금강산기(金剛山記)」에 "시왕봉 후에 시왕백천동(十王百川洞)이 있고, 시내 옆으로 영원암(寧源菴; 靈源의 異字)이 있다."고 한 것이 그것이다.

'시왕백천동'이라 함으로써 시왕봉 뒤에서 영원암 앞으로 흘러나오는 물이 백천임을 알 수 있는 동시에, 영원동이란 이름이 실은 시왕동·백천동 둘을 통틀어 부르는 이름인 줄도 알겠은즉, 백천이란 것이 도리어 시왕봉부터 이상의 물을 일컫는 것임이 더욱 명백하다 할 것이다.

백천의 천(川)은 '내'라고도 하고 '개울'이라고도 하였는데, 그 '백(百)'이 '붉'과 짝이 되는 글자인 것과, 백천이 곧 신령한 물을 의미한다는 것, 그리고 이른바 신령한 물이 고대 '붉'사상에서 신령스럽게 대하던 대상이라는 것 등등은 다른 허다한 유례에 비추어 번거롭게 말을 꺼낼 것도 없는 명백한 사실일 것이다.

그런데 이 백천의 발원지가 백천동에 막다른 백마봉(白馬峰)이요, 백마는 의주의 백마산·부여의 백마강 등 다른 예에서 보는 바와 같이, '신령스런 산' 및 '신의 거처'를 의미하는 고대어 '붉 묽'에 대응하는 말임을 생각하면, 백마로서 오는 물이 백천일 내력이 저절로 확 풀린다 할 것이다.

그리하여 산은 백마요 물은 백천이라 하는 것만 가지고도 이 지역 일대가 고대 '붉'교에서 얼마나 중요시했던 신성한 지역인 줄 알게 되는 동시에, 또 선도(仙道)니 불법(佛法)이니 할 것 없이 특별히 이 한 골짜기 지역에 무시무시한 종교적 이름과 형상을 배당함이 또한 까닭이 있음을 짐작할 것이요, 영원이란 이름도 즉 불과 백천이란 원래 명칭을 선교적이거나 불교적으로 전환함에 불과한 것이라는 것까지 알 수 있다. 고대 '붉' 사상의 저승에 관한 생각을 이제 와서 역력히 지적하기란 사실상 불가능에 속하는 일이지만 대체로 비교 종교학상의 통칙에서 벗어나는 것은 아닐 것이다.

당초에는 다만 죽은 이가 머물고 떠나는 곳으로 산꼭대기 혹은 깊은 골짜기 동굴 등을 생각하다가, 종교적 가르침이 도덕적인 진행을 따라서 선한 자는 복을 받고 음란한 자는 화를 입는다는 큰 원칙에 의거한 여러 종류의 계파들이 생기고, 그것이 다시 여러 계단의 분화와 발전을 이루었을 것이다. 이렇게 되는 동안에는 의도를 갖고 만들어내는 것도 있고 의도치 않게 이루어지는 각종 부대 설화가 있게 되어, 일면으로 교리에 충실한 자료와 신심 수련의 깨우침의 방책이 되었을 것이다.

이 맹아가 건전하게 생육을 이루었을진대, 어떻게 함축 수북한 종교적 삽화와 향미 무르녹은 예술적 전설이 우리 사상의 동산을 난만하게 장식하였을까. 게다가 이 연약한 떡잎에게는 과중한 시련이 쉴 새 없었다. 선교(仙敎)의 뜨거운 볕과 불교의 된서리는 말도 말고, 뿌리째 캐내지 아니하면 말지 아니한 유교의 짓궂은 혜살은 그 흔적과 영향조차 마야(摩耶)의 구름 속으로 날려보내고 말았다. 비비자면 터전은 있지마는 솜씨 부릴 가음이 없는데는 신적인 솜씨를 가진 장인의 귀신같은 수완도 팔짱 속에서 나오지를 못할 것이다.

영원동의 명부 구조, 이는 진실로 실제적 배경에 조성하여 놓은 가장 웅대 교묘한 명부 설화의 한 전형이다. 그것이 종교적으로 살아날 때에, 대지가 들썩이고 하늘에서 꽃비가 내리는 미묘법문이 얼마든지 개설되려니와, 다만 예술적으로 이용되는 일방으로만 생각할지라도, 어떻게 위대한 작품의 내용될 좋은 소질을 가지고 어떻게 영묘한 사상의 추출될 좋은 동기를 지었을는지, 거의 측량하기 어려운 정신적으로 살아 있는 원천이었을 것이다. 그러나 넘어질 뿐이요 붙드는 이 없는 이 깃발이 꽂혔던 자리는 그 흔적조차 남지 아니할 뻔하였다.

20. 조선의 『신곡』 금강산

이제 영원이란 외면을 벗기고 백천이란 비밀을 헤쳐서 그 고대 '붉'의 성지임을 증명하는 움직이지 못할 일대 기둥이 발굴된 만큼, 도리어 복받쳐 나오는 원통이 마른 눈을 적시려 한다. 이 골짜기 마을이 생긴 지 얼마, 이 관념이 있은 지 얼마, 마음과 손과 말과 글을 가지고 여기 지나간 이가 얼마에, 그 결과로 우리 생활 내용이 얼마나 풍부하여진 것이 있나? 우리의 사상 발전이 얼마나 빨라진 것이 있나? 조금이라도 있으면 이렇게까지 서럽지는 않을 것이다.

경건하기가 존 버니언(J. Bunyan) 같은 이 하나만 있어도 『천로역정』은 생겼겠지. 정밀하고 독실하기가 스웨덴보르그(Emanuel Swedenborg)만 있어도 『신예루살렘』은 나왔겠지. 그것도 아니어서 최소한 초서(Geoffrey chaucer)만한 이 하나만 얻어도 『켄터베리 이야기』 같은 곁가지 물건이라도 얻었겠지. 저주받은 조선의 문예야, 어떻게 많은 좋은 씨, 아름다운 싹들이 자라기 전에 시들고 꽃피기 전에 말랐느냐. 영원동 같은 것이 그 중에도 가장 억울한 하나가 아니겠느냐.

영국이 헨리를 가질 때에 우리는 그만한 기술자(記述者)를 기르지 못하였으니, 스페인이 칼데론(Calderon)을 가질 때에 우리는 그만한 희곡가를 만들지 못하였다. 그리하여 아일랜드의 패트릭(St. Patrick)이 허다한 책으로써 중세의 전설국(傳說國)에서 으뜸으로 보는 한편에, 우리의 영원동은 때 묻은 남의 옷을 뒤집어쓴 채, 그림자처럼 쓸쓸히 비켜서지 아니치 못하게 되었다.

만일 몇 걸음을 내켜서 우리에게도 신의 재주와 생각과 학문과 지식을 가진 위대한 단테가 있어, 그 기이함과 정묘함으로써 심경이 서로 비추는 기회를 이런 신령한 산악에 얻었더라면 상상한다 하면, 조선은 집어치우고 전 인류가 어떻게 예술적으로 은총을 입게 되었을까. 실제 땅을 상징하는 장엄함이 공중에 상영하는 일개 환상보다 어떻게 더 성스럽고 신령스러운 위대한 형상을 가졌을까 하면, 단테로 하여금 영원동을 만나게 하지 못하였음이 얼마나 『신곡』을 위해, 단테를 위해, 인류의 생활을 위해 큰 손실이었는지를 턱없이 아깝게 생각된다.

나는 안다. 역사는 시간과 공간 두 곳 사이의 어우러지는 지점에서 사람의 동작을 빌어 드러나는 위대한 능력자의 뜻이다. 나는 믿는다. 가장 좁은 장면에 가장 많은 변화를 나타내어, 가장 분명한 계시를 가장 잘 감수하게 된 것이 조선의 역사이다. 손바닥만한 조선이 유구한 연대에 걸친 복잡한 사변을 잡아 거두고 있음은, 또한 기적으로만 보고 말 그저 일이 아니다. 거기 관한 종종의 기대가 있을 가운데 가장 짐작하기 쉬운 것은 세상의 도리에서 사람들의 일이 언제나 움직임과 멈춤을 변화시키는 갖가지 양태에 대해 조감적 전망에 터 잡은 일괄적 비판을 내려 보라 한 것이 그 하나일 것이다. 마치 단테의 『신곡』에서 그 가능한 전형 하나를 본 것처럼.

그런데 착상의 지주가 되는 영원동은 여기 있다. 아니 벌써부터 있었다. 그러나 밝게 깨우친 견식, 민첩하게 종합하는 재주, 경건한 신앙, 철두철미한 정조, 투철한 정의감, 엄밀한 재단력을 갖춘 최고 경지의 한 단테가 나와야 하겠건마는, 하늘이 아직 근지하시는지, 사람이 오히려 어물거리는지, 그 본질부터 진귀한 보고인 조선의 역사를 다면적이고 다각적으로 멋지게 활용하여 최대 한도에 있어서의 인류의 진짜 보물이 되게 할 위대한 천재의 출현은 왜 이리 더디신가.

천재여, 이제는 한계에 이르렀다. 나와서 만들어 놓을 기한이 찼다. 나오소서, 지으소서, 그리하여 빛낼 대로 빛내소서. 베르기우스도 있으리다. 베아트리체도 있으리다. 다만 날카로운 연장이 녹슬지 않게만 하소서.

「저마무전(楮馬武傳)」의 동네 집 잔 사설과 「남염부주지(南炎浮洲志)」의 헛 껍질 잠꼬대만이 우리 명부 문학의 전부라는 치욕을 벗겨주는 의미만으로도, 하루 바삐 당신의 신묘하고 신령스러운 수완을 발휘하여 주소서. 우리의 숨은 헤라클레스, 파묻힌 아이네이아스를 캐어내서, 우리의 아름다움과 윤리 양쪽에서 깊은 뿌리가 되는 것만이라도 하루 바삐 모든 대중들에게 명백히 드러나게 하여 주소서.

가장 어둑어둑한 구름이 쌓여 있던 영원동이 가장 맹렬하고 기세등등한 우레소리와 강렬히 빛나는 번갯불 빛을 발하게 하소서. 그리하여 그것으로부터 나오는 맑고 차가운 샘이 우리와 함께 모든 남들의 목마른 생명을 축이는 진정하고 위대한 영원동이 되어지이다.

단테에게 비길진대 황천강으로부터 지옥계를 비롯하여 옥초대는 바로 그 아홉 번째 층위에 해당하는 것이요, 영원암에서 '지구의 중심'을 지나면 배석(拜石)이 '죄를 씻는 산'이자 '죄를 씻는 경계' 전부를 모아 놓은 것이 되며, 이곳으로부터 개울로 내려서서 개울 바닥을 따라 올라가는 백천동은 정히 그 지상 낙원의 초입이 되는 것이다.

21. 영원동의 참모습

금강산 경치도 세상에 알려지고 알려지지 않는 것에는 때가 있고, 위태롭고 영달하는 경우도 있다. 굵직한 몇 군데가 아니면 한동안 소란스레 전해지다가 한동안은 또 가려지고, 그것이 심하면 마침내 완전히 잊혀져 다시 들리지 않는 지경에 이르기도 한다.

수백 년 동안에 걸친 여러 유람기를 계통에 따라 훑어 내려 보면, 그 흥성하고 쇠퇴했던 자취를 환하게 알 수 있다. 그런데 너무 깊든지 멀든지 험하든지 하여 다니기 불편한 곳은, 그럴수록 자칫하면 진주가 다시 소박한 돌덩이가 되는 것처럼 침묵 속에서 그에 대한 소리가 들리지 않게 되기 쉽다.

옛날에 양반 같이 무서운 것이 없고 일반 대중 같이 만만한 대상이 없을 시절에, 홀몸으로 다니기도 어려운 곳을 가마를 메라거나 무등을 태워라 하는 식으로 하게 되면 마다할 수 없이 죽어나야 하겠으니까, 경치란 것은 숨길수록 파묻을수록 사람과 절이 그만큼 더 견딜 수 있는 까닭에, 알고 온 것은 데리고 다녀도, 모르는 것을 구태여 일러 줄 필요는 조금도 없는 것이다. 이렇게 고의적으로 말을 막은 것을 비롯하여 자연스럽게 더이상 말하지 않는 것으로 돌아간 것이 적지 아니한데, 이 백천동 같은 것도 그 가운데 하나임을 짐작하였다.

옛날에는 영원동이란 말은 듣지 못하고, 시왕동·백천동 하는 것이 통칭이었는데, 지금 와서는 백천동은 일컫는 이조차 없어지고, 영원동 구경이라고 떠드는 것은, 영원암에 와서 그치는 것이 관례가 되었기 때문이다. 아까 현의 주지가 이번에 단목(檀木) 조사를 위하여 영원동의 뒤편 골짜기를 모험 탐색하다가 의외에 진정한 백탑(百塔)을 그 오지에서 발견하였노라고 자부하며 말하는 것을 보니 그 드러내고 가리는 행태가 꽤 오래된 것임을 짐작할 것이다. 그러나 백천동을 모르게 되는 것은 버려질 만큼 경치가 변변치 못하기 때문이 아니라, 도리어 백천동을 버리도록 그것을 제대로 보아주는 변변한 사람이 없었음을 드러내는 일이다. 그렇지 아니하면, 운명의 희생일 따름이다.

보아라, 저 산에 저 돌, 저 물에 저 단풍, 한 걸음을 떼어 놓지 아니하여서 선 자리가 그대로 금강산의 또 다른 작은 중심이 아니냐. 응달을 보고 나무를 짐작하는 셈으로, 이만한 마당만 보아도 그 안에 있는 집의 장엄함이 어떠할까 하여, 새로운 탐사 열망이 솟아난다.

시왕·지장에 백마를 합하여 이른바 "세 마리 용이 어우러지는 땅"인 이곳은 그것이 과연 삼대 조사를 길러낼 만한 조짐이 보이는 지역인가 여부는 어떻든간에, 새파란 연못이 하늘을 비추고, 하늘바다에 오색 나뭇잎들이 별 같이 찬란한 중심을 향하여 삼색 태극처럼 세 봉우리가 손길을 잡으려 드는 것도 특색 있는 한 '시인'이라 하겠다. 작은 것만큼 멀리 굴러나가기 거북한 까닭인지, 올라갈수록 바닥에 깔린 돌이 더욱 크고 험상스러움을 더한다.

갖은 모서리, 갖은 형체를 이루어 가진 이 따위 자연석이 인공적인 것을 뛰어넘는 장인과도 같은 물 – 큰물이 날 때 물의 기세를 따라 이리저리 밀려 놓임에 따라 저절로 어느 한 구석 흠잡을 수 없는 미학적 안배를 이루었으므로, 이러한 돌뿌다귀만을 징검징검 뛰어올라 가면서도 그다지 피곤함을 느끼지 아니한다. 어떠한 돌이든지 생긴 채로 특이하면서도 예스럽고, 놓인 채로 우아하게 운(韻)을 맞추는 것이 기이하다면 기이하다. 그러나 그렇기 때문에 금강산일진대 다른 데서는 기이한 것일지언정 여기서는 당연 이상의 당연이라고도 할 것이다.

그런데 티끌 한 점을 섞지 않은 맑은 물이 이러한 바닥과 이러한 틈으로 소유 일체의 곡선미를 다하여, 갖은 아양과 곡조 소리를 쏟으며 흐른다. 걸음걸음마다 아름다움을 느끼는 감흥과 기쁨에 들뜨는 감흥 그리고 마치 날개를 달고 날아가는 신선이 되는 듯한 감흥이 말초 신경 바늘 끝까지를 눅신눅신하게 만드는 것은 또한 당연 이상의 당연이라 할 것이다.

거기다가 나무 하나, 잎 하나, 빛 하나가 예사로운 게 없고, 그마저 가을 색으로 온통 장식하였단 말이지. 목석 같은 사람이라도 노래를 부르고, 흙으로 빚은 토우라도 시를 짓겠다 하겠는데, 시 한 구절, 노래 한 가락을 엉구려 해도 엉구는 수 없음은, 아아 내가 목석 만도 못하다. 토우만도 못하다. 말 얼굴처럼 생긴 마면봉(馬面峰)이 훤칠하게 보이는 곳에 특별히 밝게 비치는 연못이 하나 있다.

앉는 줄 모르게 퍼더버리매 심신이 까닭 없이 신화 세계를 들어온 것만 같다. 어린 눈이 허깨비를 보나, 문득 눈과 귀가 미치는 바에 모든 것이 다 생명과 정신을 가졌다. 개울에는 물의 요정 나이아드(Naiad)가 대리석 같은 허리통을 내놓고 "어이 이제 오세요, 그리운 님!"을 들릴락말락 노래하고, 나무 틈에는 화려한 채색과 영롱한 장삼을 떨어뜨린 숲의 요정 드리아드(dryade)가 부드러운 소매를 재치있게 번득거리면서 "다만 즐거움이지 쓴 것이 무엇"을 춤추는데, 키보다 더 큰 거문고를 팔짱껴 안고 힘껏 뜯으며 고개를 끄덕이는 요정 오레아드(oread)가 완연히 건너 언덕에서 내려다본다.

먹으려 하면 혜강(嵇康)[1]의 단단한 골수가 눈앞에 즐비하고, 마시려 하면 소마(蘇摩)[2]의 경장(瓊醬)이 곳곳에 솟아난다. 나부끼는 잎사귀는 등에 가득 명년의 영화(榮華)를 실어 가고, 속살거리는 개울물은 가슴에 하나 금일의 환희를 담아 있다. 문득 천태산(天台山)이 솟아나더니 금세 에덴 동산이 포장된다. 남이 까마귀라 하는 것이 나는 아무리 보아도 가릉빈가(금시조)로다. 모나리자의 명상하는 등 뒤에는 신비로운 가느다란 길이 나사같이 틀어졌고, 피리 부는 사내의 발 앞에는 요괴의 깊은 골짜기가 그믐밤같이 데미다 보인다.

한 막(幕)이 언뜻 지나며 다른 장면이 또 나온다. 파필론에 높이 앉은 다노아의 앞으로 신령한 빛이 밝게 빛나는 큰 길이 열리더니, 켈트인의 극락인 아발론(Avalon)이 나온다. 수정같이 쌀쌀하게 맑은 샘물 가에는 알맞은 관목들이 우거져 나고, 비단을 저며 붙인 듯한 꽃이 가지마다 소복이 피었는데, 그 속으로서 미(美)가 그대로 화현(化現)한 듯한 몰가나가 눈이 부신 황금관을 다노아에게 받들어 올린다.

환상의 날개가 끝없이 펼쳐나갈 때에, "이리 하다가는 해질 때까지 계속되어 돌아오지를 못하겠다."고 재촉이 성화 같으므로 마지 못하여 일어섰다. 마음은 오히려 신화의 왕국에 어른거리면서, 발만 억지로 남을 따른다. 보이는 것, 들리는 것, 밟히는 것, 거치는 것이 여전히 신령스럽게 생동하면서 나를 보내고 나를 맞이한다.

---

1 중국 삼국 시대 위나라 초국질(譙國銍) 사람으로, 노장 사상을 숭상하였다. 혜강은 위선적인 예교, 예법을 반대하였으며, 사마씨의 통치를 통박하다가 결국은 사마소(司馬昭)에게 죽음을 당하였다

2 고대 인도 · 베다 시대의 종교 의식 때, 제화(祭火)에 의해서 여러 신에게 바쳐지고, 나머지가 제관 등에 의해서 마셔지는 흥분성의 음료. 신격으로서의 소마는 의인법은 발달하지 않았지만, 『리그 베다』 말기 이후에는 달을 신화상 하늘에 있다고 하는 소마의 용기로 비유하는 생각에서 달(신)로 보게 되었는데 한역 소마(蘇摩)는 이 달(신)을 의미하는 경우가 많다.

얼른 보니 높다란 바위 병풍이 푸른 이끼에 수 놓여서 길 왼쪽으로 둘러쳐져 있고 그 앞으로 이색적인 향기로 코를 기껍게 하는 나무들이 덩굴과 넌출에 가로 얽히고 세로 엉클어져서 취한 걸음인 듯 어지러운 춤동작인 듯한 가을 숲의 일대 장관을 나타낸다. 흰 나무와 붉은 구슬이 간간이 뒤섞인 것은 대지가 바치는 공양이니 가을 색을 거두는 대보살의 목에 걸어드린 보석 목걸이인가 보다. 훗날의 사람들을 위하여 이곳을 낭풍(閬風)[3]의 병풍이라 이름하여 둔다.

숲이 있는 곳에는 석이버섯꾼들의 길이 있고, 길이 있는 곁에 물 이든 바위 무엇으로든 좋은 경치가 있다. 경치가 되려 하면 기이하고 험준할 수밖에 없고, 그런즉 개울을 비켜서 길을 만들지 않을 수 없는 까닭이다. 맑은 물과 푸른 못이 바꾸어치기로 나오는데, 환경을 따라서 물색이 각별한 것이 번번이 눈을 끈다.

교목 · 관목 · 활엽 · 침엽이 알맞추 섞인 채, 도끼라는 물건이 어떤 것인지 그 말조차도 모르는 원시림에는, 발 붙일 땅은 있어도 고개 내밀 틈이 없어서 새 길을 내기 어렵다. 줄지어 포개지듯 빽빽하던 나무들이 장마물에 뿌리가 뽑혀 무수히 뒤섞인 채 여기저기 거꾸러지고, 그 위에 우단(羽殺) 천 같은 초록 이끼가 통으로 입혀져서 하나의 길로 죽 이어져 있는 것은, 하늘이 우리를 위하여 준비시키신 소파인 듯. 뒤엣놈이 앉아서 앞엣놈에게 발을 얹으면, 포근포근 보드라운 맛이 스프링 이상이다. 서나 앉으나, 가는 곳마다 귀에는 긴나라(緊那羅)[4]의 묘약이요, 눈에는 비너스가 살아 있는

---

3 신선이 사는 곤륜산 꼭대기에 있다는 낭풍원(閬風苑)의 준말이다. 보통 낭풍 요지(閬風瑤池)로 쓰인다.
4 불교 팔부중(八部衆)의 하나로 인도 신화에 나온다. 악기를 연주하고 노래하며 춤추는 신으로, 사람의 머리에 새의 몸 또는 말의 머리에 사람의 몸을 하는 등 그 형상이 일정하지 않다.

듯한 그림이로다.

높고 낮음이 일정치 않고 빽빽하고 성글기가 적당하여 밤낮 같은 듯하고도 줄창 서로 다른 볼만한 것을 드러내는 단풍 숲의 아름다움은, 보고보고 또 보아도 염증은 고사하고 그대로 새로운 맛을 끄집어내게 되는 것이 과연 상상조차 할 수 없는 정도라 하겠다.

아마도 단풍나무 천만 그루에 같은 나무 하나가 없고 한 나무에 달린 천만 개의 잎에 또한 같은 빛 하나가 없어, 나무마다 잎마다 갖고 있는 색채와 빛깔은 우주의 모든 경계와 형상을 보여주고 우주의 모든 기미와 법칙에 대응한 것이 아니고서는 도저히 이럴 수가 없으려니 하는 중에 갈림길에 선다. 백천동은 앞으로 보이는 백마봉 골짜기를 이어 바른 기둥이 되고, 왼쪽으로 꺾어서는 또 다른 이름이 있을 듯하지만 막힌 채 버려진 지 이미 오래되어 모른다 한다.

좌우간 진짜 백탑이 있다 하는 왼쪽 길로 들어섰다. 골짜기는 좁아지고 바닥은 차차 바쁘게 높아간다. 간혹 있던 석이꾼들의 길도 여기서부터는 별로 보이지 않고, 개울 바닥이 유일한 큰 길이다. 석각이 높아서 올라갈 수 없는 데에만 드러난 나무뿌리 등을 붙들고 기는 흙바닥을 밟게 된다.

※ 학덕이 높고 지행이 밝게 빛나는 참된 도인 부류를 우리의 오늘날 불교계에서 찾으려 하면 아무튼 손꼽히는 이는 석전(石顚) 노사 그분이다. 혼탁한 시류를 한 손으로 밀치고 막아내고 하면서 정법(正法)을 수호하고 깨달음의 참된 요체를 널리 알리기 위하여 수십 년을 하루 같이 분투하심은 그 자체로 얼마나 사람들에게 강한 의지가 되는지 모른다.

이즈음 교단이 잠시 잠잠해진 때를 당하여 자주 남북으로 이리저리 석장을 짚고 다니시면서도 또한 은둔하여 깊이 숨어 버리는 헤아릴 수 없는 경지가 있음은 아는 사람이나 알 것이다. 여러 해 전부터 오래된 약속을 밟아 이번 금강산 걸음에 즐거이 훌륭한 스승이 되어 주신 것은 나에게 있어서 무엇보다도 큰 행복이었다.

이제 그 여행중에 빼어난 말씀을 거두어 이 보잘 것 없는 원고에 덧붙여 싣게 된 것은, 한편으로는 별 것 아닌 듯한 평범한 일들 속에서 확연히 드러나고 있는 높은 경지를 존경하고, 한편으로는 이것으로써 아침저녁 추앙했던 멋진 인연을 기념하려는 것이다. 그 깊고 높다란 천부적 재질과 깨끗하고 상쾌한 글의 가락에 대해서는 세상에서 이미 인정하고 있거니와, 나 같은 몽매한 말단들이 감히 이러쿵저러쿵 떠들 바 아니다.

중유풍악시초(重遊風嶽詩艸) - 1

석전산인(石顚山人)

9월 6일 최육당(崔六堂)과 풍악산에 놀러가던 길에 삼방 골짜기를 지나면서

비 개이자 바람 매섭고 시내에 단풍 지는데,

지팡이 짚고 가서 철교 서쪽에 기대었노라.

약포(藥浦)[5]에 연기 서리자 환한 정자가 희미한데,

총사(叢祠)[6]에 낙엽 지자 저물녘 갈까마귀 울더라.

애절하게 읊는 자산(子山)[7]은 소슬바람을 위로하고,

괴롭게 읊조리는 가도(賈島)[8]는 진정으로 부르더라.

오랑캐는 바위에서 밤에 꿨던 꿈 기억하는데,

바람 맞은 차가운 꽃은 향기를 흩어버리더라.

---

5 평안북도 영변 약산으로 추정된다. 이 시에서는 운을 맞추기 위하여 산(山)을 포(浦)로 기록한 것 같다.

6 잡신(雜神)을 제사하는 서낭당을 말한다.

7 중국 남북조 시대의 시인이다.

8 당나라 때 시인이다. 처음에 승려가 되었다가 한유(韓愈)의 권유로 인하여 진사(進士)가 되었다. 고심하며 시를 지을 때에는 공경할 만한 사람이나 귀인을 만나도 알아보지 못할 정도로 몰두하였다는 데서 고음(苦吟)하는 시인으로 전해지고 있다.(『신당서(新唐書)』권 176)

22. 단풍의 제국 궁전

길이 어려워지는 대로 느는 것은 피로가 아니라 흥취이다. 똑같은 요소지만 구조화된 것은 쪽쪽이 다르다. 말하자면 일정한 몇 가지가 보는 데 따라 무궁한 변화의 연속이다. 약간 생기는 피로는 솟아나는 변화의 집어삼킴이 되기에, 미처 알기도 전에 사라지는 모양이다. 들어갈수록 땅이 축축하고 이끼가 미끄럽건마는, 다니기 거북살스러움, 그것이 또한 신비한 경치를 탐구하고 즐기는 데서 빠질 수 없는 한 묘미라는 생각이 난다.

겨끔내기로 나왔다 들어갔다 하는 봉우리가 몇인지, 번갈이로 열렸다 닫혔다 하는 골짜기가 얼마인지, 길은 차일(遮日)과 지장(地藏) 두 봉우리의 틈으로 높으며 깊으락, 깊으며 높으락 하기를 마지 아니한다. 특별히 꿰어들고 어떻다 할 것은 없을 법하여도, 나무 한 밑, 돌 한 조각도 버릴 것이 없다.

"어허 훌륭하군!"하면 "금강산에서 이런 데를 일컫다가는 혀가 해지리라."하는 이가 있다. "혀는 해질 때 해질지라도, 좋은 것을 좋다고나 해보고 해지겠다."하였다. 하네, 안 하네 하여도 진실만으로 살지 못할 이 세상에서, 이간질하거나 다른 사람 험담하기 혹은 망령되이 말하거나 교묘하게 꾸미는 말들의 운전수 노릇이나 하고 있음이 우리 입술과 혓바닥의 운명일진대 금강산 찬미 같은 신성한 일에 해어뜨림은 불감청(不敢請)이나 고소원(固所願)이라 할 것이다.

좋군! 좋군! 하며 내가 알아뵤줌에 감격하신 까닭인지, 갈수록 더 좋은 경관을 내 앞에 내어놓으신다. 한 소반 차려 내시는 것은 단원(檀園) 김홍도가 이리저리 떠올린 생각에 고운 최치원이 딱 맞추어 주제를 입힌 하나의 큰 그림책이다. 또 한 그릇 담아내는 것은 워즈워드(Wordsworth)의 시적인 흥취를 미켈란젤로가 뽑아내듯 표현해 낸 큰 조각이다. 당나라 시인 왕유가 춤을 한바탕 추고 들어가면 콜로가 나와서 노래를 한 차례 하고, 신라의 옥보고(玉寶高)가 한가롭게 거문고를 뜯은 다음에는, 크리슈나[1]가 피리를 대어 불며 맑고 청명한 소리가 골짜기 가득 서리게 한다.

이렇게 다시 5리나 들어왔음직하여서는, 산천이 새로 벌어지면서 바람과 나무와 물과 바위 등이 어우러진 소리가 문득 한 단락의 하모니를 아뢰는 소리를 들으니, 어지러운 돌 틈에서 떨어지는 물이 어지러운 돌을 마주뜨려 한 폭포를 이룬 것이다. 떨어지는 것보다 헤어지는 것이 구경이요, 형체의 모습보다는 소리의 울림으로 볼 것이다.

아무리 비뚤고 어그러져 나아가며 자태를 갖추어 부리다 하여도 개울 맛도 그만 뜨악하려 할 즈음에, "오냐, 그럴 듯하여 벌써 이 준비를 하였다."하는 듯하게 내닫는 변화가 이 폭포이다. 장한 것은 아니지마는, 자칫 단조로움에 빠질 뻔한 가까운 곳의 경관들을 번쩍 광내는 효력이 크다. 둘러선 단풍나무는 홍칠청삼(紅七靑三)이 사랑스럽게 연못에 밝게 비추어내면서 그대로 절묘한 요지(瑤池)[2]

---

1 인도 힌두교 비슈느 신의 대표적 화신. 손에 대나무 피리를 들고 있는 모습으로 형상화되는 신이다.
2 중국 곤륜산에 있다는 못으로 신선이 살았다고 한다. 주나라 목왕이 서왕모

가 되어 버렸다.

　단풍이 많아서 단풍 궁전이라 하고, 단풍 궁전의 주인은 제왕(帝王)이라 하면, 지금 이 자리에 앉은 나도 엄연히 가을 제국의 영예로운 권좌 하나를 점거한 것인지도 모르겠지만, 내 가슴속에는 "요란한 소리는 바위틈에서 어지럽지만, 맑은 색깔은 소나무 속에 그윽하구나."[3]라는 글귀가 떠오른다. 아울러 "바랄 게 있다면 이곳 반석에서 낚싯대나 드리우다 마치는 것"이라는 생각도 불현듯 일어난다.

　과연 이런 낚시터 하나 온전히 가질 만한 복을 타고났다면 광무제와 같은 황제 자리라도 내놓고 기어이 엄자릉(嚴子陵) 되기를 지원할 것이다. 그러나 이처럼 훌륭한 경관을 내 것으로 만들 시간은 수십 분도 오히려 과분한 듯, 앉지 말고 바로 가자는 통에 눈에 채 익지도 아니한 채 헤어졌다. 가면서 어느 책에서 본 늙은 단풍들이 변하여 신선이 된다는 말을 생각하고는, 눈은 계속해서 보이지 않는 무엇을 이리저리 찾는다.

　이 산중에 가장 으늑한 이 골, 이 골짜기에서도 가장 깊디깊은 이 근처, 바람도 조심하여 불고, 물도 가만가만 흐르는 이 고요한 경계는, 아마도 『태평광기(太平廣記)』[4] 같은 데 나오는 신비하고 기이한 이야기들이 그대로 눈앞에 드러난 곳인 듯하다. 과연 천년간 비장된 하늘의 신령한 서적을 내어주면서 "인연 있어 주는 것이니

---

3 당나라 시인 왕유의 「청계(淸溪)」중 일부이다.
4 송나라 태종의 칙명으로 977년에 편찬되었으며 총 500권이다. 종교 관계의 이야기와 정통 역사에 실리지 않은 기록 및 소설류를 모았다. 이방(李昉)을 필두로 하여 12명의 학자와 문인이 편찬하였다. 475종의 고서에서 골라낸 이야기를 신선·여선(女仙)·도술·방사(方士) 등의 내용별로 92개의 항목으로 나누어 수록하였다. 송나라 이전 시대의 소설 중에서 원형 그대로 완전하게 전해지는 것은 하나도 없으므로, 그 일부를 보존하는 역할을 한 것으로 평가되는 귀중한 책이다.

를 만났다는 이야기로 유명하다.

102
풍악기유

삼가 지니라."고 손을 잡고 부탁할 이가 고대 거기 나올 것 같다.

그렇지 아니할지라도 석실(石室)이니 단서암(丹書巖)이니 하는 곳에 감추어 두었다 하는 고대 역사나 비밀스런 문장 따위를 내어놓으면서 "언제부터 오기를 기다렸지. 반만년 어두움이 이것이면 사라지겠지."하고 등을 똑똑 두드려 줄 백발노인께서 어지간하면 나올 듯하다.

그로 인해 번쩍번쩍 빛나는 동명 정신(東明精神)이 떠오르는 해처럼 불끈 솟아 나와서, 자기가 무엇인지를 모르는 조선 사람들에게, 조선의 본질과 실상을 뚜렷하고 분명하게 가르쳐 줌은 말할 것도 없고, 그 끝없는 큰 빛이 퍼져서는 전 세계의 장구한 어둠을 깨뜨려 빛나게 하는 수가 있을 듯하다. 영원동부터의 내 생각은 끝끝내 몽환적으로만 움직인다.

중유풍악시초(重遊風嶽詩艸)-2

석전산인(石顚山人)

금성 비봉탄(飛鳳灘; 일명 보리진)으로 가는 도중에

용연(龍淵)의 하류로 흐르는 비봉(飛鳳)의 여울에,
강수(江水) 강풍(江楓)이 벽에 반사하여 차갑더라.
고동(古洞)에 바람 울리니 막 지나는 기러기이고,
상교(桑橋)에 사람 그림자 보니 만추에 접어드네.
물가 모래밭 상앗대 묻혀 배 흔적인 것 알았으니,
일찍이 행려(行旅)가 날 저물어 방황했을 것이네.
곧바로 회양(淮陽)을 바라보니 비봉탄 북쪽 길에,
두세 명 나무꾼이 건너편 산촌에서 피리를 불더라.

날 저물어서 말휘령(末輝嶺)에 당도하여
풍악산을 바라보고 감회가 떠올라서

지달(枳怛)[5]께서는 모진 풍상에 무고하신지요,
천암(千岩)은 말없이 까맣게 푸른빛을 띠었네.
옷깃 여미고 거듭 찾은 마음을 말하려 하노니,
노목(老木)은 서풍을 맞고 수염이 성성해졌는가.

저물녘에 장안사에 당도하여서

장안사 종소리 맑고 길게 만천(萬川)에 울리는데,
회나무 잣나무 우거지고 산봉우리에는 달 밝더라.

---

5 지달(枳怛)은 금강산의 명칭 중 하나이다. 조선 후기 학자 조인영(趙寅永)의
『운석유고(雲石遺稿)』에 의하면 금강산에는 금강(金剛)·개골(皆骨)·열반
(涅槃)·풍악(楓岳)·지달(枳怛) 등 다섯 가지 명칭이 있다고 하였다. 지달이
란 명칭은 『화엄경』에서 유래하는 것으로 알려져 있다.

업경(業鏡)에는 의의히 산 그림자 움직이는데,
신림(神林)에는 엄숙히 화려한 빛 드러냈더라.
시원한 석기(石氣)는 매미 허물을 재촉하는데,
에워싼 등불 휘장에 교화 된 고을을 보겠더라.
늦은 저녁에 당도하여 지는 황혼이 내리쬐는데,
노을을 구경하니 어떻게 얻은 여생에 다행인가.

23. 고대 조선의 '붉' 사상

　고조선인의 종교 의식은 어떠한 모양으로 드러났던가. 개인적 신앙이 민족적 내지 국가적 요구에 구속되기 시작한 뒤에는, '붉' 사상에도 남과 같이 권위 있는 경전이 생기기 않을 수 없으니, 이른바 '신사(神史)'니 '신지(神志)'니 '비사(秘詞)'니 하는 종류가 곧 그것이다. 그러나 이것들은 이러저러한 이유로 인하여 '일리아드'만큼 짜이지도 못하고, '아베스타'만큼 엉기지도 못하고, '함무라비'만큼 자라지도 못하고 말았다.

　고대 '붉' 사상은 오래도록 천지신명과 더불어 극히 자연스럽고 자유로운 직접 소통을 행하여, 이른바 천신이 강림하고 신의 의지가 드러나는 것으로 임시적인 성경 노릇을 하였다. 좀 진보한 뒤에는 찬송하는 것과 기도하는 것에 관해 입으로 전하고 마음으로 전수받음으로써 겨우 권위의 일부를 이루었을 뿐이다.

　그러나 크게 이루지는 못하였을망정 성스러운 경전이 형식을 갖추기는 하였고, 계속적 발전은 없었을망정 일시의 권위를 지녔던 것은 사실이니, 문자가 없던 시절에는 말로, 문자를 사용하게 된 이후에는 기록으로 그 고귀한 뜻이 다소 전파되었음을 볼 터인데, 이제 그 형체나 그림자를 아울러 보지 못하는 것은 과연 애타는 일이다. 유포는 안 되었더라도 숨겨져 감춰진 것마저 없더란 말이냐. 인간 세상에서는 보는 수가 없을지라도, 신선들이 노니는 선경(仙境)에서도 찾아내지 못한단 말이냐.

수백 년간 꼭꼭 가둬 두었던 남천축국의 철탑(鐵塔)도 용수보살에게 개봉되고, 천지가 시작된 이래 잠재해오던 독산(犢山)의 석실(石室)도 왕렬(王烈)에게는 스스로 드러내 보였다. 반만년 폐묘가 오히려 '죽은 사람'의 글을 전했으며, 이천 년간 황폐했던 흙덩이가 능히 몰몬교의 문(文)을 내어 놓았다.

진실로 하늘이 다시 미루지 아니하시면 저기 저런 데서 어떠한 청옥간(靑玉簡) 적금자(赤金字)[1]가 나와서, 인간계와 천상계의 중생대중으로 하여금 미증유를 탄식하게 하지 말란 법도 없을 것이 아니냐. 이름난 산 복된 땅의 골짜기 동굴이나 바위집이 천변인재(天變人災)를 초월하여 필전저(必傳底) 문적(文籍)의 기장자(庋藏者)·보험자(保險者)가 됨은 동양에 있어서 거의 역대의 미신을 이루다시피 한 전통적 의무이었다.

조선에서도 물·불의 피해가 들지 않는 깊은 산속 다섯 장소를 골라 역대의 역사 기록 보관소를 둔 것은 이 전통적 유습을 본받아 따른 것일 뿐이다. 이것이 조선에서뿐 아니라 고대에도 더러 주의 깊은 사람에 의해 시도된 일이 아닐 수 없음은 문자로 된 서적을 소중히 여기는 아름다운 전통뿐 아니라 전쟁 또한 빈번했던 나쁜 경험을 가진 우리 선조들에게는 필연적인 요구로서 이러한 편법을 조치해 놓지 않을 수 없었을 듯하다.

더욱이 신의 계시를 밝히고 신의 뜻을 전한다 하는 종교적 문자 같은 것은 그 성스럽고 신령한 가치를 증대시키는 필요상만으로라도 중국, 더욱 그 이치를 본뜬 명산에 감추어두는 풍습이 있었을

---

1 청옥간은 옥책에 새긴 서책, 적금자는 금박으로 새긴 경전을 말한다.

북한 금강산의 아침

것이다. 지리산의 청학동, 옥구(沃溝)의 자천대(自天臺), 부여의 장서
암(藏書巖)처럼, 대개 시대로는 신라 말, 인물로는 최치원을 연결하
여 거대한 바위벽에 글이나 책을 숨기는 전설이 성립되었음은 선
교(仙敎)의 유행과 한가지 장서(藏書)라는 관념이 존재하였던 것을
암시하는 일례일까 한다.

　　『청학집(靑鶴集)』 같은 도가쪽 책에는 도홍경(陶弘景)[2]이 모산(茅山)

2 중국 남북조 시대 때 양나라의 도사로, 자는 통명(通明), 호는 화양은거(華陽
　隱居)이다. 도교뿐만 아니라 불교와 천문학에도 조예가 깊은 문인이었다. 양
　나라 무제의 정치를 도와 '산중재상'(山中宰相)으로 불렸다. 저서에 『진고(眞
　誥)』·『등진은결(登眞隱訣)』 등이 있다.

에서 비결(秘訣)을 전수했다는 식의 비슷한 이야기가 뻔하게 나온다. 이는 중국 흉내를 내려는 것도 큰 이유이겠지만 나름 이 땅에서 전수받아 서로 전하기도 했기 때문일 것이다.

'붉' 사상의 성스러운 경전이 언제부터 성립하기 비롯하여 얼마나 되는 분량을 만들어냈는지는 지금에 와서 도무지 가늠할 범위 바깥이 되었거니와, 그것이 많았든 적었든지 혹은 실제 있었는지 아니면 그저 소문으로만 전해진 것이었는지, 그럴 만한 처소에는 그러한 전설이 덧붙일 만한 무슨 내력이 있을 것이다. 앞에서 말한 여러 곳은 요행히 그 가운데서 남아 전해지게 된 한두 가지 사례일 따름일 것이다.

그런 셈 치면 '붉' 사상의 최고 성지요, 또 그 가장 신령한 터인 '붉' 봉우리 '붉' 골짜기인 이곳에도 아마 성전 관계의 무슨 형상이라거나 흔적 등이 남아 있지 않을 수 없을 것이다. 무심히 지나치는 어느 바위에 무슨 이상한 바위 상자가 있는지도 모를 것이다.

금강산 속에 장경암(藏經岩)이란 이름 가진 곳이 한 곳뿐 아닌 것만 보아도 이곳이 자연물을 책으로 대하는 기풍을 갖고 있음을 환히 알 수 있다. 저기 저쪽에 마치 두루마리 책자가 서로 기대고 있는 듯한 기이한 형상의 바위들을 공허하고 거짓된 이름만으로라도 '보문(寶文)'이라 헤아리고 『진고(眞誥)』[3]라 비하여서라도 여기 관한 무엇이 조금도 없지는 않을 것이다.

대개 옛 이름을 상세히 밝혀낼 수 없게 된 것이 한편으로 한탄스럽고, 두루 찾지 못한 것이 또한 한탄스럽다. 그러나 돌이켜 생각하면 그릇인 문자는 있든 없든 거기에 담길 도리만 튼튼히 있다면 그만이다. 내가 능히 마음 깊이 체득하고 곧이곧대로 통찰하여 문자가 없지만 문자 이상을 알아보고 설명이 없지만 설명된 것 이상을

---

3 도홍경이 당시까지의 도교 철학을 집대성한 책이다.

알아듣게 된다면 아환(阿環)이 진적(眞籍)을 내놓기를 기다릴 필요는 무엇이며, 살타(薩埵)가 보협(寶篋)을 열어보기를 바랄 까닭은 무엇일까.

일척안(一隻眼)이 비치는 바에 소나무와 잣나무의 푸른 빛깔 어느 것이 살아 있는 문자가 아니며, 산과 물의 형용과 자태 어느 것이 진짜 경전이 아니겠는가. 홍익인간의 사자후는 백천(百泉)이 전명(電鳴)하고, '광명이세(光明理世)'의 금강당(金剛幢)은 천암(千岩)이 수려하게 한데 모여 있는데, 켜켜이 쌓인 바윗돌들이 낱낱이 고개를 끄덕이고, 빽빽하고 무성한 나무 군집이 저마다 손바닥을 마주대었구나.

새와 벌레들이 서로 울고 앵앵대는 것에서도 진리가 베풀어지는 기쁨을 귀 있으면 들을 것이요, 구름과 안개가 지어내는 멋진 문장에서도 하늘책에서 찬탄하고 있는 맑은 글귀를 눈 있으면 읽을 것이니, 편집 간행된 책의 존재 여부를 구구하게 찾으려 논의하는 것은 본디부터 이와 같은 신령한 경계를 유람하며 감상하는 핵심이 아닐 것이다.

금강산 그대로를 커다란 하나의 '붉'으로 그윽히 꿰뚫고 보고, 영원동 그대로를 중묘(衆妙)의 비밀스럽고 심오함으로 통찰해 읽어낼진대, 백마(白馬)의 옛 전례와 백천(百川)의 유적까지 자위 없이 소실되었을지라도, 하늘의 기우처럼 우뚝히 서 있는 금강산 그것이 다름 아닌 온 세상 두루 비추는 편조보광(遍照普光)의 금자탑(金字塔)임을 알아내기 무엇이 어려우랴.

그리스의 눈으로 볼 때에는 미(美)의 경전이 거기 성립될 것이요, 인도의 마음으로 읽을 때는 묘(妙)의 종교가 거기 드러나 발휘될 것이요, 역사의 표지로는 그것이 일만 이천의 오벨리스크(Obelisk)[4]

---

4 고대 이집트 왕조 때 태양 신앙의 상징으로 세워진 기념비이다.

를 이루고, 예술의 상징으로는 그것이 가장 많은 시편과 그림이 될 것 아니냐. 핵심은 호메로스가 언제 눈을 뜨는지, 솔거가 언제 손을 대는지, 또 석가 세존의 여의수(如意手)·광장안(廣長眼)이 언제나 이 산의 팔만사천 이구(理具)를 그대로 팔만사천 법문화하시는지의 여하에 있다.

그렇다, 다물었던 그 입을 빼기고, 감았던 그 눈을 뜨고, 감추었던 그 지혜의 마음을 환히 불살라 온 세상에 비추어 입음에 금강산 그대로를 온통으로 경전용·연설용으로 하는 커다란 손이 나오는 여부에 달렸을 뿐이다. 완육생창(刓肉生瘡), 저생언설(底生言說)은 문제도 아닐 것이다. 다만 여기 부는 바람이 그저 우는 것 아니기만을 기원하겠다.

중유풍악시초(重遊風嶽詩艸) - 3

석전산인(石顚山人)

영원암에 기숙하면서
옥천(玉川)에 낙엽 붉고 시내에 돌 남색인데,
영원(靈源) 한 선 끝까지 미쳐 보이지 않더라.
볼거리 너무 많아 반나절에 다 보지 못하고,
산방에 기숙하여 향연(香緣)을 체득하였노라.

영원동에서 새벽에 해 뜨는 것을 구경하면서
옥초대에서 잠자던 구름이 피어나고,
아침 해는 시왕봉에서 휘둥글게 떠오르더라.
오색이 만연한 수많은 나무 우거진 숲에는,
따뜻한 운금(雲錦) 펼쳐져 옥구슬 빛이더라.
바람은 운금(雲錦) 펼쳐서 바다에 나부끼게 하여,
대보(大寶)를 화장(華藏)한 향하(香河)를 알리더라.
보개(寶蓋) 보당(寶幢) 보루(寶樓) 보각(寶閣)은,
온통 산에 자주색 보장(寶帳)이 펼쳐진 듯하네.
부용(芙蓉)에서 물 용솟고 강만(岡巒)을 나열하여,
세존께서 해를 백마산성까지 가려버렸더라.
벽에 옥빛 교체하여 영롱하게 빛을 발사하니,
거듭거듭 보찰(寶刹)이 위 아래로 둘러쌓더라.
취우(翠羽) 백금(白禽)은 평화롭게 노래하는데,
새소리 상관 않고 중은 법불(法佛)하더라.
공취(空翠) 동람(洞嵐)은 사방으로 가려져서,
미로(迷路)를 거울에 보이게 하기 어렵더라.
아하하,

차생(此生)에서 영경(靈境)을 만날 수 없다면,

또 중양(重陽)을 셈하여 기하인지가 가능할까.

한해(恨海) 열산(熱山)에 광소(狂笑) 통곡(痛哭)이 한갓 노곤할 따름이니,

그대는 저버리지 말게나, 오늘 아침 풍경의 아주 청가(淸佳)한 것을.

24. 신 백탑동

폭포를 지나서 한참을 물도 재주를 자랑치 아니하고 돌도 기괴함을 다투지 아니하여 광경이 도리어 밋밋함에 가깝다. 그런 중에도 조용하고 잔잔한 소리와 맑고 날카로운 빛과 깊고 여유로운 맛과 밝고 신령스러운 뜻은 어디든지 한결같아서, 걸음걸음 먼지와 때가 떨어짐을 깨닫는다. 쓸쓸하다 하여도 다른 데 화려한 것이 부러울 것도 없다. 또 담박함이니 쓸쓸함이니 하는 것도 금강산에 있어서는 도리어 귀한 것이 되매, 귀한 만큼 신기도 하여 보인다. 또 금강산에서는 평등 심상한 광경이 오랜 동안 계속하는 일이 없으며, 잠깐 평범한 것은 흔히 더 기이함의 전제가 된다.

무슨 구경이 벌어지려고 이런가 하였더니, 아니나 다를까 길이 한번 꺾이고 봉우리가 한번 돌아가자 또 하나의 별천지가 앞으로 내닫는다. 흐르고 떨어지고 부딪치고 흩어지는 여러 소리의 한데 어우러진 물소리가 요란하게, 그러나 듣기 좋게 귀를 울린다. 귀로부터 비롯하여 가슴으로 발꿈치까지 시원해진다.

무엇이 무엇할 것 없이 산수의 미관이 시장처럼 벌여 있으매, 마치 관청에 온 촌닭처럼 어리둥절한 황홀경에 온통으로 사로잡혀 버린다. 경이로운 경관이 왼편에서 시작된다. 그윽한 골짜기가 따로 뚫리고 휘우듬하면서 언덕이 졌는데, 크고 작고 굵고 가는 무수한 뾰족 바위가 높게 혹은 낮게 성글게 또는 촘촘히 죽순 무더기처럼 알맞게 벌여 있다.

맨 앞에 손 든 것은 어서 오라고 반기는 듯, 그 뒤에 입 벌린 것은 어떠하냐고 물어보는 듯, 소나무 갓 쓴 이는 승려인가. 자줏빛 도포를 입었으니 신선이지. 양귀비는 춤을 추고, 손오공은 목(牧)을 뛰네. 파초라고 퍼진 놈, 모란인 듯 핀 놈, 가느다란 대나무 줄기처럼 뻗친 것, 고대의 바다같이 앵돌아진 놈, 날카로운 모서리와 두루뭉수리한 원만함, 기울어지고 구불구불한 구멍들, 온갖 모양과 색채를 뽐내는 갖가지 것들이 전부 다 금강산 선달들은 거기가 또한 세상의 온갖 형상이 구현된 만물초(萬物肖)로군 한다.

몇 백천 년이나 앉아 내려온 것인지, 두터운 옷이 허옇게 입혔으매, 최대한 사실에 가깝게 묘사해 본다면 불탄 숲에 된서리 내린 것이요 조금 우아하게 형용해 보면 아름다운 옥구슬 숲이 맑은 하늘에 눈부시게 빛나듯 하는 것이다. 하나도 직선만으로 생긴 것 없으되 허다한 곡선을 섞어서도 환하게 직선적 특색을 지닌 놈, 그 반대로 된 놈, 하나도 균일하게 생기지 아니하였으되 어지럽게 서로 어울려 여전히 균일하고 정제된 형식을 가진 놈, 그 반대로 된 놈, 사람의 미학적 법칙에 조금도 사정 두지 아니한 자유분방하고 조화로운 대장인의 위대한 솜씨가 들여다볼수록 무어라 말할 수 없이 황홀하다.

무더기 수효는 그리 많은 것이 아니지만, 형태의 변화는 거기만 해도 헤아릴 수 없을 정도다. 적당히 모양만이라도 어떻다고 비유할 말이 한마디도 없음을 알고는, 사람의 말이라는 게 너무 허무하다는 것을 새로이 느꼈다. 이것이 현의 주지 스님이 말하던 새롭게 처음 발견된 백탑의 참모습인 것이다.

예로부터 이제까지 일컫는 백탑이 실상 이것인 여부는 어떠하든지, 우뚝우뚝 서 있는 돌무더기이매 탑이라 하자면 탑이라고도 할 것이다. 탑이란 취상(聚相) 즉 형상을 모은다는 것이요, 고원(高願) 즉 높이 바란다는 것이요, 방분(方墳) 즉 각을 낸 무덤을 이름하는 것이다. 이렇듯 뚜렷하게, 이렇듯 무더기진 것을 탑이라 하는 것은 진실로 실상에 맞는 아름다운 이름일 것이다.

다만 이제까지 보통 백탑동이라 일컬었던 곳에는 탑의 수가 그리 많지 않은 반면, 이곳에는 가히 백(百)이란 말로 헤아릴 만한 탑들이 있으니 사실상 백탑동은 이곳이리라고 하는 말은 지나치게 백이란 글자에 빠진 생각이다. 기어이 이 백탑들에 이름을 붙이려 한다면, 옛것에 대해서 신(新) 백탑동이라 하면 그만일 것이다. 이 골짜기로 들어가서 고개를 넘고 등성이를 지나면, 지장봉을 끼고 돌아서 백탑동의 중턱으로 통하게 된다 한다. 탑 말고도 볼 만한 샘과 바위들이 있기도 하겠지마는, 이때까지 통로조차 나지 않았다고 한다.

탑은 탑으로 신기도 하거니와, 탑을 둘러 있는 경관의 아름다움과 이 경관을 담아 가지고 있는 골짜기가 또한 손에 꼽을 만한 신선들이 깃들 만한 한 터전임을 본다. 활짝 펼쳐진 신나무의 고운 단장과 굼실거리는 소나무의 탐탁한 모양이, 남의 심정을 잡아당기는 것이 크건마는 기울어진 해가 더 깊이 들어감을 허락하지 않으므로, 새 골목의 참된 근원을 더 깊이 찾아나서는 것은 다음 길에 미루고 거의 막다른 이 골짜기 샘물과 바위들 앞에서 내 벅찬 가슴을 다스리기로 하였다.

눈을 다시 앞으로 굴리면 새로운 도안으로써 배열해 놓은 깊고 큰 골짜기들이 새로운 경관 하나를 나타내 보인다. 물을 막고 우뚝히 서 있는 수많은 구릉들, 여기저기 터져 나오듯 뿜어내는 온갖 샘물들, 우람하고 곧고 자란 무성한 나무들, 깎이고 패인 돌무더기들, 붉고 누르고 푸르고 검은 갖은 색채들, 쿵쿵 쾅쾅 깡깡 창창하는 소리들까지 가장 주도면밀한 설계 아래 가장 정밀하고 세밀한 기교의 구조를 이루었다.

무릇 산수의 아름다움을 구성하기에 필요한 재료는 하나도 빠진 것 없이 충분히 갖추어 취합하여서 한 구석 허전한 데 없이, 한 구석 밋밋한 데 없이 이야기로만 듣던 신선들의 한 구역이 거기 하나 조그맣게 늘어섰다. 축소판 봉래산이라 할 것이다 하면, 여기를 내놓고 더 적절한 실물이 다시 있지 아니할 것이다.

중유풍악시초(重遊風嶽詩艸)−4

석전산인(石顚山人)

수렴동에서 절구(絶句)를 읊조리다

반야잔(般若棧)이 수렴(水簾)[1]에 반사하더니,
낭화(浪花)로 노발대발 실비를 짜서 내리더라.
홀연히 선녀는 나말(羅襪)이 비에 젖은 채로,
한운(寒雲) 건너에 삼나무를 밝고 승천하더라.

백탑동에서 구호(口呼)하면서

거듭 다보탑(多寶塔)을 찾아갔더니,
산 기운은 벌써 중양(重陽)이더라.
산골짜기 길 밝기가 눈처럼 환하니,
풍향(楓香)에 취한 부처 빛 때문이네.

정양사 헐성루(歇惺樓)[2]에서

선(仙)도 불(佛)도 아니고 천(天)도 아닌데,
암장(巖嶂)에 희끗희끗 자색노을 서렸더라.
누가 말했던가, 이곳에 올라서 조용히 붓 버리고,
통신(通身)하면, 분명히 시선(詩禪)에 몰입한다고.

---

1 물이 마치 주렴처럼 드리워 쏟아 내리치는 폭포를 말한다.
2 정양사 경내 오른쪽에 있는 누각으로, 금강산 일만 이천 봉을 한눈에 볼 수
있다고 한다.

25. 금강미의 축소판

시인이면 무엇을 주된 재료로 삼아 신묘한 운율을 생동케 할까? 화가라면 어디를 초점으로 하여 저 기묘한 정취를 발휘할까? 거듭 거듭 구불구불하고, 층층마다 쌓이고, 걸음걸음 보이는 면면, 시시 각각 경관을 바꾸어 유혹하는 것은 어떠한 솜씨라도 평면적으로 재현할 수 없을 바인즉, 여기 와서는 붓 가진 이는 붓을 놓고, 솔 쥔 이는 솔을 던지고, 손바닥 장단이라도 맞추면서 찬양하는 노래나 합창할 밖에 없을 것이다.

이렇게 말하면 얼마나 넓은 국면에 얼마나 법석스러운 장관이 펼쳐졌기에 그러하냐 하겠지만, 지금 말하는 것은 금강산 전체로 부터 보면 좁다란 한 군데의 변변치 않다 할 한 구역일 뿐이다.

실상 대단한 것은 아니건마는 금강산의 모든 분자가 갖추어 모 여 있고, 금강산의 갖은 정취가 한데 모여 있기 때문에, 또 그것이 표본적으로 벌려져 있기 때문에, 또 그것이 초연한 특색과 독립적 인 독자성을 가졌기 때문에, 감격이 좀 더 크다. 이렇다 저렇다 할 수도 없거니와 할 것도 없다. 희미한 말이지마는 금강산의 표본이 여기 한 벌 놓인 것이다. 그러지 못한 금강산이면 이렇듯 일부분이 라도 만만할 리가 없을 것이다.

「봉래전도」
조선 후기 겸재 정선이 그린 그림이다. 봉래는 금강산의 다른 이름이다.

또 보기나 하지, 느끼기나 하지, 남더러도 그렇게 하라고나 하지. 들여다 보이는 맞은 편은 그대로 올려다 볼 높은 봉우리인데, 거의 비슷한 원추형 두 봉우리 끝이 온통 경치뿐인 장관 너머로 내다보인다. 늘 들었던 듯하면서도 서툴기도 한 새맛 있는 소리가 그리로서 나온다. 우는 것은 여울인 듯, 찧은 것은 폭포인 듯, 신선들의 연회가 벌어지고 신선의 즐거움이 나부끼어 나오는 듯, 허르셀로흐 골짜기에 탄회세르 대접이 한창인 듯. 궁금한 만큼 들어가기가 바쁘다.

녹수정(綠水晶) 같은 연못 위에 바둑돌로 징검다리를 놓아 가면서 오른편 비탈로 올라서니, 길이란 것이 나무뿌리를 사다리처럼 디디고 언틀먼틀 올라가는 것이다. 그나마 반은, 발은 이름으로만 땅을 밟고, 손으로 측백나무 가로퍼진 가지를 붙들어 힘을 위로 주어야 하는 것이다. 그나마 땅이란 것은 대개 나뭇잎들이 떨어져 썩은 바닥이어서 무르고 질척하여 디딜 만한 데도 디디는 보람이 조금도 없는 것들이다. 넘어지며 미끄러지며 주저앉으며 기어서 오르는 벼랑 아래는 붉은 잎새들이 막을 두르고 침엽수들이 깃대처럼 꽂혀 있는 사이로 백번 휘돌아가되 성가신 줄을 모르는 파란 개울이 뛰놀며 노래하여 내려간다.

옴치면 도랑이요, 벌리면 연못, 뺑뺑 돌면 소용돌이, 뚝 떨어지면 콸콸 솟는 샘물이다. 올려다보면 "산은 위태로워 길이 끊긴 것"이요 내려다보면 "벼랑이 깎여 양쪽에서 벽이 된 것"이다. 어디는

보면 이내가 자욱, 어디는 보면 안개가 피어난다. 산수 자연에 흠
뻑 젖은 어떠한 고질병자라도 십 년 묵은 빌미가 단번에 떨어질
것이다.

백낙천의 「냉랭천정기(冷冷泉亭記)」가 이 일단을 그려낸 것 같아
서 이 구절 저 구절 생각이 난다. 이런 데 와서는 누구든지 그 말이
과장 아님을 깨달을 것이다. 이른바 "기이함을 붙잡고 핵심을 얻
은" 빼어난 경관이란 더욱 이런 데에 대하여 적절한 비평의 말이
될 것이다.

과연 이곳이야말로 금강산의 요점만을 뽑아낸 한 자리일까 한
다. 들으니 천지 배포하시던 조물주의 초고가 만물초(萬物草)라고
산 바깥쪽에 있다 하더니, 우선 보니 금강산 만드시던 초고는 이
골짜기 안에 끼치셨구나. 그리 굉장스럽지는 아니하여도, 그대로
잡아 늘이면 얼마든지 거룩하게 될 만도 하고, 그리 야단스럽지는
아니하여도, 그대로 펴뜨려 놓으면 얼마든지 어수선하게 될 수도
있어, 얼른 보아 넘기면 얌전하게만 생긴 한 자연이라 하고 말는지
모르되, 가만히 살펴 뚫어지게 보면 규모가 작은 만큼 경계와 구획
이 가는 만큼 요밀조밀한 잔재미는 혀에 배도록 맛보아진다. 여간
큰 눈이 아니고는 금강산을 통찰해내지 못하겠지마는, 진실로 심
미적인 눈이 조금이라도 뚫린 이가 이곳에 임할 것 같으면, 금강산
맛의 어떠한 것을 아무 데서보다도 가장 간편히 짐작하리라 한다.

나는 아직 금강산은 온통으로 말할 자격이 생기지 아니하였지마는, 이때까지 본 것과 앞선 옛사람들의 말을 종합하여 보건대, 이 곳이 금강산 축소판으로 거의 결점 없음이 의심 없다. 있을 것으로 없는 것이 없다. 눈 뜨고 하늘 한복판의 해와 달을 보지 못하며, 귀 가지고 산을 무너뜨릴 것 같은 천둥소리를 듣지 못하는 이에게는 아름다운 자연 경관이거니 하고 말지라도, 알고 보는 이에게는 제 아무리 앙탈을 하여도 평이한 금강, 통속적 금강, 평민적 금강으로, 어떠한 엄숙 화려하고 위엄 있는 요소, 과장적이고 교만한 기운을 섞지 않은 채 그저 평범한 것처럼 조화를 부린 특별한 금강산임을 가리지 못할 것이다.

넉넉하고 대범한 가운데 위대함을 품은 금강산의 수더분한 일면 은, 여기서만큼 더 밝히 볼 데가 없을는지도 모를 것이다. 표본적으 로 귀한 것보다도, 이 일점에 있어서 이곳의 깎을 수 없는 가치를 더 알아보아야 할 것이다.

중유풍악시초(重遊風嶽詩艸)-5

석전산인(石顚山人)

만폭동 동구 삼산국(三山局)¹의 추(秋) 자 시운(詩韻)을 차운하여 짓다

석문(石門) 처음 열리고 중향(衆香) 풍기는 가을에,

경수(鏡水) 호연(壺淵)이 양쪽에 띠처럼 흐르더라.

습기에 젖은 반석에 혁국(奕局)을 살펴보니,

선배(仙輩)들의 근심을 보는 것 같아 우습네.

영아지에서 절구(絕句)를 읊조리다

영아지(映娥池) 두둑에 항아(嫦娥)가 출현하더니,

석석(晳石) 단하(丹霞)를 녹파(綠波)로 뒤덮더라.

아득히 지난 시대 회정(懷正)²의 일이 기억나니,

현애암(懸崖菴) 숲에 파사(婆娑)가 나타난 일을.

---

1 조선 후기 문신 이유원(李裕元)의 『임하필기(林下筆記)』에는 "만폭동은 표훈사에서 5리쯤 떨어진 지점에 있는데, 수미동과 팔담동의 물이 교류하는 곳이다. 대소의 향로봉이 문을 이루고 청학대가 대치하고 있다. 바위 면에는 '소동령령 풍패청청(疎桐泠泠風佩淸淸)', '봉래풍악 원화동천(蓬萊楓嶽元化洞天)', '만폭동(萬瀑洞)'이란 문구가 새겨져 있는데, 모두 양봉래(楊蓬萊)의 글씨이다. 또 '천하제일명산(天下第一名山)'이라고 새겨진 글은 김곡운(金谷雲)의 글씨이다. 또 돌면에 바둑판이 새겨져 있는데 이름은 삼산국(三山局)이라 하였다."라고 기록되어 있다. 이 시는 '삼산국'이라는 바둑판의 '추(秋)' 자 운(韻)을 차운(次韻)하여 지은 것이다(『임하필기』 제37권 蓬萊祕書).

2 고려 시대 승려이다. 고려 의종 4년(1150)에 금강산 장안사 위의 송라암(松蘿庵)으로 들어가, 3년 동안 기도하며 관세음보살의 진신을 꼭 친견하겠다고 발원하였다. 기도를 마치고 회향하는 날 꿈에 흰 옷을 입은 할머니가 나타나 일러주기를, "관세음보살의 진신을 친견하려거든 방산(方山) 서래곡에 사는 몰골옹(沒骨翁)과 해명방(解明方)을 찾아가면 관세음보살을 친견할 수 있다." 하였다. 그 말을 듣고 회정은 관세음보살의 진신을 찾아갔다는 일화가 있다.

풍악기유

내팔담(內八潭)[3]에서

연폭(聯瀑) 층담(層潭)이 모든 구렁텅이 밝히니,

비파랑(琵琶浪) 주설랑(珠雪浪) 이름을 붙였더라.

음산한 풍엽(楓葉)을 홍우(紅雨)로 날려서,

추의(秋衣)를 적시고 옆으로 지나가더라.

---

3 내팔담에 대해서는 『연려실기술(燃藜室記述)』에 "금강산의 주봉은 비로봉이
다. 정면으로 동해 바다를 굽어보고 있는데 여름이라도 오히려 춥다.… 구룡
연에 내팔담이 있는데 큰 폭포가 높은 산봉우리로부터 날아 내려오면서 굽이
굽이에 못을 이룬 것이 여덟 층인데, 위험하여 들어가기는 어렵다."고 하였다
(『연려실기술』 별집 제16권 地理典故 形勝).

26. 금강초

　궁전을 조성하는 온갖 기술의 본보기를 재미있게 역람(歷覽)하는 동안에, 끝만 보이던 맞은편 봉우리가 어깨로 허리로 차차 전체 모습을 내어놓는다. 둥긋 삐죽한 봉우리가 좌우로 갈라지면서 하늘문이 그 사이로 열리고, 하얀 눈 같은 비단이 드리워진 수십 장 높이의 폭포가 보기 좋게 떨어진다. 아까 듣던 신선의 음악 같은 가락이 이것이었다.

　실처럼 풀어지는 물과 바람에 흔들리는 대나무가 거기 가 어우러져서는 여기서만 들을 수 있는 절묘한 소리를 만들어내는 것이다. 위로는 늙은 나무가 거만하게 비췻빛 병풍을 틀고, 아래로는 깊고 맑은 작은 연못에 연기가 서리어 있는데, 깎아지른 듯한 벽을 의지하여 기세가 더욱 푸르고, 날아갈 듯한 폭포에 비추어 광채가 더욱 새로워진 붉은 나비 천만 마리가 하늘에 덮여서 춤을 춘다.

　이 광경을 감추려는 듯 산은 연방 옷깃을 여미는데, 이 소식을 알리리라고 물은 꾀꾀로 빠져 나간다. 그러나 인간에 나가서 진흙에 띠게 되면 어느 누가 이 물이 이러한 선경으로부터 나온 줄을 알며, 또 본디가 이 선경의 비밀한 소식을 전하여 줄 양으로 깨끗한 데 지저분한 데를 이리저리 헤집으며 내려온 만판 호의를 생각할까 하면, 참혹하게 새기며 이리 구불 저리 구불 나아가는 저 물이 한량없이 딱해 보인다.

그러나, 가야지 알려야지 하여 스스로 어쩔 수 없어 하는 고충은 본디부터 남이 알고 모르는 것에 얽매이지 않을진대, 딱해 하는 나를 도리어 딱해 할는지도 모를 것이다. 또 알릴 것을 알리지도 못하고 맑던 물만을 휘정거리고 더럽히며, 그리하여 구정물이 되어 버리고 마는 것은 아깝지 않다고는 못할 것이다. 한 걸음 나아가면 한 걸음만큼 한 굽이를 돌아가면 한 굽이만큼 투명하고 깨끗함은 멀어지고 더러움은 가까워짐을 아끼지 않으려 해도 그럴 수 없다.

특별히 뚫어지게 맑고 얼없이 깨끗한 네 근원을 보고 나니 흐려지지 않을 수 없는 너의 전도(顚倒)에 또 한 번 가슴 앓지 않을 수 없다. 그것이 이른바 환상회향(還相廻向)이요, 유희삼매(遊戲三昧)요, 또 억제치 못하는 무량심(無量心)의 발로라 할지라도, 나는 너를 슬퍼하겠다. 여기선 너를 진심으로 위로하지 않을 수 없겠다.

어허, 더러울 작정하고 나가는 너를 용기라고 칭찬할까? 어리석음이라고 나무랄까? 어떻다고도 말 못하는 내 눈에는 뜨거운 눈물조차 솟아남을 깨닫지 못한다. 혼인 잔치에 가서 살림 걱정할 것은 없는 일이니까, 인생살이의 고통은 인간 세상에서도 넉넉할 셈 치고, 신선의 경계에 다다른 즐거움만을 빨 수 있는 대로 빨아 보자. 금강산 콩팥을 내려와서 영원동 염통을 누르고 할 일은 이 기운을 호흡하고 근본 바탕을 수양함뿐일 것이다.

"끝없는 흰 구름조차 덮어 가리지 못하고, 흐르는 물을 따라 다시 인간 세상에 흘러내려오"[1]는 것을 구태여 이리 씹고 저리 씹을 것 있으랴. 보는 법을 따라서는 열두 소리에 하나도 곱지 아니하다는 저 까마귀도 신선들이 계시다는 옥청궁(玉淸宮)에 관원을 데려

---

1 『선문염송(禪門拈頌)』 중 일부이다.

허난설헌 동상(강원 강릉)

최남선은 허난설헌의 연작시 「유선사」의 도가적 세계가 금강산에 그대로
표현되었다고 했다.

다 두고 등이 가벼워짐을 다행히 하여, 아홉 하늘에 사무치도록 마
음껏 울게 하며 시원히 날아가는 검은 학(鶴)이 되지 않느냐. 한 눈
을 새로 뜨며 허난설헌의 「유선사(遊仙詞)」[2] 전부가 고대 눈앞에 나
열되는 것을 깨닫는다. 또 그것이 우리 선조들의 극락관이 도가의
문자를 빌어서 표현된 것인가 하면, 지금까지 몰랐던 탐탁한 정취
를 그 속에서 길어내게 된다.

그렇다, 최치원도 장하고 곽금문(郭金門)도 갸륵하고, 봉래 양사
언ㆍ토정 이지함이 다 범상한 이가 아니겠지마는, 덕을 기리는 부

2 조선 중기 때의 여류 시인 허난설헌(許蘭雪軒; 1563~1589)의 칠언절구, 87
수의 연작시이다. 이 작품은 허균이 공주 목사로 재직하던 1608년 4월에 간
행된 목판본 『난설헌집』에 실려 있는데, 무려 2,436자에 이르는 선시어(仙詩
語)로 묘사한 대작이다. 허난설헌이 현실에서 이루지 못하는 꿈을 선녀가 되
어 선계(仙界)에서 이룬다는 내용이다.

문 최고의 큰 별은 아무래도 여성 신선인 허난설헌을 으뜸으로 해야 할 것이다. 속세를 벗어나 탁 트인 듯한 착상에 해학적으로 문장을 부리는 솜씨, 한번 읽으면 맑은 바람이 겨드랑이 사이로 돌고 색다른 향취가 잇새에 서리는 그 황홀한 시적 경지는 언제까지 하늘나라 예술계의 큰 노리개일 것이다. 거기서 탈을 벗기고 껍질을 헤치면 홍옥같이 새빨간 조선적인 광명의 땅에 관한 건설 명세서가 간략 미묘하게 내어 보일 것이다. 철학적 유토피아의 시적 파노라마를 환하게 볼 것이다.

그런데 그 물질적 상징이 멀리 있는 것 아니라, 지금 우리 안전에 펼쳐져 있다. 크기로 따지면 금강산 전체지마는, 줄인다면 백천동 막바지 여기가 그것이다. 그런데 우리가 한참 그 깊숙한 곳에 들어와서 신묘한 경계에서 날개를 펴고 소요유(逍遙遊)하는 것이다. 볼 따름이요 전하지 못하는 책망을 무엇으로나 좀 덜어 볼까? 오래 파묻힌 것을 드러내는 것이 하나, 부를 수 없던 것을 이름하는 것이 또 하나가 아닐까 한다. 예로부터 전해오던 뜻을 찾고 옛 모습을 드러내는 것이 이름을 붙이는 최고 핵심일까 한다.

배경으로 비롯하여 왼쪽의 봉우리를 금련(金蓮)이라, 오른쪽 봉우리를 옥순(玉筍)이라 이름하여 보자. 그 사이를 하늘에 조회하는 문이란 뜻의 조천문(朝天門)이라 하고, 그리로 떨어지는 물을 명하폭포(明霞瀑布)라 하여 보자. 명하폭포 이쪽에서 조천문을 넘어다보면 저 속으로 위엄 있게 동긋한 바위가 상체를 드러낸 것이 보이는데, 그를 주인으로 보고 천군암(天君岩)이라 하며, 그 곁에 조그맣게 오똑히 모시고 선 것을 천동석(天童石)이라 하여 두자.

그리하고 앞으로 내다보면 아까 만물초니 진백탑(眞百塔)이니 하던 여러 바위 봉우리들이 이쪽을 바라보면서 의관을 갖추고 옹위하여 늘어선 것이 뚜렷하니, 이것은 열선봉(列仙峰)이라 함이 적절함을 깨닫는다. 그러면 이 모든 산수의 현상들을 포괄한 전체 국면은 무어라 할까? 만물초의 예에 따라 금강초(金剛草)라고나 할까.
영원동을 지나면 백천동인데, 백천동이 'ㄱ'자로 꺾이면 그 막바지
에 금강초가 있느니라 할 것이다.

중유풍악시초(重遊楓嶽詩艸)－6

석전산인(石顚山人)

마하연 달빛 아래에서 속절없이 읊조리다

명월(明月)이 뜰에 뜨고 국화가 만개했는데,
양신(良辰)에 승가(乘家)에도 오니 더 좋구려.
만폭(萬瀑)이 회오리치니 종이 잠시 울리는데,
향성(香城)에 햇빛 비추니 첫눈이 지나가더라.
어떻게 탁주를 얻어 한바탕 웃을 방법 없기에,
황엽(黃葉)이 창문에 반사하는 것만 볼 뿐이네.
이러구러 백발은 마침내 어디에 의지하랴,
푸른 법기봉(法起峰)³에 새벽노을 떴더라.

금설력(金屑礫)에서 인도 승가(僧伽)를 보고 감회가 있어서

시내가 끝나는 지점 금설력(金屑礫)에 당도하여,
인도 중의 나이를 회상하는데 당착하였다.
비로(毘盧)에 구름 끼고 향우(香雨)가 쏟아지면,
모자 찢기고 옷 젖은 시원한 모습을 마주하리라.

비로봉에 올라가서

힘겹게 비로봉 정상에 오르니,
청운(靑雲)이 발꿈치에 일더라.
한해(瀚海)는 넘실넘실 푸르고,
오잠(鰲岑)은 역력하게 맑더라.

---

3 내금강 대향로봉·소향로봉 오른쪽에 있는 법기봉은 천연적으로 법기(法起)
의 상을 지었기 때문에 지어진 이름이라 한다.(『임하필기』 제37권 봉래비서)

수척한 학은 굽은 가지에서 서리를 맞는데,
신음하는 용은 벽동(碧洞)에서 울어대더라.
가는 곳을 모두 잊고서 고민하다가,
한 번 휘파람 불고 허탈하게 앉았네.

27. 도교의 기원

영원동에서 백천동 막바지까지 약 10리, 거기서 다시 금강초까지가 약 5리. 영원동 초입으로부터 합하여 약 15리가 금강산에 있어서 볼만한 경관과 특별한 운치를 띠었음도 물론이거니와, 그보다도 신령하고 괴이하고 신비하면서도 이채로운 종교적 배경과 어우러져 시종일관하는 것이 이 골짜기의 독특한 지위가 된다. 아닌 게 아니라 깊으면서 그윽하고 맑으면서 깨끗하여 빛과 어둠 양 방면에서 모두 신비의 무대가 될 만한 이곳은 그렇지 아니하였더면 도리어 괴이하게 여겨졌을 것이다.

더욱이 골짜기의 생김새가 분명한 삼층을 이루고 있어서 어떠한 종교의 우주관과도 서로 분리될 수 없는 삼이란 수에 적응함은 맞춤 중에서도 최상의 맞춤이다. 불교라면 삼계(三界), 도교라면 삼청(三淸), 그리고 지금 서양 종교의 삼계(三界)까지, 무엇이든지 들이대면 꼭 맞게 생겼다.

도교 설화에 비교해 보자면, 영원동은 대적천(大赤天)의 태청궁(太淸宮), 백천동은 우여천(禹餘天)의 상청궁(上淸宮), 금강초는 청미천(淸微天)의 옥청궁(玉淸宮)에 해당할 것이다. 통틀어 말하면 세 골짜기를 합하여 삼계 중 가장 높은 하늘인 대라천(大羅天)이 될 것이다.

앉는 곳은 아름다운 유정관(流精觀)이요, 터진 곳은 깊게 잠긴 자취정(紫翠庭)이네. 옥 동굴 진주 연못에는 아홉 용이 들어 있고, 채색 구름 차가운 눈물은 푸른 부용(芙蓉)에 들었네. 난새를 탄 사신은 서쪽으로 오는 길에, 꽃 앞에 서서 적송자(赤松子)에게 예(禮)를 드리네. 향기롭게 푸른 주머니 끌러 신선의 경전을 읽는데, 달은 이슬 바람에 흐려지고, 서왕모의 시녀는 봄이라 할 일이 없어, 웃으며 비경(飛瓊)에게 보허사(步虛士)를 불러 달라고 하네.[1]

깊은 골짜기로 도량을 삼는 도교에 대하여는 영원동 같은 데가 그 비견할 바 없는 복된 땅일 것을 생각하면, 그것이 특별히 도교로 더불어 깊은 인연을 가진 까닭을 알 것이다. 그런데 이 도교가 사실은 조선 고유의 위대한 '붉' 사상이 형체를 바꾸고 태를 벗은 것임에 불과함을 생각하면, 도교의 면사포 아래서 금강산이 언제든지 고대 '붉' 사상의 충순(忠順)한 기승(騎乘)인 줄도 분명히 알 것이다.

이왕 났으니 말이거니와, 이른바 선도(仙道)란 것은 '붉'에서 돋은 뿌리가 중국의 흙에서 꽃이 피고 인도의 거름에서 열매를 맺은 것이다. 이 위에서 다시 중국 한족(漢族)의 심리적이고 민속적인 면모를 섭취해 이룬 것이, 오늘날의 이른바 도교라 하는 것이다.

아까 말한 삼천(三天)이니 삼청(三淸)이니 하는 것도, 그 밑을 캐어 보면 분명 '붉' 사상의 우주관을 계승하여 변화시킨 한 이치일 뿐이다. '붉' 사상에 근거하면 우주는 천상(天上)·인간(人間)·지하(地下)의 세 개 층으로 성립하고, 그 사이에 어느 법칙에 의거한 교통이 행한다 하였다. 여기 도덕적 관념이 첨가하여 천상은 즐거운 낙토, 지하는 고통스런 지옥, 인간은 업을 짓고 그에 따라 과보를 받는다는 조업초보처(造業招報處)가 되니 이는 다른 종교에서와 같다.

---

1 허난설헌의 「유선사(遊仙詞)」 중 일부이다.

이른바 '환'(광명계) '살'(생활계) '굿'(坎幽界)이 그것이다. 우리가 가진 고대 전설은 매우 궁핍하고 또 크게 쇠잔해서 결함이 있으므로 일일이 분명한 징험을 얻기 거북하지마는, 비교적 원형을 보존한 일본의 신화에는 그 명목이 역력히 남아 있고, 또 그 완전한 전승을 오히려 북동 아시아 여러 민족 사이에서 볼 수 있다.

예컨대 축치 고리악 같은 단부(團部)에서 전하는 우주를 삼층으로 보는 관점은 그 대표적 설화형일 것이다. 이 관념은 실로 연원이 오래되었고 분포가 광범위한 고대 '붉' 사상의 한 가르침이었다. 이것을 받아다가 변통한 것이 도교에 있어서는 삼천이니 대청이니 하는 등등의 설이요, 구천 내지 삼십육 하늘 운운함은 다시 이 삼이라는 수를 거듭하여 늘여낸 것이요, 삼십육 골짜기란 것은 또다시 삼십삼 하늘을 지상에 수평화하여 놓음에 불과한 것이다.

고락(苦樂)을 분명하게 끊어내 버리면 천당 · 지옥 · 인간의 삼계가 되고, 즐거움 하나만에 등급을 붙이면 옥청(玉淸) · 상청(上淸) · 태청(太淸)이 된다. 그것이 가장 밑바닥에서부터 최고 높은 경지까지에 이르는 차별을 표시한다는 점은 똑같다. 가령 이 영원동 세 골짜기를 '붉' 사상과 도교가 신령한 곳으로 적용하는 경우에는 한 몫으로 쳐서 삼청(三淸)으로 취합하여 광명의 측면으로만 전용하기도 한다.

하지만 다른 한편으로는 서로 상이한 삼계(三界)로 격리되어 암흑의 측면까지도 함께 이용하였을 것이다. 이렇게 지형과 교리, 고유 신앙과 외래 사상이 오랜 동안 부착하고 서로 뒤섞이는 동안에는, 허다한 관념 및 이것을 표현하려는 설화가 생성되었을 것이다. '붉' 사상으로 뿌린 씨가 도교의 물을 먹고 근간이 꽤 튼튼하게 선 뒤에, 불교가 전자의 조성을 그대로 물려받아서 정밀하고 세밀함, 풍성하고 굳건함으로 최후의 열매를 맺은 것이 영원동 설화의 내력이다.

중유풍악시초(重遊楓嶽詩艸)-7

석전산인(石顚山人)

저물녘에 날 개이자 만회암(萬灰庵)을 찾아가다

(도연명 體를 본받다)

추우(秋雨)가 저물녘에 개이더니,

풍림(楓林)이 곱절이나 영롱하더라.

애오라지 백운(白雲)과 일어나서,

적엽(赤葉) 속에서 길을 찾아갔네.

한 암자가 어찌나 조용한지,

온갖 구멍에 바람 자생하네.

구불구불 서대(西臺)를 돌아서니,

푸른 돌 빛 가을허공에 번득이네.

마하(摩訶)는 추운 고래 울도록 하여,

자욱한 저녁노을을 쳐서 부숴버리네.

진실로 담무갈(曇無竭)² 을 첨앙한다면,

꼭 법총(法叢)에 참석 청취하여야 하네.

묘고대에 대해 읊조리다

묘고대(妙高臺)³ 는 어느 곳에 있는가,

가파른 바위샛길에 비껴있네.

얼기설기한 수풀 사이로,

엎어지며 십 리를 갔네.

---

2 달마울가타(達摩鬱伽陀)의 약칭으로, 한역으로는 법기보살(法起菩薩)이라고
한다. 『화엄경』에는 "일만 이천 담무갈이 동해의 금강산에 머문다."는 말이
있다.

3 수미산 고승 덕운 비구(德雲比丘)가 거처하는 곳이다.

석당(石幢)⁴이 정자에 나란히 꽂혀,

아스라하게 난(蘭)이 자라는 듯하네.

빈 암자에 고운(孤雲)만 하얀데,

새가 있어 사람을 보고 노래하네.

저 영랑재(永郎岾)에 올라서,

수미탑(須彌塔)을 우러러보니,

탑 그림자 벽옥처럼 동글동글,

탁 트인 수풀과 어우러졌더라.

벽옥유(碧玉流)를 굽어보니,

유리합(琉璃盒)에서 범람하네.

봉대(絳臺)는 얼마나 가파른지,

잦은걸음으로 한 발씩 올랐네.

허기(噓氣)로 제좌(帝座)⁵에 통지하여,

허심탄회하게 글을 올려 개진하려 하네,

한엽(寒葉)이 화발(華髮)에 빛나니,

대궐 바라보고 자신 다잡기 힘드네.

갑옷 잡고 배를 회항하려던 찰나에,

수석(秀石)은 마치 돛 깃발 같더라.

향반(香飯)을 어느 경계에서 내오니,

헐성루(歇惺樓)에 잠시 좌정하였네.

세 계단 수렴(水簾) 길로 올라가서,

등나무 제치고 청령뢰(淸泠瀨)를 보니,

소용돌이치는 물결 좌우로 흐르는데,

감히 이 갓끈을 씻지는 못 하겠더라.

---

4 돌로 만든 장대를 말한다.
5 천제좌(天帝座)의 준말로, 여기서는 대궐을 이르는 말이다.

지팡이에 의지하여 폭포를 바라보고,

태상동(太上洞)⁶이라는 것을 알았네.

불(佛)은 숨고 또 선(仙)은 보이니,

정신이 맑아 털이 솟는 것 같더라.

살랑살랑 하늘의 구름 사이에서,

현학(玄鶴) 동작 들리는 듯하네.

물 흐름을 따라 원통(圓通)까지 가니,

단풍나무 회나무 한송(寒松)과 섞였더라.

멀리 혜장왕(惠莊王)⁷을 생각해보니,

반승(飯僧)이 친 종소리 듣는 듯하네.

세상만사는 물이 흐르듯 흘러가버리는데,

시승(詩僧)은 가을 산봉우리 보고 있더라.

---

6 이유원의 『임하필기(林下筆記)』에 의하면, "표훈사(表訓寺)에서 5리쯤 만폭
동 북쪽에서 청호연(靑壺淵)을 거슬러 올라가면 용곡담(龍曲潭)이 있고, 또
용추(龍湫), 구류연(九留淵), 만절동(萬折洞), 태상동(太上洞), 청령뢰(淸泠
瀨)가 있다."고 되어 있다(『임하필기』제37권 봉래비서).

7 조선 제7대 왕 세조를 가리킨다. 혜장왕은 명나라에서 세조에게 내린 시호이
다. 세조는 1466년 강원도 고성의 온성 행궁으로 가는 길에 금강산 일대를 유
람했다. 정양사·표훈사 등을 들렀고, 금강산 일대 주요 사찰에 시주하기도
했다. 표면적으로는 건강상 온천을 간다는 것이었지만, 불심이 깊었던 세조에
게는 불교 성지 순례와 같은 의미가 있었던 것으로 보인다.

28. 신성한 숫자 삼

　이렇게 가라앉고 또 가려져 있던 사실을 들추어 가자면 영원동 하나만으로도 퍽 어수선한 문제가 된다. 이것이 아무리 학문적 가치가 큰 것일지라도, 번잡하고 어수선한 고증과 지나치게 어지러운 논의는 일반 독자들께서 반드시 기대할 바 아닌즉, 이 글의 성질에 어그러지지 않고 꽤 중대시할 만한 연구의 결과라도 대개는 할애할 수 없는 것이 유감이다.

　그러나 오래오래 종교적으로 크게 소용돌이쳤던 땅인 금강산과 이곳의 영원동은 동양에 있어서의 종교적 화합이 이루어진 생생한 사례요, 겸하여 조선 사상 형성사의 모델이다. 그 대신 잘못 뒤섞인 내력과 숨겨진 소식을 가졌으며, 또 그만큼 심대한 흥미와 긴요한 관계가 붙어 있다.

　아무리 번거로워도 그 배경과 내용을 이해함에 편케 하기 위해서는, 다시 한두 가지 사실을 적어야 하겠다. 가령 삼이란 수효가 '붉' 사상에 있어서 어떻게 신성한 의미를 가진 것도 좀 더 명확히 드러내 설명할 필요가 있다.

　단군 설화 하나만 가지고 볼지라도 세 명의 신이 서로 이어받는 삼신상승(三神相承), 삼계의 다스림이 분리되어 있는 삼계분치(三界

分治)의 사실을 중심으로 하여, 가진 것은 '천부삼인(天符三印)'이요, 거느린 것은 '무리 삼천'이요, 자리는 '삼위태백(三危太伯)'이요, 간여하는 일은 '삼백 예순 가지'라 한 것처럼, 수란 것은 모두 삼을 썼다.

그 방계적인 지류에 취하여 보건대, 일본의 신화에는 조화삼신(造化三神)·삼신분치(三神分治)·삼종신기(三種神器)가 있고, 중국의 신선 설화에는 삼일(三一)·삼원(三元)·삼청(三淸) 등이 있으니 각각 그 중심적 사실 및 이론이 되었다. 아닌 게 아니라 불교에서는 존숭하는 것을 공경하는 위요삼잡(圍繞三匝)·계(契)를 찬송하는 패찬삼계(唄讚三契), 성불한 보살의 시간인 삼아승지겁(三阿僧祇劫), 석가모니 붓다가 깨달은 정법안장(正法眼藏)의 부촉(付囑)이 삼처(三處), 법장(法藏)의 삼서(三誓), 용화(龍華)의 삼회(三會), 삼십삼불(三十三身), 삼십삼천(三十三天), 삼백회(三百會), 삼존삼성(三尊三聖), 삼천불(三千佛) 등에서와 같이, 불보살(佛菩薩) 행사의 거룩한 수 목록에 삼(三)을 많이 쓰고 있다.

한편 예수교에서는 하느님의 삼위일체(三位一體)이심, 바로의 손에서 도주한 이스라엘의 백성은 "삼일의 일정쯤 가서 하느님을 제사하자"함, 요나가 물고기의 뱃속에 들어있기를 삼일, 그리스도께서 묘중에 계신 것이 삼일, 욥바에서 베드로가 "하느님이 깨끗하게 하신 것을 더러웠다고 하지 말라."는 소리를 들은 것이 세 차례, 그릇이 내려오는 것을 본 것도 세 차례인 것 등에서와 같이, 삼이 신성 및 하늘 관계의 일을 표시하는 단서가 되는 수이다.

삼이란 수를 신성시함은 전 인류적 관념이요, 반드시 일개 민족 일개 종교에 한정되는 것이 아니지마는, 그러나 '붉' 사상처럼 삼을 오로지 중심으로 삼기는 다른 곳에 거의 유례가 없다 할 만하다. '삼(셋)'을 존중히 앎은 진실로 유래가 오래고 오랜 풍습이다. 삼이란 우리말 곧 '세'가 '신성(神聖)'을 의미하는 옛말 '식'하고 소리가 서로 유사한 것은 또한 삼이란 수에 대한 옛사람들의 관념을 짐작케 하는 하나의 증거가 될 것이다.

이만큼이나 설명을 하였으니, 영원동이 세 토막으로 생긴 것이 종교물이 되는 데 매우 편리하였으리라 하는 까닭을 짐작하실까 한다. 또 이때까지 '붉'과 선(仙)이 하나의 원류에서 다르게 파생된 듯한 의미를 많이 비추어 왔으나, 그도 또한 약간 자세한 설명을 더하지 않으면 일반 독자의 이해를 얻기 어려운 일이다.

선(仙), 즉 신선이라 하는 것은 물론 진실로 중국에서 생긴 문자요, 또한 나중에 하나의 도리·법도를 이룬 것이다. 신선은 진실로 중국인이 가장 일찍부터 가진 신앙 사상이요, 또 가장 널리 퍼지고 깊이 박히고 오래 내려오는 것이다. 공자·맹자의 교훈보다, 노자·장자의 철학보다, 제자백가의 논설보다, 그리고 불교의 도리보다도 더 역사적으로 중국인의 존경과 숭앙 및 간절한 바람을 한꺼번에 모아 가지다시피한 것은 신선 설화와 신선들 그리고 신선들이 있는 장소 등이었다.

그런데 신선이 과연 실제적으로 중국인의 머리로부터 나온 신비적 이상인가 하면, 이 기이하고 그윽한 사상의 어머니는 사실상 동쪽 인근인 우리 선조들이다. 중국인은 이를 배양하여 길러낸 것에 불과하다.

29. '붉'의 의미

'붉' 사상에서 기꺼이 원하며 정진하는 목표에 '시' 혹은 '신'이란 것이 있다. 이는 마치 인도에서의 범(梵: 브라만)[1]과 같은 것으로, 그곳으로 진입함에는 깊고 높고 맑고 깨끗한 곳에서 수행과 한 가지 치성을 힘써야 하는데, 이 이름을 또한 '시' 혹은 '슬' 또는 '신'이라 하였다. 이때 '시' 운운하는 것은 청정(淸淨)·광명(光明)·신선(新鮮) 내지 성령(聖靈)을 의미한 말이다.

산악을 신령이 머무는 집, 하늘에 이르는 교통점으로 아는 신조와 깊은 계곡 골짜기를 신을 만나는 신령한 곳, 몸을 수양하고 정신을 단련하는 최고의 지역으로 생각하는 재계 의식이 서로 결합하여 '붉' 사상에 명산(名山)을 복지(福地)로 여기는 관념을 성립시켰다. 지금까지도 한 지역의 명산 되는 곳에는 흔히 '시' 또는 '실'

---

1 인도 정통 브라만교 사상의 최고 원리. 브라만은 처음에는 『베다』의 찬가·제사(祭詞) 주사(呪詞)를 뜻했으며, 또한 그 본질로서의 신비적인 힘을 가리키는 말이었다. 브라마나 시대에 이르러서는 우주를 창조하고 일체를 지배하는 원동력으로서의 근본이라 하여 세계의 근원적 창조 원리로 보았으며, 우주의 일체는 모두 브라만으로부터 발생한 것으로 설명하였다. 이 신은 우주의 최고신으로 일체를 창조 지배한다고 한다. 이것이 불교에 들어와서는 불교 수호신의 하나가 되었다.

부류에 해당하는 음을 가진 명칭을 띠었음은 과거 '붉' 사상의 신령한 터임을 말하는 것이다.

금강산을 옛날에는 상악(霜岳)이라고 불렀고, 설악산(雪岳山)은 지금까지 설(雪)이란 음을 가지고 있으며, 그 밖에도 '시루봉'이니 '사라(沙羅) 오름'이니 하는 것들을 위시하여 설은(雪隱)·삼십(三十)·소요(逍遙)·속리(俗離)·수락(水落)·수리(修理)·시랑(侍郎)·신류(神留)·소래(蘇來)·사량(沙良)·서룡(瑞龍)·서린(瑞麟)·성력(聖歷)·성륜(聖輪)·설탄(雪呑)·설마(雪馬)·철마(鐵馬)·우수(牛首)·사(沙)·산(山)·조(鳥)·송(松)·성(聖)·신(神)·선(仙)·형(兄) 등등의 무리는 대개 '시' 또는 '신'에 대응하는 문자들이다.

물 이름에도 산수(汕水)·살수(薩水)·신연(新淵)·소양(昭陽)·오십(五十)·삼일(三日)·금마(金馬)·금수(金水) 등이 있으며, 나라 이름으로 사로(斯盧: 徐羅·新羅), 지역 이름으로 시림(始林), 사람 이름으로 수로(首露) 등이 있다. 기타 조선의 선(鮮), '선앙'의 선 등이 모두 이러한 예에 속하는 것들이다.

이 '시' 또는 '신'이 중국에 가서 직접으로는 신(神), 신(辰), 성(聖), 선(僊=仙) 등 인물과 선(禪), 사(祀), 새(賽), 서(筮) 등의 사실 혹은 이름을 만들어 내었다. 이로부터 확장되고 파생시켜 비슷한 부류로 관련되는 것에는 재(才), 시(示), 지(祇), 조(祚), 선(宣), 소(召), 숭(崇), 섭(攝), 삼(參), 수(修), 상(尙), 시(侍), 승(承), 신(申), 소(愬), 제(齊), 제(祭), 시(蓍), 서(誓), 식(式), 술(術), 상(像), 소(塑), 참(讖), 첨(籤), 참(懺), 소(穌), 성(性), 정(精), 생(生), 산(産), 순(純), 순(醇), 순(恂), 소(愫), 시(諰), 심(審), 산(祘), (성(省)), 심(尋), 시(恃), 신(信), 식(寔), 실(實), 소(昭), 상(爽), 성(晟), 성(盛), 신(新), 선(鮮), 서(曙), 신(晨), 수(首), 수(帥), 시(始), 선(先) 등의 종교에 관계된 말들이 있게 되었다.

신(神)이고 선(仙)이고 둘이 다 '신'에 대한 번역 글자이지만, 보편적 관념인 신(神)에 구체적 특수성을 부여한 것이 선(仙)인즉, 종교적으로는 선(仙)이 '신'의 번역어로 더욱 적절한 것이다. 그런데 선(僊)은 천(遷)과 인(人)을 합하여 높이 올라간 사람임을 표시했고, 선(仙)은 산(山)과 인(人)을 합하여 산에 들어가 있는 사람임을 표시했으니, 오르고 들어가는 것은 다 인간으로서 옮기는 것이요, 인간으로서 옮긴다는 것은 곧 천상 혹은 신선들의 경지에 다다름을 의미하는 것이다.

신선(神仙)의 본래 의미는 요컨대 인간으로서 산중에 들어가 수련을 마치고 신명(神明)을 통한 사람이니, 이른바 '붉' 사상의 요지는 여기에서 벗어나는 것이 아니다. 아사달(阿斯達)에 들어간 단군(壇君)으로부터 웅심산(熊心山)의 해모수(解慕漱), 칠점산(七點山)의 감시(昷始), 선도산(仙桃山)의 서술성모(西述聖母), 풍류산(風流山)의 장미선녀(薔薇仙女) 등이 곧 그 증거 사례이다.

이보다 더 상세한 것은 여기에서 설명할 것이 아니거니와, 중국의 선(仙)교는 요컨대 '붉' 사상의 '신'법에서 우러나온 것이니, 수련이니 수양이니 하는 것이 모두 그 하나의 수행에 불과한 것이요, 진나라와 한나라 이래로 제왕가에서 하늘에 고하는 전범이자 예법이 된 봉선(封禪)이란 것도 곧 태산(泰山) 중에 유래하던 동이(東夷)의 치성법을 본받은 것이다. 이는 선(僊)이나 선(仙) 등의 문자를 형태·소리·뜻의 세 방면으로 궁리하여 보면 환하게 알게 되는 것이요, 또한 수많은 역사적 사실로써도 증명할 수 있는 것이다. 이만한 관계라도 안 뒤에야 영원동의 영원동 되는 까닭을 비로소 대략 짐작하게 될 것이다.

중유풍악시초(重遊楓嶽詩艸)-8

석전산인(石顚山人)

안문령(雁門嶺)을 지나면서 느낌이 있어서

(이곳은 內山·外山의 경계인데 옛날 관동의 守와 伯이 이곳에 도착하자,
산사의 중이 와서 문후하던 장소이다)

회양태수(淮陽太守)와 봉래백(蓬萊伯)이,
정후(亭候)[2]를 거듭거듭 치림(緇林)에 폈는데,
생각건대 예전 시대에는 단풍나무 소슬하였고,
서풍이 백운 깊이까지 불어대지 않았겠는가.

해 떨어지자 칠보대(七寶臺)를 지나면서 구호(口呼)하다

주렴을 걷자 부용면(芙蓉面)이 보이고,
비파소리는 들리지만 사람은 보이지 않더라.
시내 건너에 사찰 찾는 나그네 같은데,
석조(夕照) 읊느라 벼랑 끝 바라보더라.

땅거미 질 무렵 유점사의 연화사(蓮花社)에 들어가
독서하는 소리를 듣고 느낌이 있어서

황혼에 고사(古寺) 초입에서,
갑자기 글 읽는 소리 들리니,
등불 돋우는 여러 상인(上人)이,
연화 열매를 따는 것 같더라.
방장실(方丈室)에 향이 이어 풍기고,
동림(東林)에 달이 다시 밝았는데,

---

2 변방 국경에서 적의 동태를 감시하기 위하여 설치한 초소이다.

마치 모든 백 명의 전쟁하는 병졸들이,

갑옷 버리고 노성(魯城)을 방문함 같네.

30. '붉' 사상의 의의

인류 문화의 근본 기둥은 대개 종교의 삼대 근원으로부터 출발하였다. 사색을 위주로 하는 인도인의 브라만교가 가운데, 그 오른편으로는 신뢰를 위주로 하는 유태인의 신교(神敎), 그리고 그 왼편으로는 수련을 위주로 하는 조선인의 '붉'교가 그것이다.

그들의 궁극적인 취지가 '차별에서 평등으로', '특수에서 보편으로', '부분에서 전체로' 등에 있음은 매한가지지만, 그 출발하는 형식, 수행하는 방법은 삼교가 각각 세 가지 양태로 특색을 가졌다. 이지적 · 사변적 · 철학적인 브라만과, 감정적 · 기원적(祈願的) · 율리적(律理的)인 신(神), 이에 대하여 '붉'은 육체적 · 연양적(鍊養的) · 생리적인 것이 특색이다.

오직 이성만을 강조하는 것은 허술하다 하고, 오직 믿음만을 강조하는 것은 미덥지 못하다 하여, 본성과 운명을 함께 닦으며 몸과 마음을 하나로 이음으로써 이지적인 것과 형식적인 것을 초월하여 근본과 근원으로 거슬러 올라가 돌이켜 이치를 밝힌 것이 '붉' 사상이다. 육신을 가지고 태어난 '나'이니까 - 또 아무 것이라도 육신을 의지해 존재하고 행동하게 되는 것이니까, 이론으로는 어떠한 것이든지 형식으로는 무엇을 마련하든지 맨 먼저 고려하고 생각하고 편안히 하고 가지런히 할 것이 육신이란 점에 생각을 미친 것이 '붉' 신앙이다.

육신 본위는 진실로 '붉'신앙이 다른 종교에 대하여 가지는 독창적 견해, 독점적 지위이며, 아울러 인생에 대한 실제적 구제의 감로수인 이유이다. 다른 모든 종교들이 영적인 면과 육체적인 면을 끊는 듯 나누어 영적인 것만을 위주로 하고 취하며, 육신의 것은 무시하고 싫어하는 것에 대해, '붉'교는 홀로 몸을 닦아서 영적인 면을 이루고 몸을 늘여서 영적인 면에 이르려 한다.

이리하여 '붉'교는 영적인 것과 육체적인 것의 완전한 일치가 알파이자 오메가이며 개벽하는 단초이자 종착점이 되었다. 도리어 영적인 것과 육신이 본디부터 구별이 없고, 영적인 것과 육신을 나중까지 분리하지 않는다 하는 것이 옳다. 보통 종교라 하면 심령 또는 영혼 같은 한 가지로만 생각할 만큼 그것만을 전적으로 위주로 하고 중시하는 것이 통례이지만, 그렇지 않은 교리를 밝히고 그렇지 않은 교법(敎法)을 세워 전체적으로 하나의 진리를 성취하는 크고 바른 길을 제시하는 것이 '붉'교다.

간혹 사람을 소우주라 하고 사람의 몸을 신의 전당이라 하며, 사람이 곧 하늘이라면서 사람과 하늘은 둘이 아니라고 생각했던 경우가 없었던 것은 아니지만, 대개 사변적인 것에 그치고 이론으로 지결였을 뿐이다. 이는 종교 안에서도 그 철학적 부분에서 일컬었을 뿐인데, 이런 사례들에 대하여 이것을 뚜렷한 사실로 반드시 구현했던 것이 '붉' 사상이다.

달리 말하면 인류 그대로를 위하는 유일한 종교 문파가 바로 '붉' 사상이라고 할 수 있다. 신이나 부처를 위하는 인생도 아니요, 사후를 위하는 현재의 생애도 아니며, 사람의 삶 및 이번 생애 그대로를 위하는 유일한 가르침이 '붉' 사상이다. 사람 사는 세상 바깥에서 신이나 부처를 따로 내세우지 않으며, 이번 생을 떠난 다른 생을 말하는 것도 아니다.

오직 사람인 채로서의 신과 부처, 이번 생에서의 영생을 가지게 하며, '그대로' 또는 '이대로' 널리 채우고 멀리 이르고 성취하기를 목적하는 것이 '붉'의 가르침이다. 어디로 가는 것도 아니요, 무엇을 깨치는 것도 아닌 이대로를 이루는 것이다. 옛것을 고치는 것도 아니요, 새 집을 만드는 것도 아닌 이대로를 만드는 것이다.

이러한 의미에 있어서 몸을 단련하고 정신을 수양하며 덕을 쌓고 선을 늘리는 데 힘써서 근원을 깊고 굳게 하며 삶을 오래도록 유지하는 이치를 이루는 것, 이것이 '붉'의 가르침이다. 이렇게 자신의 한 몸을 완성하면, 우리가 바라는 이상적인 경지는 저절로 드러나리라. 이것이 노자가 말한 "내 몸에서부터 닦여지면 천하가 스스로 변화한다."는 경우이다.

그러나 육신 본위라 하니까 혹은 정욕에 탐닉하거나 본능에 따라 방종한 것, 혹은 기분 내키는 대로 따르거나 감상적인 생활 등을 가리키는 것으로 오해할지도 모르겠다. 하지만 여기 말하는 육신이란 단지 육체적인 것이라거나 혹은 육체만을 쫓는다는 의미가 아니다. 육신 본위는 몸을 단련하고 몸을 통해 이끌어 나아감을 자기 완성의 기둥으로 삼는 것을 의미한다.

'붉' 사상에 있어서 육신이라 하는 것은 그것 자체가 절대 둘이 아니요 결코 치우쳐 헤갈하는 본능의 한 경향을 가리키는 것이 아니다. 남들이 말하는 영적인 것까지를 머금고 있는 육신이고, 영적인 것이 우러나오는 육신이며, 영적인 것이거나 무엇이거나 일체의 소질과 내적 동기를 품어 안고 있는 육신이다.

요컨대 일체를 포괄하고 한꺼번에 총체적으로 통찰해내는 절대적인 것으로서의 육신을 있는 그대로 깨우쳐 이루라는 것이다. 이러한 상태가 이른바 '실'이고, 이러한 경계가 이른바 '붉'이다. 이것이 이른바 "치우치고 삿된 것을 재단하여 치우침 없고 바른 곳으로 함께 돌아가며, 능히 말단에 이르러서 돌이켜 본원에 이른다."[1]는 것이다. 새는 것(트이는 것)이 이 본원이요, 밝는 것(터지는 것)이 이 본원이다. 무위(無爲)의 공로와 자연의 운을 통해 이 본원으로 되돌이키는 것이다. 그런데 그것이 육신을 떠나서 다른 일이 있는 것 아니라는 점에 이 가르침의 특색이 있다.

다 '식'고 아주 '붉'아지는 것이란 불교에 비유하면 궁극적인 해탈의 경지라고 말할 수도 있겠지만, 그것을 오직 마음의 문제라고 말하지 않는 것이 다른 것과 스스로 구별되는 점이다. 태초의 '붉' 사상에 관한 일은 오늘날 명백히 옛일을 추적해내기가 어렵게 되었지만 '붉'이 서쪽으로 이른 일파인 중국의 선가(仙家)에서는 정신 근원의 육체적 중심을 단전(丹田)이라 일컫는다.

단(丹)이라는 것이 고대 '붉'의 또 다른 말인지, 혹시 단전을 의미하는 범어(梵語: 산스크리트)의 우타나(優陀那)를 차용한 말인지는 모르겠다. 여하간 단이라는 수련 및 양생 공부의 초점을 배꼽 밑 몇 촌 위치에 두고 이것을 입을 가리키는 옥지(玉池)에 비교하기도 하고 신수(神水) 즉 신령한 물이라 칭하기도 하였으며, 또 금액(金液)이라 부르기도 하였다.

그런데 이 단전은 수련 공부를 쌓은 뒤에는 일체 깊고 미묘한 저장고요, 일체 정기가 근원하는 샘이 되므로 특별히 신령스런 근원 즉 영원(靈源)이라고 부른다. 「금단시결(金丹時訣)」에 이르길,

반근의 진홍(眞汞)과 반근의 납, 태극보다 앞선 영원(靈源)에 숨어 있는데, 반드시 자시(子時)에 맞춰 채취하여서, 금액(金液)으로 정련하여 단전(丹田)에 들인다. 세 가지 참모습 한 가지 희미함이, 신령스럽게 맺어졌음을 아는 이 드무네. 용과 호랑이 같은 근원에서 나왔다고 하지

---

1 『보현경(寶玄經)』에 나오는 말이다.

말라. 바로 신선이 세운 터이니.

라고 하였고, 「자정경(紫庭經)」에

　맑은 신수(神水)에 화지(華池)는 깨끗하고, … 정수(精髓)가 되어 수원
(水源)을 가득 채우네.

　수원(水源)이 옥거울처럼 맑으니 … 누가 하거(河車)를 배처럼 다니게
하겠는가?

라고 한 것 등을 비추어 그 뜻을 짐작할 것이다. 이 영원(靈源)을 드
러내어 내 단전(丹田)에 대는 것이 선도(仙道) 수행의 심오함이 되는
것이다. 이만큼이나 설명을 들으셔야 비로소 '붉' 사상 이래의 신수
(神水; 곧 百川)가 도교와 융합하여 새로운 용어가 만들어지고 분위
기가 변화할 때 '영원'이란 말을 주창하게 된 이유를 그 명칭에서
뿐만 아니라 사리에 있어서도 매우 자연스럽고 또 당연한 것임을
깨치시게 되셨으리라 생각한다.

중유풍악시초(重遊風嶽詩艸)-9

효운면(曉雲面)에서
맑은 새벽 효운면에 들어가니,
구름 걷히자 유리 벽옥 같네.
석보(石寶)가 깎은 듯 벌려있고,
폭수(瀑水)는 허공에서 떨어지더라.
우수수 바람에 낙엽이 떨어지니,
시인의 마음이 시원히 트이더라.
우뚝이 옛 바위 앞에 앉았으니,
거꾸러진 산봉우리 역력히 비추네.

외선담(外船潭)에서
고동(古洞)을 홍수(紅樹)가 밝혀주니,
깊은 물에서 배는 옥을 쏟으며 가더라.
연못에 빛이 사람 있는 곳 비추니,
둥실둥실 한 낙랑선경과 같더라.

학소대(鶴巢臺)에서 느낌이 있어서
깎은 듯이 붉은 낭떠러지 절벽은,
노학(老鶴)이 깃들기 좋은 곳이네.
간간이 벽송(碧松)가지에 나왔다가,
편안히 뭇 새떼 따라 노래도 하네.
비 오기도 전에 집안을 단속하니,
늙은 학에게 부끄러운 마음 들더라.
가는 길을 몰라서 두려워하다가,

찬바람과 함께 올라가려 하노라.

저물녘에 학소령(鶴巢嶺)을 지나서 등심사(燈尋寺)를 찾아가다
만 길이나 된 가파른 벼랑에 해 떨어지려는데,
사람은 원숭이가 아닌데 나무를 타고 가겠는가.
마을이 깜깜하여 돌아가는 길도 잃어버렸는데,
옛 나루에서 한 중이 등불을 비춰주더라.

31. '붉'과 하늘

　동방에 있어서의 모든 사상 및 깨달음에 큰 근원이 된 만큼 '붉'
사상은 그 거대한 영향과 광범위한 침투가 도리어 놀랄 만하다. 그
중 이론적 경향이 성행한 분파는 철학으로 발달하고, 신앙적 경향
이 성행한 분파는 종교로 성립하여 나갔다. 하지만 본디 앉은 자리
는 같고 방향만 다른 한가지의 양면이기 때문에 철학도 종교 같고
종교도 철학 같으며, 중요한 부분에 있어서는 학문인지 종교인지
를 분간할 수 없게 생긴 것이 '붉' 계통 사상의 한 특징이다.

　여하간 '붉'의 종교적 분화는 셋으로 나뉜다. 그 중 원시적 신앙
의 형태를 많이 내재한 것은 기도 중심의 사무도(師巫道)가 되고, 신
비적 향상심을 많이 발휘한 것은 수련 중심의 신선종(神仙宗)이 되
고, 실제적 강령이나 대책 등을 많이 고려한 것은 예(禮)를 통한 정
치를 강조하는 유학(儒學)이 되었다.

　이렇게 삼교가 삼발이 솥처럼 나란히 서서 때론 이상적으로 때
론 실제적으로 때론 현상론적으로 때론 본체론적으로 각각의 특색
을 발휘하여 동방 정신계에 중요한 핵심들을 이루었지마는, 그 중
에서도 가장 종교적 내용을 정비한 것은 선교(仙敎) 혹은 도교(道敎)
였다.

이론적 방면에서는 노장(老莊) 계열처럼 깊고 오묘한 철학도 있고, 실제적 방면에서는 신선이 되는 방술(方術)처럼 영험하고 기이한 목표도 있으며, 형식적인 방면에서는 당옥(堂獄) 및 기타 잘 정비된 구조까지 마련되어 있어 종교로서의 격식을 갖춘 것은 오직 성립된 도교에서 보인다 하겠다.

그런데 도교 중에서 직접으로 종교적 분자가 되는 것은 대개 '붉' 사상 안에서 이미 성립된 관념이나 사실들을 그대로 이어받은 것들이다. '붉' 사상에서 최고 지위의 대상은 천(天), 즉 하늘이다. 이는 교리와 학문 모두에 공통하고 유학과 도교 내지 점을 치는 무가(巫俗)에까지 일관된다. 그 실천적 가르침은 어느 것이든지 적극적으로는 하늘과 하나가 되는 것이고 소극적으로는 하늘을 잘 보전하는 것이다. 이 하늘이란 것부터가 '붉'교의 출발인데, 여기서는 그 자세한 이야기를 그만두겠다.

이 하늘을 더욱 깊고 오묘하게 만들어 노자 이래의 선가(仙家)쪽 도의 흐름에서는 '현묘함[玄]'이란 이름을 만들었다. 그런데 이 현묘함이란 것도 사실 '흔올'이라는 '붉' 계열 말의 대응 글자로, 하늘이 '둥ㄱ리'라는 '붉' 사상 말의 함축된 표현임과 같이, 둘러치나 메어치나 '붉'교의 이름이자 의미를 계승하여 전하는 것일 따름이다.

하늘은 검고[天玄] 땅은 누르다[地黃]는 말에서 현(玄)이 하늘의 색깔을 표시한 것처럼 아는 이도 있지마는, 하늘에 현(玄) 자를 짝지운 것은 그 주된 사상인 그윽하고 깊고 미묘하고 오묘한 것을 취한 것이니, 이는 『설문해자(說文解字)』의 주석에서 보아도 알 것이다. 또 땅이 누르다는 말의 누를 황(黃) 자도 광활하다는 광(廣) 자의 다른 용법이지 색깔을 가리키는 것은 아닐 것이다.

"현묘하고 현묘한 것은 모든 변화가 나오는 문(門)"[1]이라는 고대

---

1 노자의 『도덕경』 제1장에 나오는 구절이다.

의 용례에 비추어 더욱 그 원래 의미를 밝히 알 것이요,『회남자(淮南子)』같은 데는 현(玄)을 분명히 하늘이라 한 것을 보면 다시 의심 없을 것이다. 또 천제(天帝)가 거처하는 곳을 현포(玄圃)라 하는데, 이때 현(玄)은 현(縣)과 통용하는 것임을 보면 본디 그것이 소리가 유사한 데서 취해진 것일 따름이지 글자의 뜻하고는 관계가 없던 것이 아닐지도 모른다.

또 현(玄) 자를 글자 형태상으로 보면 요(幺)와 두(亠)를 합쳐 깊고 그윽하고 미묘한 것을 더한 것임을 표시하였으니, 본디부터 '붉' 계열을 끌어온 하늘의 범주에 속하는 말일지도 모를 일이다.

이렇든지 저렇든지, 현(玄)과 하늘이 같은 뜻으로 쓰임은 사실이니 현도(玄道)·현관(玄關)·현단(玄壇)·현리(玄理)·현학(玄學)·현언(玄言)·현교(玄敎)·현덕(玄德)·현화(玄化)·현철(玄哲)·현성(玄聖) 등의 현(玄)을 그대로 하늘의 뜻으로 읽어도 무방하기는 고사하고, 도리어 하늘이란 뜻으로 읽어야 그 의미가 더욱 딱 들어맞게 됨을 깨닫는 것이 진실로 우연한 것이 아니다.

『도덕경』에 "계곡의 신은 죽지 않는다, 이것을 현빈(玄牝)이라 한다."[2]한 것을 하상공(河上公)의 주해에서는 "현(玄)은 하늘이니 사람에게는 입에 해당하고, 빈(牝)은 땅이니 사람에게는 코에 해당하는 것이다. 코와 입의 문은 천지의 원기(元氣)가 좋아 왕래하는 바라." 하였다.

후세의 금단가(金丹家)들은 다시 이 의미를 부연하여 현문(玄門)이니 빈호(牝戶)니 하는 명목을 세우고, 이 양자가 교합함으로써 단(丹)이 이루어진다는 말을 하게 되었다. 이른바 성단(成丹), 즉 단을 이룬다는 것은 대개 생명의 이치가 가지런하고 고르게 되는 것으로 시작하여, 심식(心識)의 맑은 상태로 나아가거나 궁극적인 경지

---

2 『도덕경』 제6장에 나오는 구절이다.

의 묘처로 들어가는 것을 표상적으로 말하는 것이니, 동방 철학의 일대 특색인 이른바 '정조연석(情調演釋)'적으로 말하면, 하늘을 그대로 내 심신에 체득하는 상태이다.

요컨대 단(丹)은 곧 선도(仙道)에 있어서 마음의 다른 이름임을 알면 가하며, 또 원류를 거슬러 말하면 단은 곧 현(玄)의 구현체임을 알면 가함이, 더 명쾌히 말하면 현의 화(化)가 사람에게 철(徹)하는 때에 단이란 것이 생긴다 함을 알면 가하다.

같은 선도의 문자에도 그 도의 본체를 표시하는 말이 불일기단(不一其端)이지마는, 그 중에는 고대 '붉'의 원어를 그대로 전래하는 것도 적지 아니하다. 우선 선(仙)이란 글자가 '신'에 대응하는 글자인 것부터 그러하거니와, 얼른 생각 가지 아니하는 방면으로 볼지라도, 『장자(莊子)』에 나오는 '보광(葆光)'이란 것도 실상은 '붉'의 활용인 '붉은'의 한 번역어임이 분명하다.

예컨대 "아무리 부어도 가득 차지 않고, 아무리 퍼내어도 마르지 않는다."[3]고 하며, "큰 못가의 수풀이 타올라도 뜨겁게 할 수 없고, 황하(黃河)나 한수(漢水) 물이 얼어도 춥게 할 수 없으며, 사나운 천둥이 산을 쪼개고 모진 바람이 바다를 뒤흔들어도 놀라게 할 수 없다."[4]고 한다.

또한 대인(大人) 지인(至人)의 마음은 진실로 하늘의 관청이요, 현묘한 관문이며, 신비한 물이요, 신령스런 근원이다. 이 끝을 알 수 없는 광대함과 의심할 바 없는 통달함의 오묘한 마음으로써 "구름을 타고 용을 몰아 세상 밖에서 유유히 노닌다."[5]는 이가 신 아니며 신선 아님을 누가 말할 것이냐. 신이란 헤아릴 수 없을 따름 아니냐. 신선이란 고귀한 지위일 따름 아니냐. '실'워서 '붉'아지는 활력

---

3 『장자』「제물론」에 나오는 구절이다.
4 『장자』「제물론」에 나오는 구절이다.
5 『장자』「소요유」에 나오는 구절이다.

의 물은 영원(靈源)의 머리가 아니고 어디서 나올 것이냐. 그런데 이 모든 관념의 맹아는 모두 '붉'의 가르침으로부터 발생한 것이다.

중유풍악시초(重遊風嶽詩艸) - 10

석전산인(石顚山人)

송림사(松林寺)에서 이틀 밤을 자면서

(송림사는 外圓通라고도 한다)

소나무 회나무 삼엄하게 석문(石門) 비춰주는데,
산봉우리에 달이 숨어서 정오구름 흩어버리더라.
모든 구렁텅이에 서리 내리자 천하가 새하얀데,
가을 소리 수풀에서 울리니 자연의 문채이더라.
미소 짓고 앉아서 시관불(詩觀佛)을 망각했는데,
거듭 와서 우중군(雨中君)을 모두 기억해냈노라.
원통(圓通)에서 이틀 밤을 누가 자도록 하였을까,
괴화(槐火)와 돌샘은 내가 들었던 그대로 있더라.

관장협(冠章峽)을 지나던 도중에

어젯밤에 산에 비가 내렸는데,
모든 냇물은 얼마나 불었을까.
힘겨워서 가다가 다시 쉬었는데,
바람에 낙엽이 산만하게 불더라.

발연(鉢淵)에서

상방(上方)에 공양이 끝나고,
바리를 화공연(化空淵)에 담아놓고,
벽옥수(碧玉水)를 떠서 가져왔으나,
용이 깨끗이 상천하는 것 더디리라.

계수대(桂樹臺)에서

발연곡(鉢淵谷)은 훤히 트였고,

계수대(桂樹臺)는 장엄하구나,

봉래산 물은 얼마나 맑고도 얕은가,

하늘에서 신선이 저절로 왕래하더라.

청조(靑鳥)[6]는 사람이 지나는 것 엿보는데,

설잠(雪岑)[7]은 물속에 해 떠오르게 하더라.

경도(瓊島)[8]라는 시제(詩題) 꾸물대고 있으니,

양선재(楊仙才)[9]에게 부끄럽기만 하더라.

---

6 전설에서 이르는 선녀로 서왕모(西王母)가 하늘에서 보낸 사신이다. 후대에
　는 임금의 사신이라는 뜻으로 쓰이기도 한다.
7 조선 초기의 문인 김시습(金時習)의 법명(法名)이다. 세조의 왕위 찬탈에 항
　거한 생육신 중의 한 사람이다. 본관은 강릉(江陵). 자는 열경(悅卿). 호는 동
　봉(東峯)·벽산청은(碧山淸隱)·청한자(淸寒子)라고도 한다.
8 '경도춘음(瓊島春陰)'이라는 시제(詩題)의 줄임말이다. 북경팔경(北京八景),
　연도팔경(燕都八景), 황도팔경(皇都八景)은 모두 같은 말인데, 김명창(金明
　昌)이 지은 『일사(逸事)』에는 "황도팔경은 거용첩취(居庸疊翠), 옥천수홍
　(玉泉垂虹), 태액추풍(太液秋風), 경도춘음(瓊島春陰), 계문비우(薊門飛雨),
　서산적설(西山積雪), 노구효월(蘆溝曉月), 금대석조(金臺夕照)이다."라고 한
　시제 중 하나이다.
9 조선 전기의 문인 양사언(楊士彦)을 이른다. 자연을 즐겨 회양 군수 때 금강
　산 만폭동 바위에 "봉래풍악원화동천(蓬萊楓嶽元化洞天)" 8자를 새겼는데
　지금도 남아 있다. 시와 글씨에 모두 능했는데, 특히 초서와 큰 글자를 잘 써
　서 안평 대군(安平大君)·김구(金絿)·한호(韓濩) 등과 함께 조선 전기의 4
　대 서예가로 불렸다.

32. '붉'과 생사

'붉'이 무엇인지 모르시는 이에게는 지금까지 영원(靈源)의 어원을 밝히는 설명이 지루하기도 하고 성가시게도 하였을 것이다. '붉'이란 것은 조선인과 함께 생겨나서 만년을 하루처럼 우리 정신의 양식이 된 일대 교문(敎門)인 동시에, 동양 전체 사상의 놀라운 최고 본원이 된 것은 누구든지 알아야 할 일이건마는, 아직 캄캄들 함이 과연 섭섭한 일이다.

'붉'이란 것은 본래 신명(神明) 또는 성령(聖靈)을 의미하는 말로, 나중에는 최고 지상, 유일 절대의 존재를 일컫는 이름이 된 것이다. 그런데 그 원시적인 기본 의미로부터 순화된 최고 의미까지의 여러 층위에 대한 번역을 골고루 중국의 학술이나 민간 신앙에서 볼 수 있다. 지금은 명부(冥府) 즉 지하 세계 사상에 관계되는 것 하나를 들어 말하여, 영원동 내력의 가장 적절한 한 증거를 보이겠다.

한(漢)나라 시절 태수(太守)를 일컫던 이름 중에 '부군(府君)'이란 것이 있다. 훗날에는 생전에 관작(官爵)이 있고 없고 간에, 무릇 선세(先世) 즉 선대(先代)의 조상을 서술하는 데도 또한 부군이라고 일컬었다. 『주자가례』에도 이 옛 풍속을 끌어와서 위패를 모시는 신주에 관작 없는 이라도 모두 부군이라고 일컬었다.

우리 조선에서도 제사 의례는 『주자가례』를 본받게 된 까닭에, 신주건 축문이건 아무개 부조(父祖) 부군(府君)이란 어구를 쓰게 되었다. 그러나 부군은 작위를 부르는 것인데, 살아서는 서인(庶人)이었던 이를 죽은 후에는 관작명으로 부르는 게 맞겠느냐고 시비가 있게 되었다.

여기 대하여는 부군이란 것이 본디부터 자손이 선조를 높여 부르는 말이요, 관작명을 쓰는 것이 아니라는 변명이 있다. 그런데 이 부군이란 것은 실상 한문으로 해석하여서는 도저히 제대로 된 의미를 천명할 수 없다. 왜냐하면 그것은 본래 '붉은'이라고 하는 동이(東夷)의 말에서 나온 것이기 때문이다. '붉' 또는 '붉은'은 무릇 존경으로 제사지내는 일체 신을 존칭하는 말이니, 자연 숭배상에는 산천이 '붉은'이요, 조상 숭배상에는 돌아간 아버지 · 할아버지가 '붉은'인 것이다.

이 '붉은'이란 말을 번역해 표현할 때 글자 뜻이 좋은 것을 취하여 부군(府君)이란 것을 썼을 뿐이니까, 관작명으로 부르는 부군하고는 그 뜻에서 사실상 관계가 없는 것이 분명하다 할 것이다. 출처가 이렇게 다른 바에는, 이러니 저러니 하는 것이 당초에 말이 될 턱이 없는 것이다.

그런데 중국에서도 조상에 대한 존칭으로만 쓰는 것 아니요, 자연물의 신령에도 이 부군으로써 일컫는 것이 있다. 그것은 태산(泰山)의 신을 예로부터 태산부군(泰山府君)이라 하는 것이니, 특히 우리 동이가 하늘에 제사지내던 영험한 장소이던 태산의 신에 부군이라는 옛말이 씌워져 온 것임을 주의할 것이요, 또 더욱이 태산이란 것이 고대로부터 죽은 자의 혼이 돌아가는 곳임과, 태산부군은 귀신을 다스려 삶과 죽음에 관해 적절한 복을 관리하는 신이라고 높여 신앙되는 사실을 주의할 것이다.

이러한 신앙은 전국 시대(戰國時代)에도 이미 증명할 게 있거니와, 그 기원인즉 그보다 훨씬 이전에 있을 것이다. 한나라 때의 기록에부터 이를 천제(天帝)의 후손이라 하고, 후세에는 여러 신 50명 정도를 거느리고 사람의 생명과 복을 주관한다 하여 우러름이 더욱 성하였고, 당나라 후기 이래로는 봉호(封號)를 주었다. 나중에는 제(帝)라고까지 일컬었으니 지금 동악대제(東嶽大帝)라 하여 그를 높여 제사지내는 동악묘(東嶽廟)가 전체 중국 곳곳에 없는 곳이 없음을 보면, 그 세력이 예나 지금이나 성대함을 알 것이다.

이것이 당나라 때에는 불교에 포섭되어 밀교에서는 태장계만다라(胎藏界曼茶羅), 외금강부원(外金剛部院)의 남방에 위치하는 천부(天部)에 끌어붙이게 되고, 후에 명부 시왕이 성립되는 때에는 일곱 번째 전각으로 배치하여 특별히 중요한 판관(判官)으로서 사법부 관직을 맡게 되었다.

영원동 시왕봉 중에도 특히 판관봉(判官峰)을 드러내는 것은 염라국(閻羅國) 중에서도 그것이 가장 핵심 임무를 가진 까닭이요, 또 이렇게 중용되기는 그것이 본래 불교로 빨려 들어가기 전부터 독립적인 최고 사법관이던 이력을 존중한 까닭이다.

그런데 태산의 신이 삶과 죽음, 수명과 복을 주관하는 것으로 신앙하게 된 이유를 설명하는 이가 말하기를(授神契·博物志 등처럼) 태산은 동쪽에 있고, 동쪽은 만물이 태어나는 곳이기에 이로 인하여 사람이 죽으면 혼이 태산으로 돌아와 이른다 하여, 드디어 삶과 죽음, 수명과 복을 관리한다고 한 것이니라 하지마는, '붉' 사상의 본 뜻을 모름에서 나온 억측일 따름이다.

'붉' 사상에서는 사람이 죽고 사는 문제에 관한 근원을 하늘에 귀속시킨다. 하늘로부터 인간으로 내려오는 게 삶이고 삶으로부터 하늘로 돌아가는 게 죽음이다. '(태어)난다'[生], '돌아간다'[死]하는 두 말은 곧 그 사생관(死生觀)을 단적으로 표현한 것이다.

그런데 하늘이 지상에서 구현됨은 그 지역 내의 가장 높고 큰 산악으로 이해되기 때문에, 무릇 '붉'교가 행해지던 지역에서는 하늘을 대표하는 높은 산이 반드시 있다. 또 이 하늘인 산은 그 지역 내 주민의 죽고 사는 근본이 되고, 그 신은 이 권한을 좌우하는 집행관이 되었다. 이것은 조선인이 살던 지역이나 '붉' 사상이 행해지는 지역의 공통된 사실이다. 지금 중국의 보하이(渤海) 연안 내지 산둥지방 일대는 고대 한나라 땅에 살던 조선인의 중심지요, 또 '붉' 사상이 크게 성행했던 인연의 땅이었다. 이 지역 내에서 그의 천산(天山) 노릇한 것은 의당 태산이었다.

태산이 이른바 오악(五嶽)의 수장으로 중국인이 존숭하는 산악의 가장 대표적인 것임은 누구라도 다 아는 바이지만, 그것이 사실상 동이라 하던 고대 조선인의 유풍을 계승한 것임을 아는 사람은 없다. 얼른 말하면, 태산의 태(泰)와 그 옛 명칭인 대(岱)는 하늘을 의미하는 동이족의 말 '딗'에 대응하는 말이며 '딗ᄀ리'의 축약형이다.

제(齊)나라와 노(魯)나라 지역에 살던 고대 조선인은 이 산으로써 하늘을 숭배하는 영험한 장소로 삼아, '봉(封)'이니 '선(禪)'이니 하는 큰 의례를 여기에서 행하였다. 이것이 이 산에 대(岱)의 명칭이 있는 까닭이니, 대종(岱宗) 즉 태산이 중국에 있어서 가장 신령한 산악이 되는 원산(元山)이다.

태산이 이미 천산이면 고대 '붉' 사상의 신조에 비추어 그것이 '나'온 밑이 동시에 '돌아가'는 곳이 될 것이요, 따라서 그 주인이 되는 신은 생명 관계인 화복(禍福)의 총괄자일 것이 당연하다. 이것이 더 나아가서는 명부의 음사(陰司)니 하는 체계를 이룸은, 단지 한 걸음의 상관뿐일 것이다.

또 태산부군이 동이족 계통에서 나온 것이면 태산의 신에 특히 부군의 이름 있음이 당연함도 알 것이다. 이런 줄을 모르니까 지금까지 이에 관한 논설이 어름거리는 수작뿐이요, 하나도 그럴 듯한 것이 없을 밖에 없다. 이런 일에 끌려서 영원동 명부 설화의 구성 인자를 생각하면, 앞서 이야기한 것보다 더 명백한 계기가 나섬을 깨닫는다.

중유풍악시초(重遊風嶽詩艸) - 11

석전산인(石顚山人)

옥류동(玉流洞)에서

주우(珠雨)가 산산(刪刪)히 바람을 동반하여 내리자,
비몽사몽 한바탕 꿈에서 선천(先天)에 들어갔다가,
천화대(天花臺)에서 꽃을 흩어버린 이후로,
영경(靈境)에서 초연히 오백년이 되었노라.

쌍봉폭(雙鳳瀑)에서

구성대(九成臺) 두둑에 한 쌍의 비폭(飛瀑)이,
백 자 무지개 띄워서 구렁텅이 바람 차단하고.
달 뜬 새벽 성긴 수풀에 쌓인 눈 불어버리고,
추위를 참는 학을 불러 시내 동쪽에 보내더라.

구룡연(九龍淵)에서

용왕이 솟아 유리전(琉璃殿)을 깨뜨려서,
손수 현애(懸崖)에 차근차근 뿌리면서 오더라.
용이 공산(空山)에 숨자 연못에 물은 파랗고,
심추(深秋)에 풍우도 몰아친 적 없더라.

저물녘에 신계사(神溪寺)에 유숙하면서

돌아와 신계사(神溪寺)에서 머물러 유숙하니,
나뭇잎은 소슬하고 달은 뜰에 환하게 떴더라.
학뢰(壑籟)가 파도 일으키자 벌레는 귀뚤귀뚤,
구구(歐九)[1]가 등불 켜고 독서했을 적 회상하네.

『풍악기유』 친필 원고(1924)
「시대일보」 원고지에 쓰인 것이 눈에 띈다.

---

1 중국 송나라 때 문장가로, 아홉 번째인 구양수(歐陽脩)를 말한다. 항렬(行列)
로 최대(崔大), 두이(杜二), 진삼(陳三), 노사(盧四), 남팔(南八), 구구(歐九),
육수(六嫂), 사랑(四娘) 등으로 말한다.

33. 금강이라는 이름의 기원과 유래

한문에서 하늘을 의미하는 글자는 대략 두 부류가 있으니, 하나는 현 음(玄音) 계통이고 다른 하나는 천 음(天音) 계통이다. 현과 천두 계열은 각각 몇 개의 가지로 나뉘어 현에는 황(皇)·상(上) 등의 지류가 있고, 천에는 제(帝)·주(主) 등의 지류가 있게 되었다. 그 중천 음 계통만을 살펴보면, 그 천(天)이란 종파에는 전(顚)·정(頂)·당(唐)·정(亭) 등이 붙고, 제(帝)라는 지파에는 대(大)·태(泰)·태(台)·두(頭) 등이 붙어 있다.

그런데 천이란 글자의 소리에 근원에 해당하는 동이 말을 살펴보면, 천(天) 음의 본래 어원인 '퉁ᄀ리'와 태(泰) 음의 본래 소리인 '디ᄀ리'의 두 형태가 있는데 지방과 시대를 따라 일컬음이 다르다. 가령 옛날 흉노족이 탱리(撑梨)라 이르고, 지금 몽고에서 등격리(騰格哩)라 일컫는 것은 모두 '퉁ᄀ리'의 같은 줄기인데, 조선에서 단군(壇君)이라 말하는 경우에는 '퉁ᄀ리'에 붙지마는, '디ᄀ리'라 할 때에는 '퉁'의 끝소리가 사라져 따로 하나의 어형을 이룬 것으로 본다.

그러나 지금도 머리의 뜻에는 '디ᄀ리'라 하면서도 단원(團圓)이란 말의 뜻에는 '둥글'이라 하며 신의 이름에는 '디곰'이라 하면서 신을 섬기는 이는 '단굴'이라 함을 보면, 우리 조선 같은 데서는 예나 지금이나 '둥'과 '드'의 두 형태가 병행되었다고 말하는 게 옳을 것이다.

'둥ᄀ리'이든 '드ᄀ리'이든 '꼭대기'라는 뜻으로부터 지극히 높고 높음, 절대적으로 유일한 것을 일컫기는 마찬가지다. 그러면 태산이 곧 천산(天山)이요, 천산이 곧 천제(天帝)의 산임이 분명하니, 태산이나 태산주(泰山主)의 종교적 지위는 말할 것도 없이 밝아질 것이다. 이것을 의거하여 생각하건대, 물론 '붉'교의 신산(神山)이던 곳에는 대개 '드ᄀ리'라는 이름을 띠었음을 추측할 수 있을 듯하다.

'붉'이란 이름이 늘 있고 '실'이란 일컬음이 흔하게 쓰이는 한편에서 '드ᄀ리'란 부름도 많이 붙었을 이유가 있다. 만일 자세히 살펴보면 동일한 산에라도 경우와 시기를 따라 이렇게도 부르고 저렇게도 일컬었음을 알 수도 있을 것이며, 또 고대일수록 한 사물에 대하여 많은 명칭을 함께 사용하는 것이 상례이니, 그 당시 그네들의 의식 그대로를 표현한 이름이 한둘이 아닌 것은 도리어 당연하다고 볼 것이다.

위에 고찰한 바와 같이, 금강산이 이미 한 나라의 천산이자 신산이 되고, 또 생명 관계의 신령이 머무는 곳으로 전해져 믿게 된 것이 분명하다면, 여기도 '붉'이나 '실' 등과 한가지로 '드ᄀ리'란 명칭이 없을 수 없을 것이다.

앞서 말한 둘에 관한 것은 뒤에 이야기할 기회가 있겠거니와, '드ᄀ리' 문제는 당장 알아볼 필요가 있다. '드ᄀ리'의 옛말이 금강산에서는 무슨 허물을 쓰고 어느 곳에 숨어 있는가. 생각 생각해보니 아기를 업고 삼면에서 아기를 찾고 있었구나. 알고 보니 '다드·드왐·야시'의 느낌이 있다. 다른 것이 그것 아니라 금강산이 그것이더란 말이야. 애쓴 것이 우스웠다.

금강을 의미하는 범어는 '박일라(縛日羅)'인데, 같은 부류로써 사용하는 것에 '작가라(斫迦羅)'란 말이 있다. 작가라는 삭가라(爍迦羅)·작갈라(灼羯羅)로 쓰기도 하며, 보통 '금강(金剛)', '윤(輪)' 등으로 번역되는 말이다. 『능엄경(楞嚴經)』삼(三)의 끝부분에 "삭가라한 마음은 변하지 않는다."는 구절이 있다. 이에 대해 장수(長水)는 "삭가라는 견고불괴(堅固不壞)다."라고 풀이했다. 견고불괴, 즉 굳세고 단단하여 무너지지 않는다는 것인데, 이것은 금강을 의미한다.

한편, 『기세경(起世經)』에는 "큰 산 및 수미산왕의 바깥에 하나의 산이 있으니 작가라라 한다."[1] "…미밀뢰고(彌密牢固), 금강소성(金剛所成), 난가파괴(難可破壞)"[2]라 하여, 작가라가 금강산임을 곧장 설명한 것도 있다.

금강산이란 이름의 출처는 여러 끄덩이가 있어 특별히 자세히 말하지 아니하면 아니되지마는, 이 작가라란 말의 소리도 그 본거의 하나임을 여기서 말하여 두겠다. 금강산이란 겉껍질 이면에는 작가라가 들어 있고, 작가라의 홑껍떼기 밑에는 '드ᄀ리'란 살이 들어있다.

'드ᄀ리'란 것이 여러 옛 이름 중의 하나인데, 작가라를 인연하여 금강이란 이름이 도출된 것이다. 그러면 금강산이 곧 하나의 태산(泰山)이요 또한 하나의 천제산(天帝山)이니, 다른 데 있는 '드ᄀ리' 산에 생명과 혼백 관계의 신앙이 붙여져 있는 것처럼, 여기도 거기 관한 무슨 설화와 그 중심 지점이 없지 못할 것이다.

그런데 그것이 곧 영원동이 된 것은 이 골짜기가 예나 지금이나 혼령 설화와 떼려야 뗄 수 없는 관계가 있음을 쉽게 짐작할 수 있다. 태양의 아래는 새것이 없다 하거니와, 아닌 게 아니라 역사의 눈에는 그 자체로 새로운 창조나 돌발 등이 없다. 지금 생겨난 듯

---

1 『기세경』「지옥품」(2)에 있는 구절이다.
2 『기세경』「지옥품」(4)에 나오는 구절이다.

금강산 만물상 계곡
금강산의 금강은 굳세고 단단하여 무너지지 않는다는 뜻이다.

한 것도, 그 배후 앉은 자리 밑에 있는 숨은 뿌리, 엎드린 샘이 있는
것이다. 밑도 끝도 없던 것이 불쑥 솟아나는 것은 인연 관계로 세
상을 보는 이들로는 꿈도 꾸어 보지 않는 것이다.

그러므로 이 거대한 금강산의 이름을 아무런 유래와 아무런 내
력 없이 그저 불교도가 『화엄경』 한 질을 들고 들어와서 마음대로
지었다고 하는 것은 애시당초 말이 되지 않는다 할 것이다. 이 거
룩한 산이 이름이라도 범상한 이름으로 불려지지 아니하였을 것은
얕은 생각으로도 짐작할 것 아니냐.

또 금강이란 글자는 불교도가 불전(佛典) 속에서 집어내왔겠지마
는, 무슨 이름이든지 새것을 지으려 하면, 그 물건의 성질과 내력을
무시하고 덤뻑 무엇이라고 부르자 할 수가 없었을지니, 금강산 하
면 금강산을 연상시키는 무슨 계기가 없이는 금강산이라 할 엄두
가 어디서 나왔으랴.

동해 근처의 산이 이 산뿐 아니요, 또 금강산이 반드시 바다에서
솟아오른 것이 아니어든, 어찌하여 이 산을 동북해 중에 있다는 인
도 전설의 금강산에 비교하여 보게 되었으랴. 소리가 아니면 뜻으

북한 금강산 만물상

로라도 그 옛 이름이 금강산에 통하지 않고는 당초에 금강 두 글자가 나올 수가 없었을 것이다. 어지간히 대단한 산이기에 얼쯤얼쯤하는 것이지, 금강산 같은 이름난 산, 거대한 산, 영험한 산, 신령한 산쯤은 별안간 불교도가 와서 딴전의 이름을 지을 용기가 나지 못할 것이다. 용기가 난다 하면 하는 기댐이 있어야만 할 것이다.

중유풍악시초(重遊風嶽詩艸) − 12

석전산인(石顚山人)

한하계(寒霞溪)를 건너면서

누가 두껍고 넓은 장설(長舌)로써,
청계(靑谿)를 한하(寒霞)라 했는가.
물소리 요란히 바위에서 흘러나와,
만물에 감응하는 조화가 허다하더라.

육화암(六花岩)³에서 천불동(千佛洞)을 바라보며

벽도화 그림이 육화암에 드리우더니,
육화암 돌조각이 천불동에 꽂히더라.
수많은 소라껍질이 별빛처럼 벌려져,
환하게 서로 밝혀 달을 투시하더라.

만물초(萬物草)에 대하여

돌의 형세 우뚝하여 만물의 형상 만들어졌는데,
눈을 뚫고 솟구친 물결 기묘해서 표현하기 어렵네.
안화(眼花)가 점점 맑으니 비물(非物)도 분간하는데,
북풍이 거세게 불어대니 멀리 구렁까지 울리더라.

---

3 조선 시대 문인 양사언이 이름을 붙였다고 하며 산위의 바위에 '육화암(六花
巖)'이라는 글자를 새겨 놓았다고 한다. 북한에서는 이곳 달밤의 경치를 금강
산 절경 중에서 몇 손가락 안에 꼽기도 한다.

34. '붉' 사상과 불교

사람의 사상이란 것은 대개 큰 기둥을 중심으로 움직인다. 아무리 여유롭고 세속을 초월한 듯한 이름을 붙였다 하여도 어떠한 점에서든지 맨 처음 것과 관련을 갖지 않을 수 없는 것이다. 형식으로는 대단히 과격한 혁명이라도 실질에서는 언제든 기존의 것에서 고치고 새로 조직하는 것일 뿐이다.

예컨대 산수화가 보기 싫어서 영모도(翎毛圖), 즉 새나 짐승을 그린다 해도 이것은 전자의 대신이란 점에서 끊을 수 없는 연쇄인 것이다. 하물며 빼지 못할 본색에 다른 물을 덧들인 것이랴. 본래의 순수한 색이 혼합된 중간색이 되고 또 변하여도 두 가지 빛깔밖에 더 될 것 아니다.

불교를 물들인 금강산은 두 가지 색깔도 지나서 잔뜩 뒤섞인 혼란한 색까지 된 것인지 모르지마는, 여하간 거기서 한두 물을 빼면 도교라고 하는 중간색이 되고, 다시 한두 물을 빼면 본래 '붉' 사상의 순수한 색만이 남을 것이다. 그러나 '붉' 사상으로 환원을 시켜도 순수한 색은 그대로 남을 것이다. 섞이지 아니한 색의 자태도 의연히 종교적 명승지임을 볼 것이다. "하늘이 내린 아름다움은 저 스스로 버릴 수 없다."[1]란 말처럼, 길가에 선 아름다운 재목이 장인

(匠人)의 손에 걸리지 않는 법이 있을 리 없다.

사람이 없다거나 종교적 사실이 없다면 모르겠지만, 더욱이 깊고 훌륭한 골짜기를 하늘이 내린 교당(教堂)으로 여기는 사상에서 이런 신령한 산을 등한히 버렸을 줄이야 생각이나 하여 보랴. 또 '붉' 사상으로부터 거의 최고의 영험한 장소 노릇을 하지 않았다면 모르겠거니와, 이왕 그렇게 된 다음에는 그 가르침을 신조 삼아 지상에서의 중심 기둥을 필요로 하는 마음이 생기게 되고, 그것이 여기 와서 딱 달라붙게 된 것 또한 지극히 당연한 다음 일이 된다.

앞질러 말하면 이렇듯 하여 전체로는 금강산이 'ᄃᆞ그리'산이 되지 않을 수 없으며, 또한 그 중의 어느 한 지점은 신의 가장 중요한 자리로 뽑히지 않을 수 없었을 것이다. 어떠한 사정을 짐작하여서 결정된 것이든, 이 거룩한 소임을 맡게 된 것이 영원동이었다. 생명이 우러나오니까 영원이요, 혼백이 돌아 들어가는 곳이므로 영원이요, 모든 신들을 통솔하는 우두머리이자 온갖 복의 집행자인 'ᄃᆞ그리'님의 궁전이기에 또한 영원(靈源)이다.

또 신선의 주된 거점이자 신령한 물의 연원인 이곳은 그 일의 형상대로라도 영원이라고 이름 지을 것이다. 이렇게 금강산은 전 민중 신앙의 최고 대상이 되고, 영원동은 'ᄃᆞ그리'에서도 '알짬'이 되었다. 민국(民國)에서 떠받드는 초점이 되어 내려온 깊고 아득한 내력이 있는 것인데, 여간한 외래 사상쯤으로 들어오는 막살이에 옛것은 수세미질하고 새 판을 차린다 함은 이치로 불가능한 일이다.

돋우고 뛰어 이 원형을 포섭하고 본뜻을 융화하여, 그 단단히 박힌 뿌리와 마디를 이용하기에 정성스레 마음을 쓰고 힘을 기울였을 것이다. 더구나 불교처럼 크게 포용하고 크게 포섭하는 힘을 가진 종교는 설사 끌어들이기에 거북스러운 사정이 있는 것이라도

---

1 백거이의 「장한가(長恨歌)」에 나오는 구절이다.

이르는 곳마다의 고유 신앙을 거두어 받아들이는 버릇이 있는 법이다.

그러니 특별히 통속적으로 널리 불법을 전파할 절호의 방편이 될 뿐 아니라 자기의 종교적 교리를 설파하여 금세 접합시킬 수 있는 형식을 가진 영원동의 배치가 얼마나 친근했겠으며, 그것과 조화롭게 동화되기를 어찌 힘쓰지 않았으랴. 불교의 특색은 굴복시키는 것에서보다 순리를 좇아 저절로 따르게 하는 데 있다.

불같이 사르기 전에 먼저 물로 물들이는 것은 불교가 종종 부리는 재주이다. 그러므로 지금 조선 안에 있는 불교의 영험한 장소가 된 명산이란 명산은 모두 본디 선교(仙敎) 내지 '붉' 사상 이래의 그것을 인계해 이어받은 것들이요, 그 중에 포함하여 있는 불교적 전설의 대부분은 고대 '붉' 사상 이래의 신비하고 기이한 자취와 신령스러우면서도 기괴한 이야기들을 환골탈태한 것들일 따름이다. 불교의 교리와 그 신앙이 얼른 확 퍼지게 됨에는 이러한 방법, 곧 부처의 본래 경지를 잘 이용하여 새로운 형식으로 전파시키는 묘방이 꽤 큰 힘이 된 것이다.

불교가 들어와 용인되고 갈수록 깊이 파고들어 퍼질 수 있었던 것은 고대로부터 내려온 사상의 역사적·사회적 뿌리에 매우 크게 힘입은 결과이다. 아무리 궁극에게 낡은 형태를 파묻고, 아무리 교묘하게 새로이 화장을 입힌 듯하여도 안목을 갖춘 이에게는 그대로 더 환하게 드러남은 실상 이러한 내력이 있기 때문이다.

이것을 모르고 오늘날 조선에 있는 불교의 세력을 불교만의 힘으로 장만한 것으로 안다거나 조선의 불교를 불교만의 불교로 아는 것, 혹은 불교적인 사물이라고 해서 불교만으로 해석하려고 하는 등등의 일들은 모두 그 진상을 얻을 도리가 아니다.

영원동으로 말하여도 그것이 뒤에 와서 시왕원내(十王垣內)란 것이 되는 것은 불교에 비롯한 것이 아니라, 실상은 선교(仙敎) 내지

해금강
외금강 동쪽 동해안에 있으며, 삼일포와 남강 하류에서 북쪽으로는 금란굴 · 총석정 일대와
남쪽으로는 영랑호 · 감호 · 화진포에 이르는 약 30㎞ 구간이다.

도교(道敎)를 사이에 두고 고대 '붉' 사상의 'ᄃᆞ리' 신앙을 지주 삼
아 필요한 변화를 더한 것일 따름이다. 이는 여러 방면으로 고찰한
바를 지금까지 대강대강 이야기해 풀어낸 바에 의하여 짐작하실까
한다.

중유풍악시초(重遊風嶽詩艸)−13

석전산인(石顚山人)

해금강(海金剛)에서

풍운(楓雲)을 다 답사하고 벌써 만추가 되어,

또 경거(輕車)를 타고 해류(海流)로 나갔노라.

허공 찌른 첩첩 봉우리 나찰(羅刹)[2]에게 놀란 듯하고,

바위를 치며 이는 큰 파도는 호랑이 잡는 모습이더라.

동쪽바다 맑고 얕은 물에 갈매기 한 쌍 다정하던데,

벽에 걸린 현판 모서리에 귀신은 시름에 겨워하더라.

어제 지나온 길을 고개를 돌려서 바라다보니,

영산(靈山)이 푸르게 우거져 구름과 떠있더라.

삼일포(三日浦)에서

해가 단서암(丹書岩)에 떨어지자,

잠시 삼호파(三湖波)를 바라보니,

가을철 산봉우리 삼십육 개가,

우뚝우뚝 푸른 노을로 솟아올라,

마치 서가자(西家子)가 화창한 날,

깨끗한 빨래를 말려 놓은 듯하네.

---

2 불교에서 악귀를 총칭하는 말이다.

35. ᄃ ᄀ리

'ᄃ ᄀ리'는 가장 높은 윗자리요, 시초요, 본원이다. 그러므로 전체를 지배하고 책임지는 총람자(總攬者)이며, 중심이 되어 관장하는 주관자이다. 그런데 호흡이 나왔던 구멍으로 다시 돌아가는 것처럼, 또 낙엽이 뿌리로 돌아가는 것처럼, 고대인은 생명의 순환을 믿은 모양이다.

어느 한 처소를 근원 삼아 생명이 되어 태어났다가 다시 죽음이 되어 돌아가는 것을 생각하였다. '붉' 사상에 있어서는 그것이 'ᄃ ᄀ리'란 이름을 가졌다. 'ᄃ ᄀ리'를 기점 삼아 끝없이 들락날락하는 것을 인생이라고 생각한 것이다. 이 'ᄃ ᄀ리'의 주인되는 신, 다시 말해 생명을 오로지 도맡은 것이 이른바 '딕금님'이다. '딕금님'은 'ᄃ ᄀ리님'의 축약형이며 말할 것도 없이 태산부군(泰山府君)과 어원이 같다.

중국에 가서는 이것이 보통으로 사명(司命)이란 이름으로 부르는 신이 되었으니, 『사기(史記)』나 그 밖의 역대 역사서 그리고 『초사(楚辭)』와 같은 책에서 보이는 사명주수(司命主壽)의 태성(台星) 같은 그것이다. 삼태성(三台星)은 다 아는 바와 같이, 별자리 중에서도 삼공(三公)에 비교하는 존귀한 지체를 가진 것인데, 상중하 삼태 중에서도 상태(上台)라 하는 것이 사명신(司命神)이라 하는 것이다.

그런데 삼태의 태가 'ᄃᆞᄀᆞ리'의 축약형임은 그 소리가 비슷한 것 뿐 아니라 태의 다른 이름에 태계(泰階)가 있는 것으로 보아서도 넉넉히 짐작할 일이다. 또한 뜻으로 보아도 태(台)는 태단(台端), 태함(台銜), 형태(兄台), 제태(弟台) 등에서 보듯 근대 언어에서도 사람을 높이는 말로 쓰이고 있으니, 이는 그것이 머리의 의미를 가지고 있기 때문이다.

또 특별히 삼수(三數)를 가진 태성(台星)을 가려서 명(命)과 중(中)과 녹(祿)의 사신(司神)을 만들었음도 그것이 종교적 인연이 있는 듯한 점이다. 그보다 더 높고 신령한 산의 아취 있는 이름으로 쓰는 '천주(天柱)' 즉 하늘 기둥이란 명칭이 태성에 붙어 있음도 결코 우연한 일이 아닐 것이다. 모르긴 몰라도 태산과 태성은 천지에 상응하여 일사(一司)를 둘로 나누어 가진 것이 아닐까 한다.

여하간에 태(台)도 태(泰)와 같이 'ᄃᆞᄀᆞ리'의 한 번역어임은 거의 의심 없을 일인데, 'ᄃᆞᄀᆞ리'는 하늘에 있는 것이나 땅에 있는 것이나, 생명의 사신(司神) 됨에 우리의 주의를 끄는 점이다. 우리말에 '난다'거나 '돌아간다' 하는 말이 하늘을 목표로 한 것이라는 사실은 일전에 간략히 언급하였거니와, 그 하늘이 산악도 되고 별자리도 됨은 추상적인 하늘보다 구체적인 하늘이 고대인에게 또 일반적인 사람들에게 감득되기 쉬운 까닭이다.

이 경향으로 기울면 본원인 하늘 그것보다도 의미 전화된 물체가 더 세속적 신앙의 대상이 될 것이니, 동방 모든 민족의 사이에 지역내 높은 산을 생명의 귀착지로 아는 신앙이 행해짐은 산 그것이 하늘을 대신하게 된 까닭이다.

중국에서 태산을 천제(天帝)의 자손이라 하고, 조선에서는 태백산(太伯山)을 환국(桓國)의 서자(庶子)라 한 듯함은 이러한 소식을 전하는 것이다. 또 중국에서 태산이 천손(天孫)으로 사람의 혼백을 부르는 일을 주관한다는 것처럼 오환(烏丸)¹에서는 적산(赤山)이란 신령한 산악이 있어, 사람이 죽으면 혼백이 이리로 돌아간다 하였다. 죽은 자가 생기면 견마(犬馬)를 끌고 중도에서 악귀에게 흑책질 당하지 않도록 이끄는 자로 하여금 주문을 외면서 적산으로 호송하게 하여, 도착하면 견마를 죽이고 의복을 불살라서 해와 달과 별과 산천 등을 제사하는 것이 나라의 풍속이었다. 오환인들은 생명의 본원으로 적산이란 것을 가져서, 죽으면 돌아가는 것으로 믿은 것이다.

이 적산의 적(赤)이 작가라(斫迦羅)의 작(斫)처럼 'ᄃᆞᄀᆞ리'에 대응하는 글자 중 하나인 것은 얼른 짐작할 것이다. 이 적산신(赤山神)이 태산부군과 똑같은 의미로 오환 이외의 백성들에게도 널리 존숭되어 떠받들어진 것은 여러 가지 증거와 흔적이 남아 있는 것이거니와, 실상 생각하면 그 겉으로 드러난 이름은 달라도 본래적인 것은 같은 것일 따름이다.

그런데 오환인의 적산, 중국인의 태산 등을 합하여 생각해보면, 동방 여러 민족 사이에는 천국이 갈라져 내린 장소로서의 영험한 산악이 곳곳에 있으며 그것이 그 범위 내에 있는 백성들의 수명을 주관한다는 단순한 생명관 및 타계관(他界觀)이 있었다. 여기에서 태산처럼 악을 물리치고 선을 보호하는 심판관의 권리를 갖게 되는 것은 마치 태산부군이 저승의 한 직임을 책임지는 관리가 된 것처럼 매우 도덕적 관념이 진보한 뒤에 속하는 일일 것이다.

요컨대 'ᄃᆞᄀᆞ리'산에 대한 고대로부터의 신앙적 의미는 애초에 나왔던 데요, 마지막에 돌아가는 곳이라 하였을 따름이다. 종교적 의미로는 잠시의 현생보다 구원한 내세 이후가 더 중대한 것이니

---

1 중국 한나라 초기에 흉노에게 패하여 남방 열하(熱河) 지방으로 쫓겨가 그곳을 무대로 활동하던 동호(東胡)의 한 부족을 일컫는다. 207년 위나라 조조에게 멸망당했다.

까, 후에는 죽어 돌아가는 것에 관한 부분이 갈수록 강조되어, 마침내 단순한 저승 비슷하게 된 듯하다. 여기에 재앙과 복에 관한 관념이 붙고 마침내는 지옥의 체제를 가지게 되기까지 한 것이다.

우리말에 '돌아간다' 하는 것도 이것에 기대고 하는 말이요, '죽는다' 하는 것도 여기 가서 '죽'치고 들어앉는다 하는 의미이다. 이렇게 생명에 한 기점이 있어서 어떻게 웅크리고 펼쳐지며 열고 닫히는가에 따라 생사의 분별이 있다 하는 신앙이 다시 한 걸음 나아가면 윤회라는 관념이 성립되는 것이니, 인도 사상에서 보는 것 같은 육취론(六趣論)[2]은 인과응보의 관념이 그 위에 덮인 것일 따름이다.

이렇게 일체 생명이 돌아와 머물고 모여드는 근거지를 한문식으로 이름짓자 하면, 변통 없이 신령한 근원 즉 영원(靈源)이라 하게 될 것이다. 그 생명의 근원적 귀착점이 동방 '붉' 사상에 있어서는 이곳이던 것이다.

2 불교의 중생관으로 육도론(六道論)이라고도 한다. 중생이 선악의 업에 따라 윤회하게 되는 6가지의 길이다. 스스로 지은 업에 대한 과보로 필연적으로 윤회하게 되는 천상(天上), 인간(人間), 아수라(阿修羅), 아귀(餓鬼), 축생(畜生), 지옥(地獄) 등 여섯 세계를 이른다.

풍악유여향(楓嶽遊餘響)[3]

석전산인(石顚山人)

소인(小引)[4]

10월 19일 우연히 낙산(駱山)을 지나다가 한 누각에서 허 방산(許舫山)[5]이 저술한 「금강유기(金剛遊記)」를 펼쳐 읽어보게 되었다. 그 내용에, "마하연(摩訶衍)에서 비가 내리는 날 영남의 중 주연(周演)을 만나서 함께 내전(內典) 몇 편을 열람하였다. 그런데 주연은 비록 나이는 젊지만, 상당히 총명하여 존경받을 만한 사람이었다."고 운운하는 대목에 미쳐서는 눈이 빨개지도록 눈물을 흘리지 않은 적이 없었다. 저 주연(周演)이라는 사람은 나의 외우(畏友) 유운공(乳雲公)이다.

운공(雲公)은 나이는 나보다 한 살이 적은데 선행(禪行)이나 문식(文識)은 나의 스승처럼 여겨졌다. 그러므로 내가 오래전부터 공경하여 외우로 여겼고, 감히 벗으로 여기지 못하였다. 그런데 나이 40이 채 안 되었을 때 엄연히 나를 멀리하고 서양 문화를 받아들인 지 벌써 10여 년이 되었다. 눈이 내리는 날 사무를 볼 때에는 오히려 운공(雲公)의 전형(典型)을 볼 수 있어서 더 나았는데, 지금은 그렇게 조차도 볼 수 없으니, 어찌 영혼이 동하면서 깊은 감정이 없을 수 있겠는가. 그리하여 고우행(古雨行) 1편을 저술하여 나의 마음을 위로하였다.

---

3 풍악산을 유람한 후의 여향(餘響)이란 뜻이다.
4 짧고 간단한 머리말을 뜻한다.
5 조선 말기의 학자 허훈(許薰; 1836~1907)을 말한다. 허훈의 호가 방산이다. 『방산문집(舫山文集)』이 전해지고 있다.

고우행(古雨行)

봉래산에 가을비 내리고 고찰에 종이 울리는데,

한 조각 유천(乳泉)[6]에 구름 잔잔히 떠있더라.

손과 정신력은 어른어른한 중에 역력하게,

처소에 앉아서 서책을 차례차례 넘기더라.

방산거사가 손짓을 하며 이야기를 하면,

흐르는 물결 부딪쳐 소리되듯 응대하더라.

내가 찾아뵈려 하였으나 뵙는 것 불가하고,

유유히 푸른 허공에 조용히 침잠해버리더니,

백학봉(白鶴峰) 앞에서 처음 그대를 만났었고,

현봉(玄鳳)의 문채가 무리 중에서 특출했었지.

봄에 운문(雲門) 쌍계 등불 아래 차를 마시며,

그대와 세세한 학문 토론하여 다 터득하였지.

그대는 요하(遼河)로 나는 방호(方壺)로 가서,

묘연하나마 소식은 양쪽이 듣고서 알았었지,

갑자기 북산(北山) 내원(內院)에서 가을에,

친구의 구름을 깜짝 반갑게 다시 보았었지,

한해 겨우내 눈 맞으며 시 공부에 전념하여,

용공(龍公)은 백일장에서 기쁨이 배가하였지.

술 끊고 등불 아래서 시운(詩韻)을 다투면서,

---

6 금강산에 있는 샘 이름으로 금강수(金剛水)라고도 한다. 허훈의 『방산문집 (舫山文集)』에 의하면 "만회암 동북쪽 1리쯤에 백운대가 있고…동쪽으로 검 (劍)처럼 가파른 벼랑이 끝나는 지점에 유천(乳泉)이 있으니, 이른바 금강수 (金剛水)이다.… 중 주연(周演)에게 병에 떠오르도록 해서 몇 잔 마셨더니 속 이 시원하게 내려갔다. 주연은 남쪽에 사는 중이다. 마하(摩訶)에 들어가 내 전(內典)을 읽었는데 나이도 젊은 사람이 아주 총명해서 아낄 만한 사람이었 다."라고 되어 있다. 소인(小引)에서 '외우(畏友) 유운공(乳雲公)'이라고 한 것은, 아마도 "유천에서 운공이 물을 떠다가 주었다."는 데서 지어진 호가 아 닌가 추정된다.(『방산문집』 권14 잡저)

도리어 우리는 사문(沙門) 신분 망각했었지,

그 이후로 서로 만남이 허다하게 어긋났었고,

전쟁 상황에 포단총(蒲團叢)이 흔들리게 되어,

두 마리 새가 한 가지에 안주하기 어려웠고,

젊은 세월을 난리 때문에 허비하는 신세였지.

낙엽 지고 찬 비 내리는 공산사(公山寺)에서,

거듭 만나서 한바탕 웃고 가을바람 쏘였었지.

병이 나서 삐쩍 말라 찬바람도 무서워하면서,

전쟁 중 세파 겪으며 살아난 나를 가여워했지.

그대 노년모습은 분명 감탄할 신수일 것이니,

여기서 잠시 허공에 구름으로서 작별해야겠네.

어느 곳에서 다시 그대 같은 사람 만나겠는가.

빽빽한 수풀에 꽃이 만개하고 달빛 영롱하더라.

지리한(支離漢) 북풍은 서리 내리는 새벽에,

편석(片石)에 그림자 너무 수월하게 그리네.

고성(古城) 동쪽 한 초당(草堂)에서,

우연히 방산록(舫山錄)를 보았노라.

방산(舫山)을 아껴서 양봉래(楊蓬萊)가 글을 쓴 게 아니고,

자못 운공(雲公)이 보고 있다 여겨서 글을 쓰지 않았겠나.

난간에 기대어 조용히 책을 덮고 한참 동안,

짙은 눈썹 시원한 이마 창문에 맑게 비추네.

슬프다, 운공(雲公)은 어찌 홀로 돌아가는가,

나만 공곡(空谷)에 떨어져 감당하기 어렵네.

잠시 보였다 없어지고 한참 만에 분명하니,

차가운 휘파람 처연히 수풀에 진동하더라.

어찌 이리 종고(終古)토록 소식 없으신지요,

멀리 허공에 인사하니 녹록해서 부끄럽네요.

자욱한 모든 구름 어느 곳에서 피어나는가,
비가 부슬부슬 내려 모든 산을 목욕시키네.

풍 악 기 유

아, 금강산!

36. 귀(歸)와 귀(鬼)

'붉' 계통 사상에 있어서 수행(修行)의 전 과정이 되는 것은 '돌음'이다. '돌아감', '돌아옴', '돌아듦' 등처럼, 당초에 떠났던 데로 궁극의 지경에 돌아오는 것이 큰 도리의 바른 이치라 하였다. 유교에서는 이것을 복초(復初)니 반시(反始)니 하고, 도교에서는 이것을 반본(返本)이니 환원(還源)이니 한다.

그러나 가장 단적으로 표현하는 말은 '귀(歸)'라는 한 글자이다. 불교 같은 데서 신해(信解) 행증(行證)이니 개시(開示) 오입(悟入)이니 하는 것을 통틀어 지시하는 한 마디 말이 '귀'인 것이다. 그러므로 귀란 말이 '붉' 사상에 있어서 가장 주요한 관념의 하나를 지녔다.

이치상 온갖 개별적인 다양함으로부터 하나의 동일한 것으로 나아가는 것도 '귀'이지만, 사건의 측면에서도 유형의 것에서 무형의 것으로 들어감을 '귀'라 한 것이 그 개념의 원시적 모습이었다. 곡신(谷神)이니 현빈(玄牝)이니 천지근(天地根)이니 하는 말들, 혹은 노자의 "현지우현(玄之又玄), 중묘지문(衆妙之門)"[1]의 문(門), 그리고 『열

---

1 노자의 『도덕경』 제1장에 나오는 구절로, 현묘하고 현묘한 것은 모든 변화가 나오는 문이라는 뜻이다.

자(列子)』의 "만물개출어기(萬物皆出於機), 개입어기(皆入於機)"[2]에서의 기(機)와 같은 말들은 오늘날 추상된 하나의 관념을 이룬 것들이지만, 그 근원의 뜻으로 말하면 '곡(谷)'이라 '문(門)'이라 하는 실제 말 그대로 유형적인 한 처소였던 것이다.

지상에 있는 어느 한 곳을 인물이 의탁하는 근거지로 생각하던 것이 점차로 확장되고 순화되어 마침내 하나의 철학적인 현묘한 말로 발달한 것일 따름이다. 가령 말하면 영원동의 동(洞)은 곧 그 곡신(谷神)의 골짜기에 해당하는 것이니, 골짜기란 본디 '허이택유(虛而宅有)'의 뜻을 취한 말이요(張注 列子), 지옥문의 문은 묘문(妙門)의 문에 해당하는 것이니, 문은 본디 '출입필유(出入必遊)'의 뜻을 표한 말임(呂注 道德經) 따위가 그것이다.

이미 서식하여 진퇴하는 골짜기가 있으면, 마땅히 경유하여 출입하는 문이 있을 것이니, 선교(仙敎)에서 동천(洞天)이란 것이 동문(洞門)과 동부(洞府) 두 가지로 구성됨은 아마 이 고대의 뜻이 남겨져 전해진 때문일 것이다. 그런데 죽고 사는 큰일을 관장하는 'ᄃᆞ리' 산에는 이 시설이 절대 필요조건이 아닐 수 없으므로, 그러고 보면 금강산에서는 영원동 같은 적격자가 그 소임을 맡지 않을 수 없을 것이다.

모르면 몰라도 반도에 있던 고대 '붉' 사상 무리들은 사람이 죽으면 혼령이 금강 영원동으로 돌아감을 믿기를 저 오환의 적산에서와 한나라 사람들의 태산에서와 같이 하였음은 거의 틀림없는 일일 것이다.

생은 잠시 맡겨 두는 것이요 죽음은 돌아가는 것이다.[3] 이렇게 말하면 매우 넓고 먼 철학적 견해처럼 보이지만 실상은 '붉' 사상

---

2 『열자』「천서제일(天瑞第一)」에 나오는 구절로, 만물은 모두 변화의 기틀에서 생겨나서, 모두가 변화의 기틀에 의해 돌아가게 된다는 뜻이다.
3 '생기사귀(生寄死歸)'의 풀이이다. 『회남자(淮南子)』에 보인다.

에서 'ㄷㄱ리' 산을 근거로 하여 인생이 '돌아다닌다'는 소박한 신념으로부터 탈화(脫化)된 하나의 비유일 따름이다. 'ㄷㄱ리'가 '점지'하시면 생을 잠시 부쳐두고, '부르'시면 죽어 돌아가는 것이다. 『열자』의 이른바 "사는 것과 죽는 것은 한 번 갔다 한 번 돌아오는 것"[4]이다. 옛 말에 산 사람을 가는 사람이라 이르고 죽은 사람을 돌아가는 사람이라 함이 또한 그것이다(尸子·列子 등).

이 의미를 더 뚜렷하게 드러내보이는 것은 '귀(鬼)' 자다. 『설문해자』에도 "사람이 돌아간 것을 귀(鬼)라 한다."고 하여, 귀(鬼)는 곧 귀인(歸人)을 의미하니, 글자는 달라도 소리가 같은 것은 원래 동일한 말이기 때문이다. 귀(歸)의 본래 글자는 비(畀)인데 이는 몸[身]을 반대하여 생존하다가 죽어 사라진 것임을 전주(轉注)한 것이다. 요컨대 한자의 귀(鬼)와 귀(歸)는 같은 뜻을 다르게 표기한 것이다.

우리말에 귀신의 유형을 '궂것'이라 하는데, 통틀어 말하는 경우에는 '구'의 일족이라 하고, 따로 떼어내 말하는 경우에는 '구'의 성질자(性質者)라 한다. '구'란 오늘날 '구멍'·'구덩이'에서 보는 것처럼 텅 비고 그윽한 구덩이나 골짜기 같은 곳을 부르는 이름이다.

요컨대 저승을 의미하는 유계(幽界)·음부(陰府)·명사(冥司) 등에 해당한다. 유계에 속하는 '궂것'이란 말을 좀 더 인격적으로 분명히 표현하면 '구이'가 되는데, 귀(鬼)나 귀(歸) 등의 원래 말은 대개 이 '구이'일 것이다. 고대 '붉'에서는 사람의 사후 존재를 '구이'라고 관념한 것이다.

천상계(天上界)를 '한울'이라 했던 것처럼 유계(幽界)를 '귀울'이라 하는 말도 있었는지는 모르겠지만 금강산의 한 명칭을 개골(皆骨)이라 했던 것은 '구이'의 골짜기란 말이요, 기달(怾怛)이라 일컬었던 것은 '구이'의 산악이라는 말일 것이라 유추해 본다면, '귀울'

---

4 『열자』「천서제일」에 나오는 구절이다.

이란 어형도 있었을지 모를 것이다. 이 개골·기달 내지 개재(開哉) 등이 다 '귀'음에 대응하는 문자요, 또 그것이 귀(歸) 또는 귀(鬼)에 연관 있는 글자임은, 중국의 태산에도 '천문(天門)'이란 것을 지나서 '선인석려(仙人石閭)'란 것의 곁에 '개구(介丘)'라는 이름이 있음으로도 유추할 수 있는 일이다.

기달(怾怛)이니 개구(介丘)니 하는 것은 곧 저승이 있는 산악이라 함이니, 도교의 『복지기(福地記)』 말마따나 '귀신지부(鬼神之府)'라 하는 뜻이다. 그런데 그것이 각기 지역 내의 동해변 일출하는 곳에 있음은 '붉' 사상의 '붉' 이치 되는 까닭이 여기도 나타난 것이요, 또 고대에 동방을 만물의 시작하는 바라 한 관념도 대개 태양이 나오는 곳이 생명이 시작됨을 밝히는 곳임에서 우러나옴임을 알 것이다.

이렇게 땅은 만리나 떨어져 있고 시간은 천년이 다르되 금강산과 태산 사이에 여러 가지 중요한 일치를 보게 되는 것은 두말할 것 없이 똑같은 '붉' 사상의 신령한 터전이었던 까닭이다. 조선인은 금강산으로, 중국인은 태산으로 태어나는 근본과 죽어 돌아가는 장소로 삼아, 환생(幻生)에서 실생(實生)으로, 잠시 보이다 오래 돌아가 머무는 것으로 돌고 돌아든다 함이 '붉' 사상의 원시적 생명관이었다.

이승을 고해(苦海)로 보았다 하면, 낙원은 저승에 있었을 것이요, 이승을 껍질을 뒤집어쓴 것으로 알았다면, 저승에 가는 것은 훌떡 벗는 것으로 여겼을 것이다. 이것이 종교적으로 덧붙여지고 철학적으로 승화되는 곳에 신선되는 상상과 하늘을 나는 신선에 관한 논리로 점차 성립되어 각종 이름과 실재가 분분히 드러나게 된 것이다.

그러나 관념은 아무리 진화하여도 일컬어 칭하기로는 줄곧 칠반

(七返)이니 구환(九還)[5]이니 하여 '돌아듦', '돌아감', '돌아옴'으로써 도를 구하고, 도에 들고, 도를 성취하는 것을 형언하니, 'ᄃᆞ구리'로 돌아간다는 고대의 관념이 여전히 그림자를 드리우고 있음을 본다.

이러구러 영원(靈源)이 곧 선원(仙源)임을 아는 동시에, 변한 듯하고도 진상이 하나도 다치지 아니하였음과, 변치 않은 듯하고도 옛 뜻이 너무도 어그러졌음을 새삼스럽게 한번 돌탄(咄嘆)하지 아니치 못하였다. 선동(仙洞)으로 돌아오는 하늘문을 명사(冥司)로 붙들려오는 지옥문으로 부르고, 옥청(玉淸)에서 내려오는 신령한 약수를 음부(陰府)로 접어드는 황천강(黃泉江)이라고 알게 됨에 이르러, 착오와 와전된 것이 크게 심함을 놀라지 않을 수 없을 것이다.

아아! 이것이 온갖 조선 정신의 묻히고 스러진 상징인가 하면 내 가슴에 새로운 못이 박힘을 느끼지 아니치 못한다. 아아! 금강혼을 고대 영원으로 '돌'리는 일이 어찌 쓸데없는 것이랴.

---

5 도교 수련에는 기를 운행하는 1건(件), 정(精)을 운행하는 2건에 이어 정과 기를 함께 운행하는 제3건의 수행 단계가 있다. 칠반(七返)과 구환(九還)은 3건에서 수행적 귀결에 해당한다.

37. 저승 관념의 유래와 분화

'붉' 사상의 타계관(他界觀)은 '굿'이란 말 속에서 엿볼 수 있다. '굿'은 첫째 '구듬'이다. 견고한 확실함이요, 안정이요, 불변이요, 그래서 영구(永久)함이다. 다시는 걱정 없고 의심 없고 흔들어 고치는 것 없이 된 것을 '굳었다'라고 함도, 길고 항구적인 것 혹은 오래고 아득한 것의 일면을 드러내는 말이다. 둘째 '딱딱'함이다. 굳어 붙박힌 것이요, 부동함이요, 뽑히지 않음이요, 그래서 절대 위력이다. 인력으로 건드려 볼 수 없는 자국, 개인적인 정감으로 변통해보지 못할 일이 '굿'이니, 그 평등성·정의성을 여기서 본다.

또 그 방위를 표시하는 점으로는 '구석'이요 '그지'니, '굿' 계열은 인간의 어느 한 구석에 치우쳐 있는 줄로 알기도 하고, 세계의 맨 끝에 연접하여 있는 줄로 알기도 한 것이다. 인간 세상에서 돌출하기를 갑각(岬角) 즉 곶(串)과 같이 한 것을 저승으로 알았다. 이 점에서 그네의 관념에 저승을 이승의 연장이자 또한 계속으로 존재하던 것임을 안다.

이리하여 그네의 '굿'은 높은 산과 깊은 골짜기가 맡게 되고, 바다와 잇닿은 땅끝에 가서 있게 되고, 다시 바다로 옮기게 되고, 마침내 천상 혹은 지하로 멀리 떠나게까지 되었다. 그리고 재앙과 복에 대한 관점·고통과 즐거움에 대한 관점 등이 그 위에 덮쳐서는 기쁨의 천당과 슬픔의 지옥이 따로 떨어지게 되었다. 선(善)을 이룬 이는 환한 천상으로 올라가고 악(惡)을 행한 이는 캄캄한 지하로 들어가게 되었다.

그러나 원시적 의미에 있어 '굿'이라는 타계(他界)는 생계(生界)에 대비되는 죽음일 뿐, 좋은 일과 나쁜 일, 깨끗한 일과 더러운 일이라는 식의 차별은 거기 붙지 않았다. 다만 '돌아가'는 곳이요, 도리어 든든한 본집인 것이다. 지금 이 영원동으로 말하여도 훗날에 이르러 시왕이 삼엄한 저승의 사령부가 되었지만, 이 전에는 집과 감옥을 동시에 아우른 시절도 있었고, 오히려 청정한 신선들의 경계로만 여기던 시절도 있었으며, 아주 전에는 선도 없고 악도 없으며 검지도 희지도 않은 단순한 타계로 있기도 했다.

그런데 이 여러 시기의 흔적들이 지금까지 그 이름 혹은 전설의 위에 떨어져 있음을 보게 된다. 기달(怾怛)의 귀악(歸岳)으로 시작하여 '두그리'의 운명을 받는 산이 되고, 상악(霜岳) 신수(神水)의 선계(仙界)가 되는가 싶더니, 마침내 금강불국(金剛佛國)의 옥초지옥(沃焦地獄)으로 되어버린 내력은, 그것이 곧 조선인과 그 '붉' 사상의 저승에 대한 관념이 변천하여 온 경로를 파노라마처럼 보여준다.

또 이것은 '붉' 사상의 저승관을 그대로 이어 받은 중국의 고대 사상에서 다시 한 번 징험할 수 있다. 한자에 있어서 우리말 '굿'에 해당하는 것은 '유(幽)'다. 유(幽)는 지금 와서는 '그윽하다', '으늑하다'로 새기게 되었지마는, 글자의 형태상으로 보면 산(山)과 두 개의 요(幺)를 합한 것으로 그 원래 의미는 산의 요요(幺幺)한 부분을 가리킨다. 그것은 깊은 산에서도 긴 골짜기, 골에서도 막바지를 의미한 글자이다.

그런데 고대 중국인은 저승을 이러한 산속 골짜기 오지에 있다 하였으므로, 유(幽)가 곧 저승을 가리키는 말이 되어 유명(幽明)·유령(幽靈) 등의 용례가 생겨나게 되었으며, 후에 관념이 바뀌어 변화함에 따라 깊은 골짜기이던 저승은 지하로 옮겨져 유명(幽冥)·유양(幽壤)의 예에서 보듯 유(幽)란 말이 그대로 지하를 의미하게 되었다.

여기에 다시 저승의 사령부인 명사(冥司)는 형옥(刑獄)을 주관한다는 관념이 생기게 되면서 유지(幽墊)·유수(幽囚) 등의 예에서 보는 것처럼 구속하고 구금한다는 의미를 파생하게 되고, 혹은 혼암(昏闇)·요흑(黝黑) 등의 의미로 바뀌게 된 것이다. 그것이 다시 한 번 나아가 천당과 지부(地府)가 상하로 멀리 떨어지게 되면서 땅의 유(幽)에 상대하여 하늘의 현(玄)이 따로 세워졌다.

글자의 형태상에 있어서 유(幽)와 현(玄)은 동일한 의미에서 나온 것이니 '까마득'이라는 요(幺) 자로써 깊고 멀고 은근하고 미세하다는 의미를 붙여서 하늘과 땅의 지극함을 지시하는 글자를 만들었으니, 위로 뒤덮은 요(幺)는 현(玄)이 되었고 아래로 빠진 요(幺)는 유(幽)가 되었다. 현(玄)과 유(幽)는 곤두세우면 반대의 뜻을 드러내게 되었다.

이것은 🄰나 🄱🄲나 🄳의 전각체 형상에서 분명하게 깨달을 것이다. 하늘의 까마득함[天玄]에 요(幺) 자가 하나 있음에 비해 땅의 그윽함[地幽]에는 요 자가 두 개 있다. 아마 까마득한 중에도 하늘은 가히 우러러 보겠는데 땅은 완전히 끊겨 갈라져서 더욱 궁금하다는 뜻을 붙인 것일 듯하다.

이렇게 하여 애초에는 수평적으로 '유(悠)', '우(隅)'로 통하던 유(幽)가 차차 수직적으로 '유(悠)'한 것 '우(隅)'한 것이 되면서 연방 어둡고 차가운 기분이 농밀해졌다. 마치 우리말에도 나중에는 '구듭' '구즌일' '구접스럽' 등의 예에서처럼, 무릇 불길·불행·불결·불미 등에는 지부적(地府的)이라는 '굿'이 습관적으로 사용하는 것을 보게 된 것과 같다. 아마 한문의 건(愆)·구(垢)·화(禍)·해(害)

등이 또한 이와 출처를 한가지로 하는 '굿' 계열의 용어일 것이다.

또 '굿'의 대응 글자인 귀(鬼) 자로 보아도 지금 이 글자에 대한 느낌으로 말하면 여귀(厲鬼)·원귀(寃鬼)·음귀(陰鬼)·아귀(餓鬼)·귀역(鬼蜮)·귀창(鬼倀)·귀괴(鬼怪)·귀환(鬼患) 등에서처럼 무섭고 성가시고 재앙이 되고 변화되는 고약한 것이지마는, 옛 의미로 말하면 다만 생명을 잠시 부쳐두었다는 것으로부터 본래의 근원으로 돌아와 멈춘 것이었다. 그 글자의 형태도 '불' 음(音)의 甶(불)과 사람을 뜻하는 儿(인)을 합하여 분명히 '붉'된 사람임을 드러낸 것이다.

또 귀신(鬼神)이라고 나란히 붙여 일컬어 무릇 신령하여 헤아릴 수 없는 것을 총칭하였다. 그러므로 『주례(周禮)』에서도 선조의 영령을 총괄하여 '인귀(人鬼)'라 칭하였고 인귀(人鬼)에 제사하는 것을 체(禘)나 협(祫)이라 하였다. 이렇던 것이 음양 사상이 발달함에 따라서는 양(陽)에 붙인 '신(神)'은 선령(善靈)이 되고, 음(陰)에 붙인 '귀(鬼)'는 악령(惡靈)이 되어, 나중에는 귀와 신이 분명한 나뉘어지게 된 것이다. 그리하여 같은 유령으로서 천상의 그것은 신이라 하고, 지하의 그것은 귀라 함이 통례가 되고, 따라서 현(玄)은 신의 것, 유(幽)는 귀의 것이 되었다.

지금 영원동이 한옆으로 도교의 최고 이상향인 상청(上淸) 신선계의 이름을 띤 동시에 한편으로는 저승의 구유천양(九幽泉壤) 배치를 가지고 있음은 진실로 저승 관념이 전개되어 나오던 여러 시기의 흔적이 골고루 머물러 있기 때문이다.

38. 황천강의 유래

백천(百川)이 무엇, 백마(白馬)가 무엇, 영원(靈源)이 무엇임을 해명한 우리는, 아직 하나 남은 황천강(黃泉江)이란 이름의 의미에서도 옛 흔적의 유무를 점검하여 봄이 마땅할까 한다. 시왕봉이나 옥초대처럼 홀로 명부 시설에 끄을려 나온 이름이나 아닌가.

그러나 영원동 골짜기 입구로 접어들면서 처음 내닫는 거대한 절벽과 깊은 물로 이루어진 이 기이한 절경은 언제부터든지 사람의 주의를 끌었을 것이고, 따라서 인상이 깊을 만한 무슨 이름이 붙여졌을 법하다. 그러니 혹시 지금 이름의 이면에 그 진짜 형상이 숨어 들어앉지 아니하였을까 살펴보는 것이 이치 없는 일은 아니다.

황천(黃泉)이라 하면 우리 속어에도 저승을 대신하여 쓰는 말이지만 그 시작된 근원에 대해서는 아직 뚜렷한 설명이 없다. 『좌전(左傳)』에 "황천에 가기 전에는 결코 만나지 않겠다."[1]라고 한 것이 있은즉 그것이 옛날부터 지하를 의미하는 말인 것은 분명하다. 『맹자』에는 "지렁이는 위로는 마른 흙을 먹고 아래로는 흐린 물을 마

---

1 『좌전』 은공(隱公) 원년조에 나오는 구절이다.

신다."[2]고 하였은즉, 그것이 지하의 황천을 가리키는 것으로부터 바뀌어 단지 지하만을 의미하게 된 말인지를 짐작하겠다.

황(黃)은 색으로써 땅을 표시한 것인지 혹은 그 광활하고 원대함을 비유한 것인지, 여하간 땅의 뜻으로 쓴 글자인 듯하거니와 하필 천(泉)으로써 숙(熟)함은 무슨 까닭인가? 천(泉)은 물의 근원이라는 뜻으로부터 흘러나와 무릇 본래의 근원이라는 총괄적인 이름이 된 글자이다. 어디로부터든 흘러나와 유래하는 것이면, 다 천(泉)으로 일컫게 되었다. 생명의 거대한 근본 원류에 대하여도 옛 사람들이 하던 대로 '샘'이라고 관념하였을 수 있는 일이다.

어딘지 모르는 먼 저쪽으로부터 한량 없이 풍풍 솟아나서, 어딘지 모르는 먼 저쪽으로 쉼 없이 졸졸 흘러나가는 샘물은 아닌 게 아니라 생명의 표상으로는 아무것보다도 적절치 아니한 것 아니다. 또 산과 계곡을 의지하여 살던 고대인이 모여 무리를 이루는 근본 조건은 마땅한 샘물을 얻는 것이었다. 취락 생활이 고정되고 발전할수록 이러한 광경은 점차 커져갔다.

사람살이와 물이 서로 떨어질 수 없는 것은 사람과 불의 관계보다 더 소중하니 이것은 그네들이 늘 경험하는 바였다. 그네의 자연 숭배적 현상 가운데 샘과 우물에 대한 제사가 얼마나 절실하고 중대하게 실행되었는가를 보면, 이것을 어느 정도 끔찍하게 알았는지 짐작할 수 있다.

아마 생명을 축여서 마르지 않게 하는 힘이 날마다 마시는 샘물에서 우러나오는 것이라고까지 생각하였을 것이다. 후세에는 비유로 쓰는 '생명의 샘'이라는 말이 고대에는 실제 그런 것으로 신앙하였던 바일 것이다. 우리말에 '샘'과 '삶'과 '숨'이 서로 비슷함도 결코 우연이 아닐 것이다.

---

2 『맹자』 「등문공장구」(하)에 나오는 구절이다.

또 우리 풍속에 생명에 관한 기도에 '녹음의 밥'이란 샘과 우물에 대한 치성이 위주요, 정화수(井華水) 복용이 필수 요건임은 다 옛날 신앙의 남은 풍속일 것이다. 신생아가 태어나면 포태(胞胎)를 샘의 근원에 상납했던 것은 생명을 담아 내보낸 그릇을 그 본래의 곳으로 도로 가져다 바친다는 의미에서 나왔을 것이다.

물이 생명의 상징이며, 또한 한 종족과 밀접한 관계를 가진 샘이나 연못, 호수나 하천 등이 생활과 치료 그리고 점복(占卜)의 본래적 근원이 된다는 것은 비교 종교학상 확정된 사실이다. 그런데 생명의 본원을 하늘을 나눈 높은 산에 두고, 그 중의 깊고 그윽한 골짜기를 생명들이 깃들었다 다시 돌아가는 까마득한 길로 생각한 고대 '붉' 사상의 신앙에서 영천(靈泉) 즉 신령한 샘에 관한 사상이 진작 생기고 또 소중하게 대접받게 된 점은, 그야말로 극히 자연스런 과정이라 할 것이다.

지금까지 나라의 풍속이 한 취락에서고 혹은 한 가계에서고 '고사(告祀)' 터 가운데 샘이나 우물 등을 대단하게 알고, 경우에 따라서는 '우물'을 '터주' 이상으로 대접한 것은 실상 생명 관계의 가깝고 먼 사정에 말미암는 것이다.

또 명산이니 영험한 장소니 하는 곳에는 반드시 용추(龍湫)니 약수(藥水)니 하는 것이 있어, 생명적 기도 및 치료의 중심이 됨도 그 유래가 매우 오래된 것이요, 어느 의미로 말하면 조선인의 약수 숭상이 거의 미신에 빠지고 물 먹는 것보다 물 맞는 것을 더 신비적 효험 있는 일로 생각함이 또한 그것이 화학적 효능보다도 더 종교적 신념에 유도된 까닭이다.

이렇게 고대인의 관념, 특히 '붉' 계열 사상에서 샘이 특별히 생명의 본원으로 인식된 것은 여러 가지 사실에서 그 흔적을 찾을 수 있다. 그리하여 '신수(神水)'란 것을 세우고 '영천(靈泉)'이란 것을 믿어 생명의 출발점을 그곳에 상정하게 되었다. 이는 대지의 생식력이 샘으로써 분출해 나옴을 믿은 자연한 귀결이다.

하늘의 양(陽) 기운과 땅의 음(陰) 기운이 산악이라는 접촉점으로써 서로 합하여, 그 신비한 생식 작용이 대지의 뱃속으로부터 샘과 우물을 출산하는 문 삼아 세상에 나타난다는 것이 고대 '붉' 사상의 모든 생식 설화 골자다. 이 사실과 더불어 앞에서 말한 기귀(寄歸) 즉 생명을 잠시 부쳤다가 다시 돌아간다는 사상을 결합해 보면 '샘[泉]'이 '저승'의 대리 명칭으로 쓰이는 까닭을 알 수 있다. 이로써 '저승'의 별명을 천로(泉路)·천대(泉臺)·천양(泉壤)이라 하는 까닭이 밝아질 것이다.

그런데 '저승'인 '샘'이 차차 지하로 들어가고 그것이 더 심원하게 옮기게 됨에, 이 관념을 드러내려고 덧붙인 것이 누를 황(黃)이란 글자일 것이다. 이때 황(黃)은 색깔의 그것이 아니요, 샘도 평범한 샘물의 그것이 아니다. 그러므로 황천(黃泉)이 건너다니는 물과 애초에 관계가 없다는 사실은 논의할 것도 없다. 불교로 말하여도 후세의 위경(僞經)에 '삼도천(三塗川)'이란 것이 저승 어귀에 있음을 적은 것이 있지마는, 그것과 황천 역시 이름과 실제 모두 서로 상관없음은 두말 할 것 없는 일이다.

여기 이른바 황천강이라 한 것도 저승과 관련된 명부 논의를 떠나서야 그 주된 의미를 찾을 수 있을 것이다. 또 위에서 비치는 나무 그림자를 따라서 옅은 초록으로부터 농짙은 푸름으로 우연히 짙어 들어갔고 결코 황색을 띤 것만도 아닌즉, 푸른 샘이라는 뜻의 벽천(碧泉), 검은 물이라는 뜻의 흑천(黑泉)처럼 물의 빛깔로써 얻은 이름도 아니다.

39. 황천 설화

옛날에 태자성문(太子城門)을 지옥문이라 할 적에는 모르지마는, 지금처럼 그것이 천진봉(天眞峰) 틈에 있다고 보면 지옥문을 지나서 황천강이라 함이 더욱 이치에 맞지 않는 말이 되었다. 그런데 또 다른 이름을 황류담(黃流潭)이라 하는 것을 보면, 황천은 곧 황류에 대한 일개 다른 이름일 따름이요, 본디부터 명부 설화와 상관 있는 이름이 아님을 더욱 명료히 깨닫겠다. 어쩌면 황류에서 문득 생각이 나서 저승과 관련해 이름을 바꾸어 본 것이 황천이란 이름의 시초일지는 모르겠다.

그러면 황천의 천(泉)은 황류의 류(流)로 전환할 만한 무슨 말임을 짐작할 수 있는 동시에, 천과 류는 서로 전용할지라도 이러나 저러나 붙박이로 달려 있는 황(黃)이 그 정수에 해당하는 지점인 줄을 생각할 수 있다. 그런데 이 황이란 글자가 도가에서는 극히 신비한 표상으로 쓰이는 것을 생각하면, 어렴풋하게 그 본면목이 드러나는 듯하다.

도가에서는 붉은 모래를 태워 황금을 만드는 것을 '황야(黃冶)'라 한다. 이 공부는 갈치천(葛稚川)의 나부산(羅浮山)이나 노자기(盧子期)의 서하곡(栖霞谷)처럼 반드시 깊고 그윽한 산과 골짜기에 있는 맑고 깨끗한 복지(福地)를 택하여 정성을 들이는 것이다. 이 영원동이 그 최대 적격자임은 진실로 말할 것도 없다.

또 타고난 재능을 깊이 감추어 겉으로 내발리지 않는 것을 '황중(黃中)'이라 하는데, '황중내윤(黃中內潤)'[1]의 경지를 자연물에서 찾는다 하면, 이 영원동 만큼 그 형용에 적절한 물건이 다시 있지 아니할 것이다. 어디까지나 황중(黃中)에 잘 부합되는 것이 영원동의 배치라 할 것이다. 물건은 생긴 대로 임자가 나서는 셈으로, 영원동이 온 이래로 특별히 선가(仙家)에서 수련하는 땅으로 나타났음도 평범한 일 아니다. 그네들의 좋아하고 숭상하는 바를 따라 많은 이름이 생길 때에, 이 황천강 같은 빼어난 경관이 또한 한 반기를 받지 않을 수 없었을 것이다. 아마도 그때 그네들에게서 나온 이름이 황류 혹은 황천이지 않을까 하는 생각이 난다.

황중(黃中)의 절경이요, 황야(黃冶)의 신령스런 자취이기에, 류(流) 곧 '내'라고 할 때에는 황류가 되고, 천(泉) 곧 '샘'이라고 할 때에는 황천이 되었을 것이다. 그러므로 황류의 '내'와 황천의 '샘'이 어느 것이 어느 것으로 나아가 변하였다고 말하는 것보다는 도리어 황류·황천은 이 신령한 물 하나를 놓고 두 개의 이름으로 병행한 것이라 함이 타당할 것이다. 환몰적(還沒的)으로 보면 황이란 천이요, 유전적(流轉的)으로 보면 황이란 류일 따름이다. 청구(靑丘)의 도류(道流)에게 대원산(大元山)의 예천(禮泉), 장곡산(長谷山)의 금지(金池) 같이 대접하던 것이 황천·황류일 것이다.

여러 가지로 증험하는 것처럼 영원동이 신선들의 핵심적인 복된 지점인 바에는, 이렇듯 깊고 깊은 샘이 대수롭지 않게 여겨지지 아니하였을 것은 물론이다. 그러나 이것은 도가 세계가 되었을 때의

---

1 『위서(魏書)』에 나오는 구절로, 재덕(才德)을 깊이 간직하고 겉모양에 나타내지 않는다는 뜻이다.

일이려니와, 또 그 전에는 어떠한 무엇이라 하였던가? 고대 '붉' 사상 이래로 신령한 장소인 이곳에는 무슨 이름이든지 '붉' 당초까지 소급해 보아야 그 실상을 붙잡을 것이다.

황(黃)이란 글자는 도가에서 나왔겠지마는, 도가가 황 자를 붙이는 데는 그 이유가 없지 아니할 것이다. 여러 다른 이름의 전환해 가는 실례에서와 같이, 이 황이란 글자도 그 전신이 소리 혹은 뜻으로 황(黃)에 가까운 무엇이기 때문에 끌려나왔을 것이다. 이 물이 '붉내'이던 표적이 백천(百川)에 남았음은 일전에 말하였거니와, 이렇게 '붉' 사상의 신수(神水)가 그대로 도가의 신수가 되고, 다시 지장(地藏)의 신수가 되어, 그 중심 기둥은 형편을 따라서 달라질 법하여도 신수라는 이름과 실제는 고쳐지지 아니할 만큼 깊은 뿌리가 있는 것이다.

'붉'이란 것은 신(神)의 뜻이요, 신은 하늘로써 큰 중심을 삼았기 때문에, 대체로 '붉'이 곧 하늘이었다. '붉' 사상이라 하면 곧 천도(天道)를 의미함이 그 본래의 뜻이다. 그런데 조선인의 천도 곧 '붉' 사상은 어떠한 성질이냐 하건대, 단군 설화에 나오는 말로 하면 "단군 천왕이 세상에 계시면서 교화시킨다."는 이치요, 혁거세 설화의 말로 하면 "밝은 빛으로 세상을 다스린다."는 이치다. 수로 설화로 말하면 "태양과 같이 둥글게"하는 이치이다.

'붉'음은 '환'함이므로 '붉'과 '환'은 흔히 통용되니, 단군의 계통이 환(桓)에서 나오셨다 함은 신명(神明)의 후예, 천제(天帝)의 후손이라 하는 것을 표상하는 말이다. 그 '신시(神市)'라 하는 것이 '붉재'의 번역된 말인 것처럼 '환국(桓國)'이란 것은 '환울'에 대응한다. '한울'은 곧 '환울'이니, 광명을 몸체로 하면 전자요, 광대함을 몸체로 하면 후자이며, 또 그 시작점에 있어서는 똑같은 말일지도 모른다.

생각하건대 '붉내'는 '한내'라고도 하였을 것이요, 또 '환내'라고도 하였을 것이다. '붉'이라거니 '환'이라거니 하는 말은 그 의미가 '광명(光明)', 즉 신(神) 혹은 하늘임은 마찬가지이다. 하나의 물이 여러 이름을 가지는 것은 옛날에는 통례인 것이요, 또한 물줄기가 토막토막 다르게 일컬어짐은 풍속의 상투적인 일인즉, 백마봉에서 나오는 이 물이 골짜기가 달라지는 대로 시왕봉쯤에서 한 이름을 가지고 업경대쯤 해서 또 다른 한 이름을 가질 수 있음은 말할 것도 없다.

이렇게나 저렇게나 '붉내'의 한 이름으로 '환내'가 있었을 것을 베풀어 상상함은 이치가 없지 않다. 더욱 '붉내' 곧 신수(神水)라 하면 그것이 종교적 직접 표현인 만큼 신을 숭상하는 부분에 한정될 성질이 있건마는, '환' 또는 '한'이라 하면 하늘의 물이라는 말이 되어, 크게나 작게나 통용되는 명칭이 되기에 마땅하므로, 그 가능을 강하게 볼 수 있다.

보자. 이 물이 흘러나서 천리 가량 길게 흘러 서해로 들어가는 것을 한강이라 한다. 한강이란 본디 천수(天水) 즉 하늘물이란 말임은 나라 도읍지의 요충지인 물을 하늘로써 이름함이 선조의 전통적인 습관이다. 더욱 한강은 남방 '붉'사람의 대중심인, 이름조차 '붉재' 그대로를 따른, 그것도 백악(白岳)이란 산양(山陽)으로 흐름으로써, 이 물이 하늘이란 이름을 가질 수밖에 없음은 필연적인 일이다

이렇게 이 물줄기가 총괄적인 명칭으로 '한' 혹은 '환'이었음을 알며, 그것이 '붉'과 같은 부류의 말임도 대강 안다. 그런데 '붉'이라는 산과 '한' 또는 '환'이라는 물이 서로 그림자처럼 따라다님은 이 추측에 대하여 다시 움직이지 못할 버팀을 준다. 아까 말한 바와 같이, 백악(白岳) 앞에서 특별히 한강(漢江)이란 이름을 가짐도 그 일례거니와, 그것이 그 발원점에 있어서부터 '환'으로 불리는 실례는 신라 한 시기의 북진(北鎭)이던 봉화 태백산의 낙동강 발원점을 황지(潢池)라 일컬음에서 본다.

백두산 천지
백두산 천지(天池)와 금강산 황천(黃泉)은 모두 하늘물이란 뜻이라고 한다.

　황지(潢池)의 황(潢)이 대개는 '환'에 대응한 글자일 것이니 '환'이 곧 '한울'임은 물론이다. 고래로 이 황지를 위하여 관에서 제사용 논밭을 따로 갖추어두고 제사 자원을 마련한 것도 또한 천지(天池)라 하던 고대 신앙을 계승함일 것이다. 또한 다른 유형의 예로 보면 백두산의 달문담(闥門潭)을 천지(天池)라고도 함에서 본다. '붉'뫼의 최고 으뜸인 이곳에 더군다나 '환'물이 없지 못할 것이다. 이와 같이 허다한 '붉'뫼 중에서도 특별히 한 곳의 큰 표지가 된 곳에는 반드시 황(黃) 또는 천(天)을 덮어 쓴 물 이름이 붙어 다니는 것이 거의 정설과 같다.

　아마 신령한 산과 인간의 속세를 물체적으로 연락하는 것이라 하여, 또 위대한 신의 위엄과 덕을 쉼 없이 그에 속한 민간에게 나누어주는 곳이라 하여, '붉'산으로서 오는 물에 '하늘의 물'이라는 관념을 붙이게 된 듯하다. 금강산 같은 신령한 산악에도 '환'으로 부를 물이 없지 못할 것이요, 있자 하면 '붉'이란 부분에서 나오는 것일지니, 금강산 중에서 특별히 '붉'의 범위가 되는 영원동의 백마봉 백천(百川)이 '큰물' 노릇을 함은 자연한 수일 것이다. 백천의 다른 이름에 '환내'가 있었을 이유가 대개 이러한데, 이 물줄기의 내려간 것이 한강물이라 불림은 가장 유력하게 이 고증을 증명해주는 것이라 하겠다.

또 이렇게 신성시된 물이 '붉'이니 '환'이니 하는 이름 밖에도 다른 몇 가지 유형의 이름이 있어 물 하나가 여러 이름을 가진 증빙 사례가 있지마는, 이 문제하고 직접 관계가 없으니까 그만두고, 다만 신과 하늘의 두 이름이 한꺼번에 행한 것이 괴이치 아니함만을 주의하여 둔다.

지금까지 연구해 탐색해본 결과로서 황류(黃流) 혹은 황천(黃泉)의 본면목이 대개 '환내'임과 황천은 특별히 '환샘'이란 이름의 번역인 점도 있음을 추정하여 단정해도 과히 망발이 아닐까 한다. 그런데, 어형(語形)과 실제 사적, 옛날의 뜻과 지금의 명칭, 원칙적인 이치와 그에 대한 증명 등이 은연한 가운데 여전히 본면목을 지지하고 있음이 이러하다.

이렇게 골짜기 입구 초입의 황천강의 진짜 면목까지 드러나니까 영원동 한 골짜기가 비로소 천년의 가면을 홀딱 벗어 놓는 것 같다. 머리에서 발끝까지 혹은 등에서 배까지가 남김없이 드러나 '붉' 사상 당시의 모습을 환하게 눈앞에 대하는 듯하다.

대개 최근의 불교에 와서는 지옥 입구의 삼도천(三塗川) 비슷한 의미로 황천(黃泉)이란 이름을 띠게 되었으나, 그 이전 도교 시기에는 "몸을 단련해 마음을 닦고, 단을 불태워 황을 조절한다."는 말에서 보듯 황류(黃流)라 하여 대접을 받았다. 하지만 이 황 저 황 할 것 없이, 실상은 고대 '붉' 사상의 신앙적 표상인 '환'이 그 본체다. 이렇듯 영원동 전체가 이 세 시기를 지내면서 여러 가지 혼합과 조화 및 뒤섞임을 이룬 형태를 적게는 황천(黃泉)이란 말 하나에서 간추려 볼 수 있는 것이다.

40. 지명 설화의 기원

　황천뿐 아니라 아직 설명하지 아니한, 또 번거로워서 설명하지 아니하려는 다른 이름도 다 환원하여 보면, 한가지로 귀착함을 볼 수 있다. '업경(業鏡)'이라 하는 것도 그 위치와 그 형상 등에 따라 지금 와서는 "묵은 업보를 파헤쳐 드러내어 대질하고 온갖 일에 징험"[1]한다는 저승 명부의 그것이 되었지만, 이것도 실상은 불교의 손에 처음 생긴 전설이 아니다.

　'거울'이 고대에 있어서 신성한 물건이었음은 특별히 '붉' 범위 지방에서 현저한 일이다. 지금까지도 조선과 여러 근방 민간 부락의 무가(巫家) 수장들 간에 거울이 신령과 교통함에 있어 아무것보다도 긴요한 물건임은 이 고대의 풍모를 전하는 것이요, 중국에서도 거울을 신령한 물건으로 일컬어 "해와 달과 더불어 그 밝음을 합하고, 귀신과 더불어 그 뜻을 통하며, 도깨비들을 막고 질병을 다스린다."고 했다. 이들은 모두 예로부터 전해오는 믿음이었다.

　더욱이 도교에서 거울은 도깨비들의 본 모습을 비추는 능력을 가지는 것으로 여겨져 입산 수도하는 자들이 삿된 재앙을 피하는

---

1 『능엄경』(8)에 나오는 구절이다.

데 있어 가장 긴요하게 갖춰야 할 물건으로 삼았다. 『포박자(抱朴子)』에 적힌 장개용(張蓋踊)의 일과 『속수신기(續搜神記)』에 실린 질백이(郅伯夷)의 이야기 등은 다 그네들이 사실로 믿던 바이다. 일본의 경우에도 허다한 신사(神社)에서 거울은 존귀하게 제사 지내는 대상이 되었고, 나라를 전하는 징표가 된 세 가지 신령한 기구에도 거울이 머리가 되었다.

대개 거울의 거울 되는 이유는 '붉'에 있다. 쇠 한 조각이 데미다 보면 끝이 없고, 누가 어찌하는 일인지 털끝 하나 놓치는 일 없이 붉히 비추고 붉히 드러내고, 환하게 보이고 환하게 알림이 몽매한 사람에게 신비와 경이 그것이었음은 말할 것도 없다. 비록 관념이 매우 진보한 후에도 거울이 종교적·도덕적으로 밝고 지혜로운 신령함의 표상이 되는 것은 그 눈부시게 밝고 투명하게 빛나는 덕성에서 유래하는 자연스런 결과이기도 하거니와, 또 다른 한편으로는 고대 신앙에서 전승된 것이기도 한 것이다.

진실로 주객관을 일쑤 잘 혼합하는 고대인들은 거울을 신명 그것으로 관념하고, 따라서 알지 못함이 없고 미치지 못함이 없는 능력이 그 속에 든 줄을 알았었다. 그래서 그의 소중하게 아는 일에는 반드시 거울을 내세우며, 소중하게 아는 곳에는 반드시 거울을 모셔 두었다. 또 하늘님[天帝]의 특명을 띠었다 하는 데는 거울로써 그 중요한 믿음의 증표를 삼았다.

중국의 도교에서 수행자의 신변에나 수행처의 주요 벽면에 『포박자』에서 말하는 '명경(明鏡)'이란 것을 걸어 놓음도, 다만 상서롭지 못한 일을 피하고 제거하려는 것뿐 아니라, 실상은 신령한 하늘과 교통하는 중요한 물건이라는 옛 뜻을 모르는 중에 전승함일 것이다.

이로써 보면 영원동 입구의 업경이란 것도 예로부터의 뜻은 다만 '거울'의 표상일 뿐인 것을, 도교에서는 '명경'으로 불교에서는

'업경'으로 끌어온 것임을 알겠다. 그런데 당초에 이곳이 '거울'이 되기는 우뚝한 돌담과 말갛게 들여다보이는 물에 말미암음이 더 컸을 것은, '붉' 계통 철학의 다른 예증으로써 미루어 알 수 있는 일이다.

이렇든 저렇든 불교에 와서 아주 그럴 듯하게 업경이라고 말하게 된 것도 밑을 캐어보면 당초부터 '거울'이라 하여 신의 영역을 표시하던 것이니, 물론 그 일면에는 마귀를 들추어내고 사악함을 타파하는 의로운 기운까지도 갖춘 것이다. 누구든지 영원동 입구를 들어서서 투명하고 투철하게 빛나는 물이 자신의 참된 형상을 되비추는 것을 보고 두렵고 쭈뼛쭈뼛한 생각이 나지 않을 수 없을 것이다. 움찔도 할 것이요, 섬뜩도 할 것이다.

지금 일본의 신사(神社)가 그 입구에 반드시 마음을 닦는데 쓴다는 신령한 물을 담아 두는 것과, 또 땅의 기운이 허락하기만 하면 저수지를 만들어 신의 샘물이라고 일컫는 것 등은 다 이러한 출처에서 유래함일 것이다.

중국에서도 수경(水鏡) 즉 물거울이란 문자를 만들어 귀신같이 알아봄을 이르거니와 금속으로 된 거울이 나기 전에는 맑은 물이 거울 노릇을 했던 것이다. 그러고 보면 우리말의 '거울'도 또한 '개울'과 연관된 말일지 모를 것이다. 아닌 게 아니라 맑은 물을 가만히 들여다 보면, 내 마음의 속까지가 다 거기 비치는 듯하여, 새삼스럽게 신령함을 가리지 못할 것, 속이지 못할 것을 느끼지 않을 수 없게 되니, 이것이 종교적으로 발심하는 때이며 종교적으로 발심하게 될 곳에 있어서는 물이 물 아니라 곧 내 마음과 행위의 전부를 역력히 비추어 깨부숴 주는 번개스러운 신의 눈과 같을 것이다.

신이 깃든 구역이 맑은 물에서 비롯하고 신과 관련된 일에 맑은 물이 따라다니는 것은 다 이러한 의미를 띤 종교적 자극으로 쓰였기 때문일 것이다. 나라의 풍속에 '정안수'란 것도 대개는 신령한 샘이나 신령한 연못을 모형적으로 설비함일 것이요, 신과 관련된 일을 하려거나 신이 깃든 구역을 들어가려든지 하면 손을 씻는다 목욕을 감는다 하는 것이 다 신령한 샘에서는 몸과 마음을 씻어내고 신령한 물에서 재계하고 액운을 떨쳐낸다는 데서 전해 내려온 뜻일 것이다.

이른바 재계(齋戒)라는 것도 이름만 다를 뿐 이러한 말과 한가지일 따름이다. 이렇게 깨끗하게 하는 데는 물이 가장 앞서는 중요한 쓰임이 되는 것이 사실인데, 그것은 씻음보다 비춤을 취함이 더 크고 오랜 뜻일 것이다.

41. 영원 조사 설화

관념적이기보다는 감각적인 고대 종교에 있어서 첫밖에 쓱 비치는 것은 매우 빠른 신의 위력일 수밖에 없다. "이렇게 다 내가 안다."고 하는 것이 골짜기 입구부터 명경대(明鏡臺)가 있게 된 까닭이다. 이러한 방면으로 보면 '붉' 사상의 명경(明鏡)이 그대로 불교의 업경(業鏡)이라 하여도 무방하다 할 만하니, '붉' 사상과 선교(仙敎)의 영원동이 훗날 불교의 명부(冥府)로 전환될 때에도 모든 조건이 미리 약속이나 한 듯 어찌나 잘 구비되었던지는 다시 한 번 경탄하지 않을 수 없을 것이다.

동시에 한꺼풀만 벗기면 없어진 줄 여겼던 고대 사상의 면목이 뛰어오르듯 내닫는 것을 새삼스럽게 감격치 않을 수 없다. 어느 귀퉁이든 조금씩만 쑤시어 보면 고대 '붉'의 붉은 피가 샘물 같이 솟아나옴을 보는 것이 신기하고 또 신기하다.

그러나 너무 한 군데서 이러한 고증을 장황히 함은 기행문으로 이 글을 읽으시는 이에게 퍽 미안한 일이기에, 마지막 한 가지 영원 조사(靈源祖師)의 전설에 대하여 그 사실 여부만을 검토하고 영원동에 관해서는 그만 붓을 거두고자 한다.

얼른 결론만 말하면 영원 조사는 사람과 아울러 그 사적이 하나

명경대

영원동 입구에 있다. 최남선은 '밝은 거울'이란 뜻의 명경은 불교의 상징이라 보았다.

의 전설적 존재이다. 영원이란 말의 근원은 이미 앞에서부터 따져 논술한 바와 같다. 그러므로 영원을 인격시하여 이를 한 조사의 이름에서 따온 것이라는 말하는 것이 근거 없다는 것은 두말할 필요가 없을 것이다. 수행하고 도를 깨친다는 등등의 사실이 있다 하면, 그것은 영원 조사라는 오유 선생(烏有先生)[1] 이외에 어느 실재하는 인물의 일이어야 할 것이요, 그래도 영원 조사란 이름이 실재하였다고 말한다면, 본디 영원 조사 때문에 영원동 이름이 있는 것 아니라 도리어 영원동에 있었기에 영원 조사란 말을 듣게 된 것이라

1 실제로 존재하지 않는 가상의 존재이다. 사마천의 『사기』 중 사마상여에 관련된 부분에 나온다. 어찌(烏) 있는가(有)란 뜻으로, 있을 수 없음에 대해 풍자적으로 쓰인다.

하여야 비로소 말이 될 것이다.

여러 가지 증거와 흔적이 보이는 바와 같이, 영원이란 이름은 서천축에서 불법(佛法)이 생기기도 전부터 고대 '붉' 사상의 신비한 표상어의 하나이던 것이 분명하다. 그러므로 아무리 중국보다 불교가 먼저 들어왔다는 금강산이기로 선(禪)의 언어가 아닌 다음에야 불교보다 먼저 조사가 났다는 말이 성립될 수 없다.

또 그 설화 구성의 요소를 살피건대, 대체 네댓 가지 모티프가 있는데, 몹시 인색하다가 짐승으로 인과응보를 받았다는 한 단락, 어리석은 스승 스님이 똑똑한 제자 스님에게 휘둘리는 한 단락, 깊은 이치를 갖춘 부처의 가르침이 악업을 지어 고통스럽게 빠지는 것을 벗어나게 해주었다는 한 단락, 어리석음에 빠진 유치한 어린아이라도 살아갈 방도를 갖추어 주는 수단과 정진하는 공부를 말미암아 큰일을 이루게 한다는 한 단락 등은 모두 불교 설화 중에 흔히 나오는 형식들이다. 요컨대 영원 조사가 도를 깨우친 이야기는 이러한 몇 가지 설화의 상례적인 투가 영원이라는 지명하고 결합하여 성립된 일개 전설일 따름이다.

이런 종류의 이야기는 「법원주림(法苑珠林)」·「경률이상(經律異相)」·「전등록(傳燈錄)」 등과 기타 여러 가지 혹응록(惑應錄)과 영험기(靈驗記) 중에서 꽤 많이 찾아낼 수 있다. 나아가 무슨 설화와 무슨 설화의 이어 붙인 것까지를 지적할 수도 있으며, 이 설화에 붙여져 있는 약간의 서로 떨어진 듯한 분자도 그 출처를 일일이 지적할 수 있다. 설화학이라는 밝은 거울에 비추는 영원 조사는 힘들여 들여다보지 아니하여도 그 참된 형상을 들추어낼 만큼 썩 간소하게 성립된 한낱 설화적 인격이다.

일례로 간탐(慳貪), 즉 쩨쩨하고 인색한 업에 대해 인과응보로 구렁이 몸을 받았다는 단락을 말하여 보자. 사람이 뱀으로 변화된 이야기는 여러 가지로 말하지만, 인도·동유럽·아시아 여러 지방에서는 탐욕과 노여움으로 말미암았다 하는 것이 많고, 그 중에서도 탐욕에 관한 것이 더욱 많다. 욕심꾸러기가 뱀이 되어서서 재물을 지킨다는 전설은 이 여러 지방에 퍽 많이 분포되어 있다.

가령 「행사초자지기(行事鈔資持記)」(下一之三)[2]에 적힌 한 비구가 의복에 기뻐하고 즐거워하다가 병으로 죽자 변화해 뱀이 되어 의복을 둘렀다 하는 것 따위이다. "사람의 마음은 뱀이 코끼리를 삼켜도 만족함을 모른다."는 나홍선(羅洪先)[3]의 시도 뱀을 탐심의 표상으로 쓴 일례이다.

우리 조선에도 이와 같은 모티프의 설화가 적지 않으니, 「삼설기(三說記)」에 실린 '세 아이의 소원 설화' 같은 것은 그 중에 잘 알려진 것이다. 어느 날 스승님의 물음에 응하여, 오랜 세월 형제같이 지내다 흩어지게 된 세 학도가 각자 소원을 이야기하였다. 한 아이는 평안 감사가 되리라 하였고, 한 아이는 신선이 되겠다 하였으며, 다른 한 아이는 큰 부자가 되리라 하였다.

훗날 소원대로 되어 평안 감사 된 이가 임지에 이르려 내려가다가, 한 명산에서 신선이 된 옛 동무를 만났다. 오랜만에 옛정을 두터이 나누던 중 평안 감사는 나머지 한 동무를 만나지 못해 섭섭하다 하였다. 그러자 신선이 된 동무의 말이 그 동무는 멀리 있지는 않지만 변형이 되었기에 부르지 못하노라고 했다.

감사가 곡절을 물으니, 신선된 동무의 말이, 그 사람이 평생에 심

---

2 『오주연문장전산고』에 따르면, 대지 율사(大智律師) 원조(元照)가 『법화경』의 개현(開顯)에 대한 뜻을 깨우쳐 『사분율행사초자지기(四分律行事鈔資持記)』를 지었다는 기록이 있다.

3 나홍선(羅洪先; 1504~1564)은 중국 명나라 때의 유학자로, 호는 염암(念菴)이다. 1529년 진사 제1등의 우수한 성적으로 급제하여 한림수찬(翰林修撰)을 제수받았으나, 1539년 관직을 버렸다. 그 후 왕양명의 가르침에 독창성을 가미하여 사욕을 버리고 '일체의 인(仁)'을 깨달아서 실천해야 한다고 주장하였다. 문집에 『염암집』이 있다.

사를 그르게 가진 까닭에 하늘님께서 벌로 뱀의 허물을 씌워 저 산 밑에 두셨다는 것이다. 그대로 보아지라 하여 데려다 보고 딱하여 급히 그 허물을 벗겨 주기를 청하였더니, 신선된 이가 주문을 옮기자 문득 허물이 벗어지고 다시 사람이 되어 눈물을 뚝뚝 흘린다.

마음을 보기 위하여 신선이 그 사람더러 뒷뜰에 가서 배 세 개 열린 것을 따 오라 하자, 그 사람이 가서 네 개가 열린 것을 보고 약속된 숫자 이외의 한 개는 몰래 먹어 버리고 말하던 셋만 가지고 와서 하나씩 나누어 먹었다. 신선이 감사더러 그 사람의 마음이 아직도 바르게 되지 아니함을 이르고, 스스로 지은 허물이니 어찌할 도리가 없다고 하면서 뱀의 허물을 씌워서 도로 보냈다 하는 이야 기다.

이런 모티프는 동방 여러 민족에 널리 퍼지기도 하고, 오래 전부터 다니기도 하는 것이다. 탐욕으로 인해 뱀의 육신을 과보로 받았다는 영원 조사 설화 속의 한 대목은 다름 아닌 이런 종류의 흔히 떠돌아다니는 설화들에서 모아 놓은 것일 따름이다. 여기 끌어온 세 아이 소원 설화하고는 혹시 직접 연관되는 친자 관계가 있을지도 모를 것이다.

또 법력으로 삿된 형체를 면하게 하였다는 대목에서도, 그 주술적 힘에 관한 부분은 세 아이 소원 설화에도 약간 연결되는 면이 없지 않다. 하지만 영원 설화에서 이 대목은 오로지 불법의 위력과 신령함 그리고 공덕의 무한함을 찬양해 드러내기 위해 가장 의식적으로 첨가된 부분이다. 대개 중국 전래의 어느 영험한 설화를 차용해 들여와서 도를 크게 전하는 방편으로 쓰려 한 것일 것이다.

정신이 어수선하여 꼭 맞는 그 원래의 근거는 찾지 못하겠지만, 얼른 생각나는 것으로 말하면 안세고(安世高) 설화 같은 것이 혹 그 본래의 근거가 아닐지 모르겠다. 주경식(周景式)의 「노산기(盧山記)」를 보면 안세고는 본디 안식국(安息國) 태자였다. 친구들과 함께 출가하여 도를 배웠는데, 그 친구가 탐욕스러운 탓으로 죽어서 이무기가 되는 과보를 받아 궁정호(宮亭湖)의 신이 되었다.

안세고는 죽어서 다시 안식국의 태자가 되었다가 나이 스물에 다시 이 궁정으로 배를 대고 그 동무를 불러내어 법문(法門)을 들려주었다. 그러자 그 큰 이무기가 꿇어앉아 축원문을 받아 가지고 산 저쪽으로 넘어가서 죽어 버렸는데, 안세고가 같이 있던 뱃사람에게 말하기를, 그 동무가 이제는 사악한 형체를 벗으리라 하였다는 이야기다.

이런 종류의 축생보(畜生報) 즉 짐승의 몸으로 과보를 받아 살다가 거기에서 빠져나오는 이야기는 불교의 감응 문학 중에 거의 최대 부분을 차지한다. 영원 설화의 그것은 요컨대 그중에서도 거의 진부한 한 형식을 취한 것일 따름이다.

뱀의 몸을 벗어난 혼백이 이리저리 떠도는 대목은 듣기에 흥미 있는 설화의 한 형식이다. 또 여기저기 흔히 들어가는 것이어니와, 이 중에서 특별히 우리의 주의를 끄는 점은 혼백이 표랑하는 경로가 동해안으로 하여 금강산을 바라고 북상했다는 사실이다. 동래(東萊)로부터 금강산으로 가는 바른 길로 말미암음은, 곧 죽은 이의 혼백이 금강산으로 돌아가 머문다는 고대 신앙의 우연한 투영이다. 금강산이 조선 강역 안에서 'ᄃᆞᄀᆞ리'산이던 한 증거이자 흔적을 뜻밖에 여기서 맞딱뜨린 셈이다.

이 이야기의 일단은 김남봉(金南峰)의 사후 이야기와 한가지로 금강산이 적산(赤山)·태산(泰山)과 성질을 같이하는 것임을 증명하기에 가장 유력한 증빙 근거가 된다. 김남봉(金南峰)이 경상 감사로 안동에서 작고하던 날, 그 친구인 삼척 태수 아무개는 한낮에 한가히 쉬고 있었다. 그런데 어디선가 김남봉이 무리를 많이 이끌고 문으로 들어왔다. 태수는 깜짝 놀라서 일어나 맞으며 말하기를, "그대가 어찌하여 다른 지역을 넘어 와 방문하는가?"하였다.

이에 김남봉은 "나는 산 사람이 아니라 아까 벌써 죽어서 염라대왕으로 새로 파견되어 바야흐로 부임하는데, 새로 제작한 관대(冠帶)가 없어 지나는 길에 와서 요청하는 것이니 특별히 호의를 베풀어 달라."고 했다. 삼척 태수가 허망한 짓인 줄 알면서도 부탁을 거절하기 어려워 상자 속에서 푸른 명주 비단 한 필을 내어 주자, 김남봉은 흔연히 받아 돌아갔다.

삼척 태수가 크게 놀라 사람을 보내어 탐문하였더니, 과연 그날 안동순도소(安東巡到所)에서 김남봉이 세상과 이별하였으므로 그가 한금호(韓擒虎)나 범중엄(范仲淹) 등처럼 사후에 염왕(閻王)이 된 것을 알게 되었다는 이야기다(『東野漫輯』3, 方術部).

여기서도 염라왕 부임하는 길의 순서가 안동에서 삼척을 거치는 것을 보면, 그것이 금강산하고 관계가 있을 것임을 짐작하기 어렵지 않다. 또 명학(明學) '동지'의 혼(魂)도 삼척에 와서 투태(投胎)하였다 하는 대목과 합하여 생각하면, 남방에서 금강 'ᄃᆞ리'로 돌아가는 혼에 대하여, 삼척이 혹시 중간 연결 지점 같은 무슨 소임이나 보지 아니하였었나를 의심하게까지 한다.

말하고 보면 명학(明學) '동지'가 생을 바꾸어 도를 이루는 곳으로 영원동이 지정 선택된 그것이, 본래 근원을 캐어보면 금강 영원(金剛靈源)이 조선의 'ᄃᆞ리'산으로 오래전부터 전해 내려온 신앙으로서 유래한 것에서 벗어나지 않는다.

42. 영원 설화의 근원

　명학 '동지'가 하필 그 상좌 스님의 손에 의해 구제를 받게 된 것으로 말할지라도, 이것은 단순히 인연법(因緣法)이나 인과응보관에만 관계된 것이 아니라 그보다 더 깊은 설화학적인 근거가 있다. 조선의 옛 이야기에는 제자가 스승을 속이는 이야기 투가 있는데, 『용재총화(慵齋叢話)』(권5)에 있는 '제자가 스승을 속이는 이야기'와 관련된 여러 설화는 그 적절한 예이다.

　예컨대 한 상좌 스님이 스승더러, "까치가 은젓가락을 물고 문 앞의 자유(刺楡)나무로 올라갔습니다."라고 하니, 스승이 이를 믿고 나무로 기어 올라갔다. 그러자 상좌는 "우리 스승님이 까치 새끼를 잡아다 구워 먹으려 한다."고 큰 소리를 질렀다. 스승이 낭패하여 급히 내려오다가 가시에 찔려서 온몸을 다 다쳤다.

　또 다른 한 상좌는 밤에 큰 솥을 스승의 출입하는 문간에 걸어놓고 "불이야! 불이야!"라고 크게 소리 질렀다. 스승이 놀라 일어나다가 머리로 솥을 받아서 정신을 잃고 땅에 엎드려졌다가 얼마만에 나가 본즉 불이 없었다. 스승이 몹시 나무라자 상좌는 "먼 산에 불이 났기로 여쭌 것입니다."라고 했다. 그러자 스승이 앞으로는 가까운 불만 이르고 먼 데 불은 그만두라 했다는 이야기.

이 밖에도 여기 붙일 수 있는 종종의 설화가 있다. 이 종류 설화의 골자는 언제든지 하나 같으니, 스승된 스님은 늘 어리석고 상좌 스님은 늘 꾀자기로 끝내 승리는 항상 후자에게로 돌아가는 것이다.

이와 똑같은 설화의 이야기틀은 일본에도 많이 있는데, 설화 학자의 말을 들으면 이 이야기 투는 인도에서 기원한 것이며, 그 본체는 군주뻘인 사자를 신하뻘인 늑대가 꾀로써 속이는 이야기가 전환되고 바뀌며 변화하여 성립한 것이리라 한다. 이와 같은 인도의 동물 설화는 실로 유럽의 비슷한 종류의 근원이 된 것들이요, 그 위에 도덕적 의미가 붙어서 일종의 비유담이 되었다가 그리스에 들어가서는 유명한 이솝 우화를 만들어 낸 것이라 한다. 설화에서는 언제나 현실상의 강자 약자가 지위를 전도하여, 전자 즉 강자가 약자인 후자에게 압도되는 것이 그 상투다.

그리스 신화에서 형제가 상대하면 동생이 반드시 형을 이기는 것도 실상 이 모티프의 일례가 된다. 옳고 그름은 어떻든간에, 설화상에서 상좌가 늘 스승을 이겨 굴복시킴도 곧 이러한 관념의 한 발현이니, 지금 영원 설화에 있어서도 그 상좌가 스승을 압도하여 먼저 도를 이루고 삿된 세계에 빠진 스승이 구태여 그 상좌에게 구제되는 것이 실상 설화적 구조의 당연한 발현인 것이다.

이렇듯 어디까지나 깔끔하게 설화적으로 생긴 것이 영원 조사의 득도 사실이란 것이다. 그 창공(窓孔) 대우(大牛)[1]라 운운하는 이야기도 요컨대 인도 이래로 마음의 수양과 다스림을 소를 기르는 일에 비유하고(『아함경』의 牧牛12법, 「智度論」의 11사 등), 중국에 와서도 여러 조사 스님들의 공안(公案)에 수고우(水牯牛)[2] 노자우(老牸牛)[3] 등이 흔

---

1 "창공(窓孔) 대우(大牛)"는 영원 조사와 명학 동지 설화에 나오는 이야기를 말한다.
2 선(禪)의 공안(公案)이다. 공안이란 선불교에서 도를 터득하게 하기 위하여

히 쓰이던 것에 의거하여 만든 공안일지니, 그 직접의 출처가 만일 백장(白丈)의 "소를 탄 채 소를 찾다."가 아니면, 응당 곽암(廓庵)의 십우도(十牛圖) 서문 등에 있을 것이다.

요컨대 소를 찾고, 소의 흔적으로 보는 것으로부터 소를 타고 집으로 돌아오기까지의 십우도를 설화적으로 개작한 것이 작은 바늘 구멍으로 들어오는 큰 황소 이야기일 것이다.

그러나 여기도 한 가지 주의할 만한 점은, 십우도 같은 것을 바꾼 구조가 또한 '붉' 사상이나 선술(仙術)적인 데서 유래한 것이니, 이른바 큰 소가 틈입(闖入)해 들어온다는 것은 방술가(方術家)의 차력(借力), 신차법(神借法)의 면우차력(麵牛借力)[4]의 설과 똑같음이다.

내는 문제를 말한다. 수고우(水牯牛)에 관련된 일화가 다음과 같이 전해진다. 중국 오대산은 문수보살이 상주하는 곳으로 알려져 있는데, 하루는 조주(趙州) 선사가 문수보살을 친견하려고 오대산을 향해 행각에 올랐다. 수백 리 길을 가다가 하룻밤 머물고자 어느 암자에 들르니 그 암자에 있던 백발 노승이 물었다. "젊은 스님은 어디로 가는고?" "오대산 문수보살을 친견하러 가는 길입니다." 이 말 끝에 노승이 게송하기를,

　　어느 곳 청산인들 도량 아닌 곳이 없건마는
　　하필 주장자 짚고 청량산까지 예(禮)하러 가려는가.
　　가사 구름 가운데 금빛 사자를 탄 문수보살이 나타난다 해도
　　바른 눈으로 보건댄 길상(吉祥)한 것이 못되느니라.

하고 조주 선사를 경책하였다. 노승의 게송을 다 듣고 난 조주 선사는 "어떤 것이 바른 눈입니까?"하고 물으니, 노승은 그만 말이 막혀 버렸다. 조주 선사는 노승의 암자에서 하룻밤을 묵고, 다음날 다시 오대산을 향해 길을 나섰다. 도중에 또 어떤 노인을 만났는데 그 노인이 물었다. "그대는 어느 곳을 향해 그렇게 가는고?" "오대산 오백 나한승에게 예배하러 갑니다." "어젯밤 오백 나한이 다 물빛 암소[水牯牛]가 되어 갔다." 이 말 끝에 조주 선사는 "아이고, 아이고!"하고 곡을 했다고 한다.

3 선(禪)의 공안(公案)이다. 위산(潙山)의 노자우(老牸牛)라고 한다. 예전에 위산 선사가 유철마(劉鐵磨) 비구니가 오는 것을 보고 말하되, "늙은 암소야[老牸牛], 네가 왔는가?"하니, 철마가 말하길, "내일 오대산에 큰 재(齋)가 있는데 화상께서도 가시겠습니까?"하였다. 위산 선사가 몸을 벌렁 드러누우니, 유철마는 문득 나가버렸다.

4 음양의 변화에 따라 몸을 숨기고 길흉을 택하는 용병술인 기문둔갑술(奇門遁甲術)의 한 방법을 이른다.

면우차력법에 말하기를, 주문을 외워 정성을 들이는 공정(功程)이 이미 성숙하면, 홀연 하루 아침에 하늘의 큰 소가 허공 바깥으로 내달려 와서 내 신상에 떨어져 합하여지고, 이로 인하여 신령한 소의 용맹을 얻게 된다 함이 있다.

영원 설화에서 소가 도래하는 일단락은 모르면 몰라도 앞서 서술한 불교의 옛 법칙들을 영원동 중에 흘러 내려오게 하는 이러한 방술가의 속설에 화합하여 설화적 흥미를 더욱 꼬드기려 한 것이 아닌지 모른다. 영원 조사라 한 것은 어느 귀를 들추어 보든지 앙탈할 수 없는 가상적으로 구성된 설화일 뿐이요, 아무 사실적 형체나 흔적을 찾아볼 수 없는 것이다.

모르면 몰라도 성립 연대 같은 것도 비교적 멀지 않을 것 같다. 재력 있는 승려가 돈을 들이고 동지차함(同知借啣)[5]을 하는 풍습이 있은 뒤로, 무릇 이득을 쫓아 부를 축재하는 승려를 대접하여 아무 '동지'라 한 것이 그다지 오래지 아니한 일이다(이 풍습 생기기 전의 일을 후의 관례로써 호칭하게 된 것인지는 모르지마는).

이밖에 덧붙여져 있는 여러 가지 사실도 도무지 이것저것 설화적 일상 재료를 주워 모은 것이다. 구렁이가 섬돌에 부딪쳐 죽는 것은 신령한 스님의 이야기에도 실린, 당나라 화엄 회상에게 회향 계명(回向誠命)을 받은 이무기 뱀이 깊은 골짜기에 가서 돌에 부딪쳐 죽었다 하는 것과 같은 것이다.

어린 시절에 도를 이루는 것은 문수선재(文殊善財), 보적(寶積), 월광(月光) 등 동자의 보살을 본떠 모방한 것이거나, 그렇지 않으면 여덟 살에 출가하여 아라한과를 깨친 동자 가섭(迦葉)의 일을 바로 옮겨 온 것일 터이다. 천음우습(天陰雨濕)한 때면 명부에서 죄인

---

5 동지(同知)는 벼슬 없는 노인에 대한 존칭이고, 차함(借啣)은 실제로 직무에 근무하지 않고 그 이름만 비는 것을 말한다.

을 붙잡아 다스리는 소리가 들린다 함은, 쓰촨성(四川省) 펑두현(酆都縣) 마고동(麻姑洞)의 한 거대한 바위 아래 풍도지옥(酆都地獄)이 있는데, 음습정적한 때에 바위 구멍에 귀를 대면 처절한 비명소리가 현연히 들린다 하는 중국의 전설을 본뜸일 것이다.

이런 종류가 한데 어울려 모자이크 된 것이 영원 조사 및 영원동 설화의 내용임은 거의 의심 없는 일이다. 영절스럽게 영원 조사가 어찌하였느니, 그가 이룩한 까닭에 영원암이니, 이 지역 안에서 조사 셋이 날 터인데 영원 사자(靈源師資)가 그중 과거한 2인이란다든지 하는 등의 설은, 요컨대 전설이 뒤바뀌고 개작되는 데서 말미암은 추후의 덧붙임인 것이다.

대개 설화의 긴 생명력은 마치 눈덩어리를 굴리는 것과 같다. 내굴리는 대로 부피가 늘고 모양이 달라져서, 버려만 두면 어마어마한 큰 덩치를 이루기도 한다. 이리하는 동안에는 설화의 내용이 점차로 증가해 늘어나는 일방에 다소의 변화가 거기 생기며, 심하면 애초의 면목하고는 당췌 딴것이 되고 마는 일조차 있다.

그냥 버려두어도 뒹굴뒹굴 돌아다니는 동안에는 면부득 계속 고쳐도 지고 늘기도 하는 것인데, 만일 무슨 필요에 따라 어느 목적을 위하는 의도적인 첨가나 삭제, 개작 등이 행해지게 되면, 왕왕 급격하고 커다란 변역이 설화의 내용에 생기기도 한다. 이렇게 자연적으로 혹은 인위적으로 자라나는 것이 언제든지 한번 문헌상에 올라서 일정한 형태를 가지게 된 뒤에야 다시는 늘지도 줄지도 아니하게 된다.

그러나 설화의 오랜 생명력은 인물의 생명력과 다름이 없어, 자유로운 한 응화력과 한가지 강고한 보수성을 가졌다. 외형은 활발한 변화를 보이면서, 처음의 의도는 언제든지 꽉 붙잡고 나가며, 연방 다른 것을 섭취해 변화하면서 자신의 고갱이는 그냥 가지고 있음이 통례이다.

아무리 자란 뒤에라도 어릴 적 모습이 남아 있고, 또 그 어릴 적 모습은 닮았네 아니 닮았네 하여도, 그 아이의 모습을 끼고 나오는 것같이, 아무리 변화가 심한 설화라도, 다루는 방법으로 다루어 보면 온갖 가지 개작과 변환을 넘어 들어가서 깊이깊이 숨어 있는 본래 면목을 드러내지 못할 것이 아니다.

어떠한 경로를 밟고 어떠한 요구에 맞춘 것까지를 열에 여덟이나 아홉까지는 뚜렷하게 지적할 수 있는 것이다. 그중에도 종교적 설화는 교의(教義) · 신조의 변화를 따라서 거기 순응하여 나갈 약속을 가지는 것이므로, 그 변화가 왕왕이 많기도 하고 크기도 하지마는, 그 대신 종지(宗旨)가 어떻게 바뀌었다는 짐작만 있으면, 겉탈을 벗기고 본 얼굴을 들추어내기가 비교적 손쉬운 것이다.

이 영원동 설화 같은 것도 지금까지 연구해 밝혀가는 것에 대해 묻는 이가 혹 보지 못한 것을 어찌 그리 그럴듯하게 끄집어 말하느냐 할 듯하지마는, 이는 설화학의 안경을 쓰고 종교사의 지팡이를 짚고 헤쳐 들어가자면, 숨다가 못하여 드러나는 결과요, 구태여 억지로 끌어다 갖다 붙이는 것이 아니다. 이렇지 않을 수 없다 하는 것을 들추어 보고, 과연 그러한 줄을 알았을 따름이다.

그것이 무엇이냐 하면, 애초에 '붉'사상의 'ᄃᆞᄀᆞ리' 신앙이 '샘' 숭배와 결합하여 생명 순환에 관한 한 설화가 있었던 것인데, 다음 도교의 영향을 입어 설화의 줄기도 좀 복잡하여지고, 더욱 그 이름과 구성에 현저하게 중국적인 풍화(風化)가 덧붙여져 가다가, 또다시 불교에 포섭됨에 이르러서는 도교와 불교가 융화된 저승 관련 울타리를 이루어, 그 구조가 더욱 세밀하고 그 일컫는 바가 더욱 절실하게 되는 동시에 단순한 땅의 물건들에 대해 늘어놓는 것이 그다지 특별한 맛도 없고 신령함도 없게 되자, 슬그머니 자연을 인격화하고 관념을 구상화하여, 영원 조사란 주인공을 건립하여 비로소 중심과 버팀목 있는 설화를 완성한 것이 영원동 설화의 내력이라 함이다.

그런데 이 변화로 말하면 언제 누가 어떻게 한 것인지 모르게, 오랜 시간에 천천히 저절로 생긴 것이다. 어느 부분의 탈락이든 다 극히 자연히 추이한 것이며, 다만 그 대지의 점거자, 종교적 이용자의 성질을 따라서 고유 명사의 변환과 분리된 요소들의 취사선택이 의식적으로 시행되었을 뿐이다. 그러나 물을 부어도 새지 아니할 만큼 아주 탄탄하고 곱다랗게 불교화된 듯하여도, 일정한 범주와 흐름 속에서 변화한 것이기 때문에 불교화한 채로 본래의 상태를 의연히 보전하여 있다.

인격을 그 자체로 천연(天然)이라거나, 지옥을 그 자체로 천당이라고 하는 것, 혹은 외래적인 가치 그 자체가 고유의 정신이라는 말이 모순은 모순이지만 이는 옛것과 새것·저쪽과 이쪽 등이 앞뒤 없이 뒤섞이는 동안에 생긴 자연한 결과이다.

노랑이가 물들어 주황이 되어도 붉은빛은 그대로 있고, 퍼렁이가 물들어 남양색(藍雨色)이 되어도 푸른빛은 여전히 그 속에 들어 있는 것처럼, 불교를 쓰고 도교를 낀 채로 고대 '붉'의 흰 빛은 갈려도 닳지 아니하였다. 감쪽같이 잊어버렸던 본래 모습과 옛날의 의미도 물 이름 하나가 단서가 되어 환하게 드러남이 이러하다.

오늘날에 와서는 우리네 혼령이 금강산으로 돌아가는 것도 표면적으로는 모르게 되었고, 우리의 수명을 주관하시는 '뒤곰님'이 이 영원동에 자리를 잡고 장부 문서를 직접 검토하시는 것도 깜빡 잊어버렸지마는, 석가세존을 앞에 모시고 지장보살로 뒤를 보이면서 영원동의 시왕 세계가 여전히 생명 계통 신앙의 본뜻을 충실히 전승해 옴에 오래된 인연의 무서움을 한 번 더 감탄할 것이다.

헤칠 것을 헤치고 가릴 것을 가려서 어슴푸레하게나마 영원동의 출처 내력을 약간 들추어 보고 새 눈과 새 생각으로 사면을 둘러보매, 산과 내, 나무와 바위들이 새로이 친숙한 생각을 자아내어 어찌

한 셈 모르고 오래 떠났던 어버이 집에나 돌아온 듯하다.

그런데, 돌아온 듯할 것이 아니라 돌아온 줄을 알아야 할 것이다. 그렇다, 돌아온 것이다. 돌아오지 아니하였더면 못쓸 일이었다. 아까 경치의 아름다움에 놀랐을 때에는 부르는 줄 모르게 "어허, 하느님!" 소리를 하였더니, 이제 또 그것이 본디 우리 마음속 소를 길러 주시던 큰 목자임을 알고는 "에그, 우리 어머니!"를 한번 크게 소리 지르지 아니치 못하겠다. 신수 좋은 늙은이라 하기에 구경으로 왔더니, 그이가 곧 어디 계신지 모르던, 그립고 그리운 우리 '어이'심을 안 것이다.

43. 신성으로서의 금강산

이제부터는 구경이 아니라 배알(拜謁)이다. 영원동 여기 온 것은 처음 찾은 어버이의 따뜻한 손을 다닥드리는 것이다. 멀리멀리 떠돌아다니다가 우연히 찾아 들어온 내 집의 반가움을 늘 제집에만 들어 있던 이들은 짐작도 못하는 것이다. 비렁뱅이 누더기 옷에서 뜻밖에 기어 나온 보물 구슬은 제가 짊어진 진실한 값보다 여러 천만 배의 중요한 생각을 일으키지 않을 수 없다.

어허, 영원동아! 어허, 금강산아! 당신이 그이신 줄은 몰랐었구려. 문자로 된 서적들이 일러주는 것만으로도 신라 이래의 국선(國仙)이 번연히 이곳으로써 최고 볼 만한 성지로 삼은 것을 알았건마는, 어찌하여 그리하는지를 모르고, 다만 대자연을 예찬하는 평범한 순례로만 쳤었구려.

알고 보니 화랑의 무리가 일생일대의 큰일로서 험하디 험한 천리 길에 기어이 금강산을 다니러 온 것은 평범한 걸음이 아니라 진실로 정성스러운 종교심의 열렬한 한 표상이던 것이다. 이번 생의 감사와 한가지로 다음 생의 기원을 아울러 받들던 신앙상의 큰 의례이던 것이다.

보타락산(普陀落山)[1]에서 관음을 예배하고, 오대산에서 문수를 우러러 뵙는 정도가 아니다. 사실상 대비밀만다라(大秘密曼茶羅)의 정점에서 대일여래(大日如來)께 무상호마(無上護摩)를 잡숨에 비할 것이었다. 이는 진실로 고대 '붉' 사상에서 천상의 출장소, 즉 하늘 기둥이라 일컫는 'ᄃᆞᄅ리' 산에 친히 이르러 가장 엄숙 경건한 감사 의례를 '댥금님' 앞에 봉헌하던 것이었다.

중국 역대 제왕이 태산에 봉선(封禪)하는 것 같은 소중한 의례를 조선에서는 화랑이 이은 것이니, 바로 그네들의 금강산 순례이다. 아니 중국의 봉선이 곧 '붉' 사상의 큰 의례를 제왕이 직접 거행한 것일 따름이다. 이미 제사장과 정치가 분리하게 된 조선에서는 제천 의식의 최고 의례를 화랑이 실행하는데, 그 분리가 오래도록 분명치 못하여 제천 의식은 오직 제왕이 거행한다고 하는 중국에서는 태산의 봉선이 제왕의 전유가 된 것일 따름이다.

자연 예찬이 그다지 성행하지 아니한 조선에서, 더욱이 산수 유람, 명승지 탐방 같은 기백 및 성질 등이 터무니없이 닳고 단 최근까지도, 금강산 구경 하나만은 거의 국민적 의무 같이 되고, 내쳐서는 인생의 한 필수 과정처럼 생각하게 된 것은 진실로 우연이 아니었다. 우리끼리만 소중하게 알다 못하여 다른 국민까지 끌어들여 가지고 "고려에 태어나 금강산을 한번 구경하기를 소원한다."는 전설을 만들어 가지게까지 되었다.

산수 구경이란 의미만으로 금강산이 이렇듯 갸륵한 대접을 받기에는 아름다움에 관한 근대 조선인의 마음은 너무 마비되었다. 그런데 이렇게까지 무디어진 조선인의 의식에도 금강산 하나만은 반드시 관광하여야 할 것으로 생각된 데에는 진실로 깊이깊이 박혀 내려오던 연유가 있는 것이다. 흔들고 흔들어도 움직이지 아니하

---

1 인도의 남단에 있다는 관음보살이 사는 팔각형의 산이라고 하며, 관음의 영현(靈現)에 관하여 쓰이는 말이다. 관음의 영장(靈場)에 이 이름을 많이 쓴다.

는 단단한 뿌리가 있기 때문이다.

사람이 이 세상에 있는 동안에 그 무엇보다 소중한 일생의 중대한 일이 금강산 순례임은 오래오래 전부터의 '붉' 사상의 전통이었다. 더러운 몸을 씻고 깨끗하여짐에도 금강산을 찾았다. 서러운 마음을 누르고 편안하여짐에도 금강산을 찾았다.

그립고 그리운 하느님을 가까이 모실 생각이 나도 금강산, 고맙고 고마운 하느님께 고마운 뜻을 여쭈려 하여도 금강산, 무엇이든지 커다마하게 기도 축원할 일이 있을 때에 가까이 있는 작은 산천으로는 힘이 부칠 듯하면, 하늘과 소통하는 최고의 문(門)이라 해서도 금강산을 찾았다

온갖 종교적 욕구에 대하여 최후의 보장을 해주는 것이 금강산이었다. '딕금님'의 앞뜰인 금강산에만 한번 드러내 뵈면 때도 떨어지고 허물도 벗겨지고, 생전에는 좋고 이익되는 일이, 사후에는 행복과 즐거움이 저절로 받잡아지는 줄 알았다.

'딕금님'만 뵈오면 모든 소원이 다 뜻대로 됨은 말할 것도 없고, 또 미처 원하지 못한 소원과 무엇을 원하여야 좋을지 모르는 소원까지도 다 지레짐작하시고 그대로 시행하여 주실 것이라 믿고 다니던 것이다. 나중에는 그것인지 저것인지 어찌된 것인지조차 전혀 모르고, 그저 한번 갔다가 와야 하는 곳으로만 알고, 너도나도 금강산으로 가게 되기까지 하였다.

안 가면 안 되는 곳이란 것밖에 다른 이유를 찾아볼 생각인들 하였을 까닭이 없다. 이렇게 아버지도 가고 아들도 갔었다. 할아버지 때도 이래서 가고, 손자 때도 이래서 다녔었다. 예배의 중심이니까 다니는 것이요, 최고의 신전이니까 가는 것이었다. 그리스로 말하면 올림피아가 금강산, 이스라엘로 말하면 예루살렘이 금강산이다. 누구든지 가야 하고 아무 때고 가야 함이 이 까닭이다.

그런데 영원동은 금강산 신전 가운데서도 가장 신성한 지역으

로 온갖 의전과 의례가 갖추어졌던 제단터였다. 이는 실로 비교 종교학의 상례에 비추어서도 얼른 짐작할 수 있는 일이다. 태고 적의 신전들은 대개 자연적 혹은 인공적 동굴인 듯한 입구에서 예배를 행하였다. 후세에 제단이 신전의 입구에 놓인 것은 그 이전 시기에 제단이 동굴의 입구에 있던 것으로부터 유래된 영향이다.

또한 그러한 흔적 중에는 신전 중에 일종의 밀실에 해당하는 아디툼(adytum)이란 곳을 두는 것이다. 아디툼이란 것은 신성 중의 신성(the holy of holies)이란 의미니, 이것은 동굴 신전의 모습이리라 한다. 이 유례로써 보아서 'ᄃᄀ리'산인 금강산 안에 있는 영원동의 지위·성질을 쉽게 짐작할까 한다.

44. 금강산, 금강산, 금강산!

금강산의 초입인 영원동이 그 이름부터 신령하게 생기고, 그 위에 종교적 중심 사실에 관한 여러 설화가 외양을 바꾸면서 더불어 내려옴은, 그가 곧 금강이란 신전의 제단, 즉 아디툼(adytum)이기 때문이다. 얼른 말하면 우리나라 전체의 최고 신전이 금강산이요, 금강산의 중심 제단이 그 초입인 영원동이며, 영원동의 아디툼은 또한 그 초입인 명경대 근처일 것이다.

신령한 바위, 마음의 거울, 의식을 치르는 자리 등 신들의 저택 입구로서 조건을 구비한 명경대가 부득이 종교적 주요 임무를 담당하였을 것은 영원동의 위치로도 상상할 수 있다. '딕큼님'을 우러러 뵙는 의례의 불현듯한 마음을 품고, 혹은 동으로 동으로, 혹은 북으로 북으로, 금강산을 바라고 들어오던 이가 영원동에 다다라서는 "이제 왔습니다."하고 가쁜 숨을 '후-' 하고 내쉬면서 이번 생의 일생일대 중요한 일을 완료한 것을 기뻐들 할 때에, 그가 무릎을 댄 곳이 명경대요, 그가 손길로 가리킨 곳이 명경암이다. 그리고 그 섞임 없는 마음과 정성이 떨어지는 얼굴을 빤하게 비춘 데가 저 황천강이었다.

"이번 생의 일과 다음 생의 일은 모두 딕큼님께서 알아서 하십시

금강산 전경
최남선은 금강산을 신성 그 자체이며, 절대 구원의 존재로 보았다.

오."하는 순간에 모든 것이 사면되고 모든 것이 성취된 듯한 희열
이 신앙심을 온통으로 적시던 데가 이곳이었다. 그네들의 금강산
에 대한 경건한 마음은 이렇듯 보편성·구원성을 띤 절대적인 일
이었다. 금강산을 못 봄은 모처럼 왔던 일생을 헛되이 내던짐인 대
신에, 금강산을 보면 다음 생애까지를 걱정 없이 준비하여 놓은 셈
이었다.

진실로 그네들에게 금강산 구경이란 것은 꿈도 꾸지 아니한 바
요, '디금님' 은총을 받잡을까 하는 생사 간의 큰일로 금강산을 만
나 뵈옵는 의식이 있었을 뿐이었다. 부귀 빈천이 한가지 모여들어
서 정성스럽고 참된 마음의 고사 고기를 영원동 입구에 바쳐 놓고
지금까지 '붉'대로 따르겠음을 새롭고 또 새롭게 맹세하는 것이 금
강산의 걸음이었다. 이러구러 금강산을 다니는 것은 누구에게든지
큰일이며 언제이든지 큰일이었다.

예로부터 사람 사람의 속에 배어서 대대로 혈관 속으로 흘러내
려오는 이 정신이 기적 없이 발현하여 무심한 중에 '디금' 예배를

의연히 속행하는 것이 요즘 사람의 '금강산 구경'이란 것이다. 신선의 경치에 대한 인연이 있는지 없는지 말해 가면서 조선 사람 치고는 누구든지 금강산 구경을 갈망하고 크게 빌지 않는 이가 없음은 사실상 비조(鼻祖) 이래로 꼭 뒤에서부터 내려오는 정신이 발꿈치로 쏟치는 자연한 작용이다.

'구경'이란 것은 그 중에 가장 적은 부분을 짓는 것, 말하고 보면 '듸금' 예배의 한 '덤'일 뿐인 것이니, 원님 뵙는 길에 환곡미 타는 것이 금강산 예배 길에 구경을 끼던 것이다. 천국 가는 발씨를 익히러 오는 길에 상으로 타는 것이 산수미의 포어(飽飫)[1]이었다. 이럭저럭하여 희망에서 만족으로의 원환을 한 바퀴 도는 것이, 그네의 금강산 순례의 여정이었다. 조선인의 금강산 치성은 알고 보면 이렇게 끔찍 대단한 까닭이 있는 것이니, 이렇기나 하여서 일체의 감각이 거의 무뎌진 지금의 조선인도 금강산의 대단한 것만은 잊어버리지 아니한 것이다.

어려운 일이 있으면 '듸금'부터 쳐다보고 겁나는 일이 있으면 '듸금'부터 달래는 신앙은 그의 성전인 금강산 존숭의 성의를 더욱 깊게 하였다. 그에게 생명을 받자오며 행복을 받자오며 살아서 기대며 죽어서 안기는 금강산은, 그 가깝고 고마운 편으로 볼 때에 마치 자애로운 어머니와 같이 생각되었다. 금강산이면 모든 것에 벗어나지리라, 모든 것이 피이리라, 아무것도 침범하지 못하게 되리라 하는 신앙이 조선인으로 하여금 무릇 답답하고 기막히고 막다른 골목 될 때면 "금강산에나 들어가리라."하는 한 가지 활로를 가지게 하였다.

---

1 "배부르면 요리한 고기도 싫고 굶주리면 지개미와 겨도 배부르게 먹는다(飽飫烹宰 飢厭糟糠)"에서 유래한 말이다. 여기서는 금강산의 빼어난 산수 자연미가 종교적 성지로서의 금강산을 순례하는 데 따른 부수적인 정도에 지나지 않는다는 뜻이다.

후세로 내려오면서 "금강산으로 간다."함이 세상과 집을 떠나버리는 것을 의미하게 되었지마는, 중 되는 일 없을 적부터 금강산은 고해를 벗어나는 일대 목표였던 것이다. 예토(穢土)에 대비되는 정토(淨土), 고토(苦土)에 대비되는 낙토(樂土)임은 금강산 생긴 이후 진작부터 이쪽 방면 사람의 의식에 싹튼 생각이었다.

그네의 몸뚱아리가 신선이 되려고 했던 방법 중 하나가 금강산 '들이'였다. 먼지 구덩이 세속에서 끊어진 생각을 그대로 잇는 곳이 금강산이었다. 차고 쌀쌀한 인간 세상의 손아귀로 떠나려 할 때에 얼른 눈에 와서 뜨이는 것이 더운 김이 날 듯한 앙가슴을 헤치고 보드라운 두 손을 내미는 금강산이었다.

속에서는 불이 나고 겉으로는 길이 막힐 때에 선뜻 모든 걸 놓아버리고 공순히 금강산에 귀의한 이가 반드시 신라의 망국 태자뿐 아니었다. 그는 우연히 번뜻한 사실로 문자에 실려 전하게 된 일례일 따름이다. 그런데, 그의 금강 입산이 '중된 것' 아님에서 금강산 '들이'의 옛 의미를 짐작하게 됨이 기묘한 행운이다.

신라의 예로 보면, 그도 어려서는 혹시 화랑도 되었을 것이니, 그가 최후의 은첩지를 금강산에 둠은 이럭저럭 쉽지 않은 인연에서 나왔을 것이다. '두그리' 산이야말로 영원히 쉴 터임을 아는 데는, 그가 아무보다도 총명한 내력이 있어서 된 일일 것이다. 부처에 귀의치 아니하여도 자기에게 힘을 주는 '되금님'이 계시거니 하여 안심과 희망으로써 달려든 데가 금강산이었을 것이다.

그런데 낭떠러지에 손을 거두고 한마음으로 운명에 귀의하는 이 왕자의 성스런 의식을 영접한 연화대가 금강산에서도 영원동임은 '붉' 사상에서 영원동의 지위를 일러주는 유력한 암시가 아닐 수 없다. 신령한 샘이 이곳에서 나오고 영험한 제사 터가 여기에 베풀어져 평소의 신앙이 되돌아오게 되고 민중의 존숭이 집결되던 이곳을 그 메어진 가슴을 고치고 새로운 숨을 돌리기에 아무 데보다 합당한 곳처럼 생각하였음이 진실로 이유가 있다 할 것이다. 캄캄한 세상에 진저리를 치고 돌아선 그가, 언제든지 광명이 충일한 '딕금님'의 슬하에 유일한 위자를 구하지 아니하고 다시 어디로 갈까보냐.

아마도 현실의 국토를 원통하게 아는 그가, 그 대신 심령의 세계를 커다랗게 건설하고 태어나리라 할 적에, 의식적으로 선택한 것이 이 금강산이던 것 같기도 하다. 하여간 경순 왕자의 금강 입산이 대개 인생의 일대 전기에 임한 이들이 현세를 피하는 상투적인 궤도를 그대로 밟는 것은 사실일 것이요, 또 그 풍습은 대개 금강산으로써 인생의 무거운 짐을 벗어 놓는 곳이라고 관념함에서 나옴이 사실일 것이다. 어린 병아리가 어미의 날개에 싸인 듯한 든든한 그때 그네들이 금강산에서 감응하여 얻게 되는 정이 있을 것이다.

영원동 들어선 그네들의 가슴에 충만한 든든함과 깊고 그윽함은 예루살렘의 성전 안에서 지극한 성소(聖所)로서 좇아 나오는 거룩한 빛을 뒤집어쓴 이스라엘의 경건한 선지자들이나 짐작할 것이다. 의로움이 있는 유일한 곳으로 알고 귀의한 경순 왕자 같은 이의 심정은 그 중에서도 예레미야와 한 가닥 상통하는 영광을 가질 것이다. 가장 불행한 처지에 있어서 가장 큰 위안을 가진 이 두 사람의 숭고한 신앙에 순응하는 생활은 아무가 보아도 더욱 높고 더욱 견고한 정취가 없을 수 없다.

그러나 경순 태자는 종교 생활의 모범자로 진실로 예레미야와 같은 일면을 가졌지마는, 또 도망자의 몸으로 조국의 뜨거운 사랑이 더욱 불같이 일어나 금강산으로서 출발하는 거대 '붉' 세계의 건설에 관한 절차와 목록들을 밤낮으로 생각하고 또 헤아리면서, 그 중심 기둥이 될 의미를 연구하고, 그 효모가 될 믿음의 뿌리를 제사 지내기에 온전히 일신을 희생한 점으로는 그가 에스겔에 비길 일면을 겸하였다. 내적 생활에서는 예레미야, 외적 지도에서는 에스겔, 이 양날의 칼을 벼르자면 그때 그네들의 영감상 최고 원천인 영원동을 내놓고 더 좋은 처소가 있을 수 없다.

이른바 성터, 대궐터가 요컨대 그것이 큰 마음의 바라는 바를 세우고 정성스러운 예배를 통해 참회를 삼가던 제단의 일부일 따름이다. 또 반드시 그가 처음으로 터를 닦고 자리를 잡았던 것도 아니다. 그의 이전이건 그의 이후이건 이런 일 저런 일에 맞춰 쓰이던 제단이었던 것이 우연히 경순 왕자의 특수한 유적과 만나 말이 만들어진 것일 따름이다. 혹은 세상을 한탄하고 혹은 나라를 걱정하여 바로는 잡아야 하겠건마는 인력만을 믿지 못할 줄 안 사람이 얼마나 많이 이 제단의 위에 자기의 몸을 그대로 희생으로 올리고 피와 눈물의 기도를 드리던 곳인지 모를 것이다.

세상에 풍파가 일어날 적마다, 범천(梵天)왕이 한 번씩 하품을 할 적마다, 그때마다 한가할 수 없을 것이 이 제단이었을 것이다. 경순 왕자의 후에도 또 무수한 경순 왕자가 가끔 와서 이 제단에 쌓인 먼지를 털었을 것이다. 여러 금송아지가 이 상석에서 훼손·파괴되고 여러 바빌론이 이 제사 터에서 저주되었을 것이다. 혹은 적국 항복의 기도, 혹은 신령한 위력을 절대로 우러르는 만큼 금강산의 안정을 목마르게 갈구하였을 것이다. 그나마 개인적이고 이기적인, 또한 전적(典籍)과 의례(儀禮)의 헛된 공헌 제사(供獻祭祀)는 말도 하지 말자.

그런데 이 모든 유명 무명의 사실이 굴조개가 모태 바위에 붙듯 신라 태자에게 가서 몰려와 부착한 것이 태자 운운의 전설일 것이다. 비분의 불길이 입으로 활활 나오는 이들, 애통의 눈물이 눈에서 펑펑 쏟아지는 이들. 이밖에 혼자만 보는 희망의 명성을 조급하게 따르려 하는 이들, 되든 안 되든 '되금님'을 붙드는 중에 주관의 세계를 객관화하여 보려는 이들이 골고루 관념의 대지적 표상을 옛날로부터 내려오는 신의 영역인 영원동에 세우려 할 때에 여러 예언과 슬픈 노래가 이곳을 근거로 하여 창설, 선전되었을 것이다.

그런데 이것으로써 실제의 인심을 충격하여 직접 운동의 재료를 삼기에는 민중에게 깊은 인상이 있는 인적 표상이 필요하여지리니, 저 경순 왕자란 이도 이러한 소용으로 끌려 나오기를 응당 한두 번 아닐 것이다.

모호한 참언(讖言)을 중심으로 하는 계룡산이 최근 수세기 동안 조선 민심을 얼마나 깊고 강하게 절제하여 나왔는지 보면, 시초도 모를 오랜 역사적 배경을 가진 금강산이 고대에 있어서 얼마만큼 위대한 역사적 추진력을 가지고 있었을지 반드시 상상 이상의 것이 있을 것이다. 뒤에 가서는 자기가 도리어 놀림감이 된 경순 왕자 같은 이도, 당초에는 금강산을 놀리려던 일인이다.

살아 있는 눈으로 투시하면 금강산이란 결코결코 완고한 일개 주먹돌일 뿐이 아니다. 은근히 두드려 보면 어둠 속에 파묻힌 의외의 역사적 기미를 이야기하여 주는 것이 한두 가지에 그치지 아니할 것이다. 어허, 역사적으로도 영원(靈源)인 금강산(金剛山)이여!

해제

　육당 최남선(1890~1957)은 19세기 말부터 20세기 초에 걸친 한국 근대 계몽기의 중요 인물로, 일찍부터 특별한 문재(文才)를 드러냈던 계몽 지식인이었다. 그는 두 차례의 일본 유학 과정을 지나면서 글쓰기와 관련한 중요한 작업들을 선취했는데, 무엇보다도 10대 후반 본격적으로 글을 쓰기 시작한 이래 1950년대 후반 생을 마칠 때까지 저술 활동을 한 번도 쉬지 않았던 예외적인 인물이었다. 요컨대 모든 것이 '아직' 갖추어지지 않았던 시절, 즉 아직 무엇인지 불확실하고 아직 어떻게 될지 규정되지 않은 시절로부터 모든 것이 '이미' 결정되어 버린 시절에 이르기까지 그의 글쓰기는 그 자체로 한국 근대의 전개 과정과 맞물려 있었다.

　『풍악기유(楓嶽記遊)』는 최남선이 1924년 『시대일보』에 연재한 금강산 기행문으로, 신비한 영산(靈山)이자 세계적 명산(名山)인 금강산 여행의 기록이다. 사실 금강산에 관한 '유기(遊記)'는 역사적으로 유래가 깊고, 당연하게도 많은 문인 학자들에 의해 여러 편의 기록으로 전해져왔다. 즉 매 시기 존재했던 금강산 기행은 개인의 이력인 동시에, 특별한 문화적 현상의 하나였던 것이다. 일차적으로 최남선의 금강산 기행은 이런 배경 위에 놓여 있다고 할 수 있다. 하지만 다른 한편 최남선의 금강산 여행은 그가 살았던 특별한 역사적 현실(일제 강점기) 위에 있기도 하다. 그리고 이 지점에 금강산 유기로서의 『풍악기유』와 최남선의 글쓰기 여정 위에서의 『풍악기유』가 갖는 특이성이 있다.

금강산은 이름에서 보듯 불교적 연원 관계가 아직도 뚜렷하게 남아 있는 산이다. 우리나라 대표적 명산들의 어느 곳이 그렇지 않을까마는, 그중에서도 금강산은 일만 이천을 헤아린다는 수많은 봉우리들과 갖가지 기암괴석의 총본산으로 다양한 종교적 · 신앙적 설화의 배경이 되었고, 아울러 수백 수천의 계곡에서 어우러지는 풍광으로 인해 일반 사람들 사이에서도 자연스럽게 생활 감정이 연계된 산이었던 것이다. 이런 이유로 지난 시기 오랜 불교적 인연이 금강산 곳곳에 자연스럽게 스며들게 되었던 것은 당연한 일일 것이다.

하지만 『풍악기유』는 금강산에 관한 혹은 금강산 여행에 대한 기록들과는 다른 개성이 있다. 일단 눈에 띄는 것은 『풍악기유』가 일반적인 금강산 기록들에 비해 '기행문' 본연의 임무에 충실하지 않다는 사실이다. 이 말은 『풍악기유』의 취지가 처음부터 금강산에 관한 여행 안내 등과는 무관했다는 사실을 의미한다.

또한 『풍악기유』는 이름부터 불교적인 금강산에서 보고 듣고 만나고 느낀 모든 감각의 귀결을 불교 너머로 투사시킨다. 간단히 말하면 그것은 역사이고, 좀 더 구체적으로 말하면 역사 너머의 삶 자체이며, 최남선의 의도를 짐작해 말하면 '조선적인 무엇'이다. 하여 『풍악기유』의 여정은 경성역을 출발해 철원 지역을 통과하면서 금강산 여행을 시작하는 형식으로 되어 있는데, 이 과정에서 태봉국 궁예에 관한 여러 전설 및 민담을 소개하는데 많은 지면을 할애한다. 본격적인 금강산 여정이 시작되면 장안사와 명경대 · 옥초대 등 내금강쪽 노선을 지나게 되지만 이 역시 생각보다 동선은 소략

한 편이다.

결정적으로『풍악기유』는 곳곳에서 일반적인 금강산 여행으로
부터 미끄러진다. 예컨대 각 장소들의 역사적 인연을 설명하는 중
에 단지 명승지에 관한 감동에서 벗어나게 만드는 무엇이 있는 것
이다. 그 미끄러지고 벗어나 이른 지점엔 거의 예외 없이 '조선적
인 것' 그리고 '붉' 사상이 있다. 이 점에서 본다면『풍악기유』는 금
강산 여행이라기보다는 '붉' 사상 여행의 보고서라고 할 수 있다.
확실히『풍악기유』는 일반적인 의미의 여행기가 아니다. 작품 후
반부에 이를수록 전면적이고 노골적으로 강조되는 '붉' 사상에 관
한 자세한 설명은 최남선의 당대적 관심이 금강산을 만나 어떻게
실재화되는지를 확인해볼 수 있다. 하여 얼핏 생각하기에 따라『풍
악기유』는 여행기의 정석을 따르지 않는 듯해 보이지만, 다른 한편
여행기로 쓴 조선학, 혹은 금강산으로 본 '붉' 사상이라는 점에서는
생각해볼 점이 적지 않을 것이다.

최남선의 '국토 순례'는 조선(朝鮮) 전체를 하나의 텍스트로 읽
겠다는 조선학 기획의 초석이자 토대였다.『풍악기유』를 시작으로
『심춘순례』『백두산근참기』『금강예찬』등에 이르는 굵직하고 빡
빡한 여정과 스케일을 생각해 보면 이러한 조선적인 것의 신체성
(건강함)이 훗날 만주 지역 답사기인『송막연운록』등에까지 자연스
럽게 이어지고 있음을 이해할 수 있다. 하여 여기에서 명확해지는
것은 최남선의 기행문은 여행의 기록이라는 문예적 산문이 아니라
사상과 철학의 관점에서 이룩된 조선학의 뼈대였다는 전제의 확인
이고, 역사니 문예니 하는 분류 너머에서 직접 용법을 만들어 작동
했던 글쓰기-기계의 작업이었다는 사실이다.

『풍악기유』는 1924년『매일신보』에 연재된 이후 1970년대 초반
『육당최남선전집』에 수록되어 전해졌지만 그동안 일반 독자들이
접하기는 쉽지 않은 텍스트였다. 또 다른 금강산 기행문인『금강예

찬』이 있었기에 단행본으로 독자 출간될 기회도 얻지 못했었다. 그러니 처음 원고가 쓰여진 때로부터 90여 년 만에 단행본으로 엮인다고 생각하면 감회가 없을 수 없겠다. 더구나 지금의 우리 현실이 여전히 금강산을 다양하게 접근할 수 없는 형편인 걸 생각하면 더욱 그렇다.

실제 윤문 작업에서도 어려움이 적지 않았다. 일차적으로 맞닥뜨린 문제는 최남선 특유의 문체를 어떻게 할 것인가였다. 현대어로 단지 풀이만 해서 늘어놓자니 지나치게 길어지거나 호흡이 부자연스럽고, 그렇다고 마구잡이로 문장을 자르기엔 특유의 맛이 사라지는 걸 보아 넘기기 어려웠다. 하지만 어차피 모든 걸 동시에 얻을 수는 없는 법이어서 한쪽을 얻으면 한쪽을 포기할 수밖에 없었다. 어떤 대목에서는 문장 특유의 리듬감을 놔두려고 했고, 어떤 대목은 과감하게 문장의 의미를 전달하는 데 주력했다.

물론 이보다 더 근본적으로 윤문 작업을 어렵게 만든 원인은 최남선의 방대한 지식에 비해 턱없이 부족한 윤문자의 능력이었다. 이는 단지 백 년 전 언어 표기와 최남선 특유의 한자 표현 때문만은 아니다. 읽어 보신 분들은 아시겠지만 최남선이 인용하고 있는 갖가지 고문헌들 및 자료들은 상상 이상으로 폭이 넓고 예리했다. 최선을 다한다고 했지만 분명 오류가 있을 터, 이에 대해서는 어쩔 수 없이 훗날의 인연을 기대할 수밖에 없겠다.

참, 『풍악기유』에는 또 근대 초기 대표적 불교계의 학승(學僧)이자 석학(碩學)인 석전(石顚) 박한영(朴漢永)의 한시 열세 편을 만나는 기쁨도 있다. 석전 박한영은 근대 초기 한국 불교 및 지식인 사회에 큰 영향을 끼친 석학으로 최남선과 금강산 여행 뿐 아니라 이후 백두산 여정도 함께하게 된다. 모쪼록 단행본의 형태로는 처음 소개되는 이 글이 작게는 금강산에 관한 흥미로부터 크게는 근대 초기 금강산을 통해 민족의 실체를 확인하려 했던 지식의 시선을 탐사하는데 약간의 시사점이 있기를 기대한다.

최남선 한국학 총서를 내기까지

현대 한국학의 기틀을 마련한 육당 최남선의 방대한 저술은 우리의 소중한 자산이다. 그러나 세월이 상당히 흐른 지금은 최남선의 글을 찾아보는 것도 읽어내는 것도 어려워졌다. 난해한 국한문 혼용체로 쓰여진 그의 글을 현대문으로 다듬어 널리 읽히게 한다면 묻혀 있던 근대 한국학의 콘텐츠를 되살려 현대 한국학의 발전에 기여할 것이었다.

이러한 취지에 공감하는 연구자들이 2011년 5월부터 총서 출간을 기획했고, 7월에는 출간 자료 선별을 위한 기초 작업을 하고 해당 분야 전공자들로 폭넓게 작업자를 구성했다. 본 총서에 실린 저작물은 최남선 학문과 사상에서의 의의와 그 영향을 기준으로 선별되었고 그의 전체 저작물 중 5분의 1 정도로 추산된다.

2011년 9월부터 윤문 작업을 시작했고, 각 작업자의 윤문 샘플을 모아 여러 차례 회의를 통해 윤문 수위를 조율했다. 본격적인 작업이 시작된 지 1년 후인 2012년 9월부터 윤문 초고들이 들어오기 시작했고 이를 모아 다시 조율 과정을 거쳤다. 2013년 9월에 2년여에 걸친 총 23책의 윤문을 마무리했다.

처음부터 쉽지 않은 작업이리라 예상했지만 실제로 많은 고충을 겪어야 했다. 무엇보다 동서고금을 넘나드는 그의 박학함을 따라가는 것이 쉽지 않았다. 현대 학문 분과에 익숙한 우리는 모든 인문학을 망라한 그 지식의 방대함과 깊이, 특히 수도 없이 쏟아지는 인용 사료들에 숨이 턱턱 막히곤 했다.

최남선의 글을 현대문으로 바꾸는 것도 쉽지 않았다. 국한문 혼용체 특유의 만연체는 단문에 익숙한 오늘날 독자들에게는 익숙하지 않았다. 그렇다고 문장을 인위적으로 끊게 되면 저자 본래의 논지를 흐릴 가능성이 있었다. 원문을 충분히 숙지하고 기술상 난해한 부분에 대해서는 수차의 토의를 거쳐 저자의 논지를 쉽게 풀어내기 위해 고심했다.

많은 난관에 부딪쳤고 한계도 절감했지만, 그래도 몇 가지 점에서는 이 총서의 의의를 자신할 수 있다. 무엇보다 전문 연구자의 손을 거쳐 전문성을 확보했다는 것이다. 특히 최남선의 논설들을 현대 학문의 주제로 분류 구성한 것은 그의 학문을 재조명하는 데 도움이 될 것으로 본다. 또한 이 총서는 개별 단행본으로 구성되었다는 것이다. 총서 형태의 시리즈물이어도 단행본으로서의 독립성을 유지하여 보급이 용이하도록 했다. 우리들의 노력이 결실을 맺어 이 총서가 널리 읽히고 새로운 독자층을 형성하게 된다면 더 바랄 나위가 없겠다.

2013년 10월
옮긴이 일동

문성환

인천대학교 국어국문학과 졸업
인천대학교 대학원 국어국문학과 졸업(문학박사)
현 남산강학원 연구원

• 주요 논저
『최남선의 에크리튀르와 근대 · 언어 · 민족』(2008)
『전습록, 앎은 삶이다』(2012)
『고전톡톡』(공저, 2011)
『인물톡톡』(공저, 2012)
『〈소년〉과 〈청춘〉의 창』(공저, 2007)

최남선 한국학 총서 3

풍악기유

초판 인쇄 : 2013년 11월 25일
초판 발행 : 2013년 11월 30일

지은이 : 최남선
옮긴이 : 문성환
펴낸이 : 한정희
펴낸곳 : 경인문화사
주　소 : 서울특별시 마포구 마포동 324-3
전　화 : 02-718-4831~2
팩　스 : 02-703-9711
이메일 : kyunginp@chol.com
홈페이지 : http://kyungin.mkstudy.com

값 15,000원
ISBN 978-89-499-0970-7　93810
ⓒ 2013, Kyung-in Publishing Co, Printed in Korea
이 책의 저작권은 최학주에게 있습니다.